GENEVA LEE

With or Without You

Mein Herz gehört dir

GENEVA LEE

With or Without You

Mein Herz gehört dir

Roman

Deutsch von Michelle Gyo

blanvalet

Die Originalausgabe erschien 2017 unter dem Titel
»Teaching Roman« bei Ivy Estate, Louisville.

MIX
Papier aus verantwortungsvollen Quellen
FSC® C014496
FSC
www.fsc.org

Verlagsgruppe Random House FSC® N001967

1. Auflage

Neumarkter Str. 28, 81673 München
Redaktion: Susann Rehlein
Umschlaggestaltung: © Johannes Wiebel | punchdesign,
unter Verwendung von Motiven von Daiquiri/Shutterstock.com
und iStock.com/PeopleImages
JaB · Herstellung: sam
Satz: Uhl + Massopust, Aalen
Druck und Bindung: GGP Media GmbH, Pößneck
Printed in Germany
ISBN 978-3-7341-0706-1

www.blanvalet-verlag.de

Für alle Mädchen, die gewartet haben …

Kapitel 1

Nicht dass ich diesbezüglich Erfahrung gehabt hätte, aber ich hatte mir immer vorgestellt, dass ein Antrag auf Tränen und Lachen hinauslief. Junge fragt, Mädchen bricht in Freudentränen aus, Hochzeitspläne folgen. Ich aber weinte nicht, was vermutlich ein schlechtes Zeichen war. Wir beide wussten das, doch Brett kniete immer noch vor mir und hielt einen Ring in der Hand.

Willst du mich heiraten?

Seine Rede hatte noch mehr beinhaltet. Es war irgendwie um Vereinbarkeit und solide Kommunikationsfähigkeiten gegangen. Im Grunde genommen die Antithese zur Romantik. Es braucht schon eine Menge, um mich vollkommen sprachlos zu machen. So ein Ich-habe-absolut-keine-Ahnung-was-ich-sagen-soll-Schweigen war in meinem Leben bislang noch nicht vorgekommen, aber Brett hatte es geschafft, mich mit dieser einen Frage völlig sprachlos zu machen. Tatsächlich konnte ich keinen klaren Gedanken fassen, deshalb begann ich, im Geiste eine Liste aufzustellen, und hoffte inständig, dass es so aussah, als dachte ich nach. In Wahrheit brauchte ich Zeit, damit sich mir ein Ausweg bot. Oder wir in ein Wurmloch stürzten. Oder an Altersschwäche starben.

Im Grunde genommen wartete ich auf *irgendetwas*, das mich davor bewahrte, ihm antworten zu müssen.

Listen waren immer schon mein Notfallplan gewesen. Sie sorgten dafür, dass ich das College im Griff hatte, keinen Ärger bekam, und vor allem stellten sie sicher, dass mein Leben organisiert verlief. Mein Gehirn war wie ein riesiger Terminplaner, der in saubere Listen unterteilt war: Seminare, Zulassungstest zum Medizinstudium, Cassie und Jillian, Familie und Brett. Nicht unbedingt in der Reihenfolge, aber fast. Die Brett-Liste nahm den kleinsten Platz in meiner Gehirnagenda ein. Ich fand das nicht grausam, denn tatsächlich benötigte er einfach nicht viel. Nicht von mir. Brett war unabhängig und verantwortungsbewusst, er studierte BWL und hatte vor, seinen Betriebswirt zu machen. Wir funktionierten, weil wir einander nicht brauchten. Zumindest hatte ich das gedacht. Jetzt war ich da nicht mehr so sicher. Zu heiraten würde nach einer bedeutenden Neukategorisierung verlangen. Offensichtlich war Brett nicht glücklich mit dem winzigen, aber adäquaten Platz, den er auf meiner Prioritätenliste einnahm. Warum würde er mich sonst darum bitten, ihn zu heiraten?

Der Ring, den er da in der Hand hatte, war ein Beweis für seinen Vorsatz. Hatte er darüber seit Tagen nachgedacht? Hatte er das hier seit Tagen geplant, seit Wochen gar? Man kauft einen Diamanten ja nicht im Supermarkt um die Ecke. Ich ging in Gedanken die letzten Wochen durch und untersuchte Augenblick um Augenblick nach einem Hinweis, was zur Hölle mir das hier beschert hatte. Wir beide hatten unsere Abschlussprüfungen diese Woche hinter uns gebracht, sodass ich mich darauf hatte konzentrieren können, Jillian durch ihre Tests zu bringen. Heute Abend hatten wir uns mit Cassie, Jillian und Liam im Garretts zur Semesterabschlussparty getroffen. Cassie hatte sich entschuldigt, um Trevor zu suchen, und Jillian und Liam waren für eine kleine Privatparty in unserer Wohnung verschwunden. In keiner Sekunde fand ich irgendein Anzeichen darauf, dass Brett mit unserer Beziehung, so wie sie war, unglücklich war.

Brett räusperte sich, um mich daran zu erinnern, dass er noch vor mir kniete, und ich schüttelte den Kopf in dem Versuch, meine Gedanken zu sortieren. Meine Zeit war abgelaufen, und ich wusste immer noch nicht, was ich sagen sollte. Was würden Jillian oder Cassie in dieser Situation tun? Jillian würde ihn auslachen, und Cassie würde ihn verfluchen. Beide Reaktionen schienen mir nicht angemessen, obwohl mir ein wenig danach war, beides zu tun. Und vielleicht auch loszuheulen, aber nicht auf die gute Art und Weise.

»Jess?«, hakte Brett nach, und ich zwang mich dazu, ihn anzusehen. Er sah gut aus, aber er war nicht so heiß, dass er ein Arschloch gewesen wäre. Sauber rasiert, mit akkuratem Haarschnitt und einem Kleidungsstil, der genau zwischen Hipster und Prepster lag. Ich hatte keinen Zweifel daran, dass diese Kleidung mehr Richtung preppy gehen würde, je näher wir dem Abschluss kamen. Blazer und Kakihosen waren seine Zukunft. Denn Brett war jemand, der vorhatte, eine anspruchsvolle Karriere zu verfolgen. Er war zuverlässig, verantwortungsvoll und mäßig ambitioniert, aber als ich so auf ihn herabsah, erkannte ich, dass mir das alles nichts bedeutete. Die Tatsache, dass er da unten kniete, machte ihn nur peinlich.

»Ich denke«, log ich.

»Denkst du Ja oder Nein?« Das darauf folgende Lachen klang zu gezwungen, als dass es die Spannung aufgehoben hätte. Mit meinem Zögern konnte er nicht gerechnet haben, als er den Antrag geplant hatte.

»Ich weiß es nicht.« Ich wusste es wirklich nicht. Mein Gehirn war im Moment nicht in der Lage, irgendeine endgültige Antwort auf irgendeine Frage zu geben. Er könnte mich genauso gut fragen, ob der Himmel blau war, und ich hätte nicht mit Ja antworten können.

Bretts Schultern sackten herab, aber das Lächeln blieb auf seinem Gesicht wie festgetackert. Ich begann zu glauben, dass er sich nicht vom Fleck rühren würde, bis ich nicht zugestimmt hatte, seine Frau zu werden.

Seine Frau!

Heiliger Bimbam. Brett wollte, dass ich ihn heiratete, und egal wie sehr ich auch versuchte, die Listen in meinem Hirn umzusortieren, schien doch einfach kein Platz für Brett, den Ehemann, darin zu sein. Das konnte ich ihm aber natürlich nicht sagen. Stattdessen schloss ich den Deckel des Schmuckkästchens und verdeckte so den glitzernden Diamantverlobungsring mit Princess-Schliff, als wäre irgendwas besser, wenn ich das Teil nicht mehr sah.

Bretts Kiefer war angespannt, als er aufstand. »Ich schätze, das ist eine Antwort.«

»Das ist keine Antwort«, unterbrach ich ihn. »Ich muss darüber nachdenken. Es gibt eine Menge zu bedenken. Das Medizinstudium, Finanzen, Wohnsitze.« Selbst während ich das sagte, wusste ich, dass eine Powerpointpräsentation über diese Dinge unter den Bedingungen einer Ehe auch nicht geholfen hätte. Ich wollte glauben, dass ich einfach ein vorsichtiges Mädchen war, und nicht, dass ich ihn den größten Teil eines Jahres hingehalten hatte. Das Problem war, dass ich mir kein Szenario vorstellen konnte, in dem ich Ja sagen würde.

Aber bedeutete es wirklich, Nein zu sagen, wenn ich nicht Ja sagte? Hatte ich gerade meine Unterschrift unter einen Aufhebungsvertrag unserer Beziehung gesetzt? Es würde schwer werden, mich davon zu erholen. Vielleicht würde ich die Dinge ja mit ein wenig Zeit und jeder Menge Pro- und Contra-Listen anders sehen.

»Ich versteh schon«, sagte Brett und hob eine Hand. »Mach deine Liste, Jess.«

Doch obwohl ich nicht Nein gesagt hatte, gab Brett mir vor meiner Tür keinen Abschiedskuss, und ich konnte es ihm nicht übel nehmen. Ich konnte es hinauszögern und Ausflüchte machen, ich könnte mir einreden, dass ich darüber schlafen musste. Aber die Wahrheit war, wir beide wussten, dass mir bei dieser Entscheidung keine Liste helfen würde.

Kapitel 2

Wann immer mein Telefon um zwei Uhr morgens klingelte, sagte ich mir, dass das unbedingt als Vorbereitung auf mein Dasein als Ärztin diente und dass ich mich daran gewöhnen musste. Ansonsten würde es nämlich damit enden, dass ich meine Freundinnen umbrachte. Weder Cassie noch Jillian missbrauchten die Macht des Handys oft, aber sie hatten mich schon mehr als einmal angerufen, damit ich ihre besoffenen Ärsche aus der Bar nach Hause brachte. Ich war auch schon angerufen worden, um einen verstauchten Knöchel zu verbinden, als Scherz während der Abschlussprüfungen, und mehrfach war ich unabsichtlich von ihren Hintern angewählt worden. Nach dem Wahnsinn der heutigen Nacht hoffte ich allerdings, dass sie einen wirklich guten Grund für den Anruf hatten. Ich kramte nach dem Handy und riss es schließlich aus der Steckdose.

»Ich hoffe für dich, du bist am Verbluten«, murmelte ich, als ich ranging.

»Ich bin auf dem Weg«, sagte Cassie und legte auf. Ich

setzte mich kerzengerade im Bett auf. Ich verehrte meine besten Freundinnen, aber sie konnten auch einen Hauch zu dramatisch sein. Nicht, dass sie dafür nicht ihre Gründe hatten. Die hatten sie für gewöhnlich. Der Grund, aus dem Cassie um diese Uhrzeit zu mir kommen wollte, musste allerdings wirklich ernst sein. Erstens war es zwei Uhr morgens an einem Freitag. Normale Leute hatten jetzt Sex oder waren noch in den Bars unterwegs. Und zweitens hatte sie nicht geflucht. Stattdessen war ihre Stimme vollkommen ausdruckslos gewesen. Eine ruhige Cassie war so erschreckend wie nichts sonst auf der Welt. Das Mädchen konnte nämlich normalerweise nicht ruhig.

Ich schob mich aus dem Bett und machte mir einen unordentlichen Dutt, dann schlappte ich durch den Flur und blieb vor Jillians Tür stehen. Sie hatte das »Bitte nicht stören«-Schild an die Tür gehängt. Sie hatte also auf jeden Fall einen normalen Freitag. Entgegen besseren Wissens drückte ich das Ohr an die Tür und hielt den Atem an. Hoffentlich war die wilde Party schon vorbei. Es war überraschend ruhig, und nur leises Gekicher durchbrach die Stille. Himmel, Liam hatte Stehvermögen. Ich ging das Risiko ein und klopfte.

Zwanzig Sekunden später wurde die Tür einen Spaltbreit geöffnet. Jillian sah mich mit erhobener Augenbraue an. Ich konnte die Rundung ihrer Hüfte erkennen und begriff, dass sie nackt war. Es war absolut uncool, sie beim Sex zu stören, und ich fühlte mich schrecklich deshalb, besonders da sie erst kürzlich alles mit Liam geklärt hatte und diese Liebesnacht mehr als verdient war. Trotzdem war das hier ein Notfall.

»Cassie kommt her. Jills, sie war *ruhig*«, sagte ich.

Sie riss die Augen auf. Jillian war der einzige Mensch, der begriff, was das bedeutete. »Mist, gib mir fünf Minuten.«

Jillian verschwand wieder, und ich versuchte, nicht auf die gedämpften Stimmen zu lauschen. Sie war in weniger als zwei Minuten zurück, schob sich aus der Tür und folgte mir ins Wohnzimmer. Sie versuchte, sich mit den Fingern die zerzauste Frisur zu glätten, die ganz offensichtlich einer Nacht mit herausragendem Sex zum Opfer gefallen war. Ich fragte mich, wie das wohl war. Bei mir hatte sich kaum je eine Strähne aus meinem Pferdeschwanz gelöst, wenn Brett und ich fertig waren.

Ich dachte immer noch darüber nach, als Liam halb bekleidet aus dem Schlafzimmer kam. Ich sah weg und wurde rot, als er seinen Reißverschluss zuzog. Als er so durch die Wohnung stapfte, das Sixpack voll zur Schau gestellt, war es schwer, ihn zu ignorieren. Als er sich endlich die Schuhe zuband und sein Hemd anzog, hatte ich wahrscheinlich die Farbe eines kandierten Apfels angenommen.

Jillian brachte ihn an die Tür, und er blieb stehen und lehnte sich gegen den Türrahmen. »Seh ich dich morgen?«

»In aller Frühe«, sagte sie und stellte sich auf die Zehenspitzen, um ihm einen Abschiedskuss zu geben. Eine seltsame Mischung aus Glück und Eifersucht durchflutete mich. Ich freute mich wahnsinnig für sie. Jillian hatte versucht, ihre Beziehung zu sabotieren, aber die Liebe hatte gesiegt. Sie waren absolut perfekt füreinander, und Liam war mehr als nur ein netter Kerl. Er war ein Traumtyp. Ich wandte mich ab, als sie den Abschied mit einer tendenziell pornotauglichen Liebesbekundung besiegelten.

Liam ging nach einem leisen »Ich liebe dich« und einem letzten Kuss auf ihre Stirn.

Jillian schloss nicht hinter ihm ab. Sie setzte sich zu mir und leuchtete förmlich vor Glück. Ich sah allerdings, dass sie sich Mühe gab, ernst auszusehen für Cassie.

Mit jeder verstreichenden Sekunde machte mein Magen mehr Salti und Bocksprünge. Ich war bereits aufgewühlt wegen Bretts kurz entschlossenem Antrag, und die Sache mit Cassie machte mich nur noch nervöser.

»Was glaubst du, was passiert ist?« Abwesend kaute ich auf meinem Daumennagel herum.

Sie tippte an meine Hand. »Hör auf damit.« Jillian schwieg, dann stieß sie einen langen Seufzer aus. »Ich habe das Gefühl, ich weiß, worum es hier geht.«

Ich wartete darauf, dass sie es mir erzählte, aber sie schien zu zögern. »Und das wäre?«

»Neulich bin ich Trevor in der Bibliothek begegnet, und er hat sich merkwürdig verhalten, als hätte ich ihn bei etwas erwischt.«

»Bei was erwischt? Beim Lernen?«, fragte ich. Trevor war der Typ Mann, der nicht den Ruf haben wollte, fleißig zu sein. Er warf mit Geld um sich, um sorglos und reich zu wirken. Es war offensichtlich eine Show, aber Cassie hatte den Haken geschluckt.

Jillian schnaubte. »Ich bezweifle, dass er ein heimliches Date mit den Ökonomiebüchern hatte. Ich glaube …«

Bevor sie mir sagen konnte, was sie glaubte, platzte Cassie

in die Wohnung. Ihre sowieso schon erschreckende Ruhe war jetzt von einer unbändigen Wut verdrängt worden, die ihren ganzen Körper zittern ließ. »Dieser Hurensohn!«

»Oh, oh.« Mein Blick huschte von Cassie zu Jillian, deren Schultern herabsanken. Was auch immer Jillian zu wissen glaubte, es war klar, dass Cassie es gerade bestätigt hatte.

»Möchtest du was zu trinken oder so?«, fragte ich. Ich wusste genau, was ich zu tun hatte. *Mach es ihr bequem. Beruhige sie. Lenk sie ab. Dann diskutiere die Möglichkeiten mit ihr.* Das war meine Tranquilizer-Liste. Es war eine schlechte Angewohnheit von mir, die abzuhaken, wenn eins meiner Mädchen ausrastete.

»Ich hätte gern einen Baseballschläger. Oder Pfefferspray.« Cassie zählte Sachen auf, die immer Furcht einflößender wurden, und beendete das Ganze mit: »Gib mir eins dieser riesigen mittelalterlichen Dinger mit Dornen drin, in die man Arschlöcher einsperrt.«

»Ich bin mir nicht sicher, ob wir eine Eiserne Jungfrau vorrätig haben«, sagte Jillian sanft. Sie klopfte neben sich auf das Sofa, um Cassie dazu zu bringen, sich neben sie zu setzen, aber Cassie tigerte weiter wie eine Wahnsinnige hin und her. Normalerweise sah Cassie immer tadellos aus, aber jetzt war ihr schwarzes Haar zu einem Pferdeschwanz zusammengezurrt, und ihre Kleider waren verknittert.

»Du wirst Ärztin.« Sie zeigte auf mich, und ich sank gegen das Sofakissen zurück. Das konnte nichts Gutes bedeuten. »Was nimmt man, um Arschlöcher zu kastrieren?«

Ich schüttelte den Kopf. »Äh, wir machen das eigentlich nicht … selbst bei Arschlöchern nicht.«

»Messer«, sagte Jillian, und ich warf ihr einen Blick zu. Selbst ohne die Details zu kennen, wusste ich, dass es keine gute Idee war, Cassie mit Waffen auszustatten.

»Gut. Ihr habt Messer da, oder?«

»Neeeeeein«, log Jillian sofort, aber ihr Blick flackerte zur Küchenzeile hinüber.

Ich beschloss, Cassie festzuhalten, falls sie auch nur einen Schritt auf den Küchenschrank zu machte.

»Erzähl uns, was passiert ist.« Sie musste darüber reden, und ich musste sie dazu bringen, ihre Mordlust loszuwerden.

»Sagen wir der Einfachheit halber, ich bin rüber zu Trevor gegangen, und da waren ein paar Beine um seinen Hals geschlungen, die mal definitiv nicht meine waren.« Die Enthüllung platzte aus ihr heraus, und sobald sie es ausgesprochen hatte, sackte sie unter Tränen auf dem Boden zusammen.

Jillian und ich sahen einander entsetzt an, dann hockten wir uns zu ihr. Wir nahmen sie beide fest in die Arme und ließen sie weinen und nickten verständnisvoll, als sie versuchte, mehr von der Geschichte herauszubringen, auch wenn wir bei dem ganzen Fluchen und Heulen nicht wirklich folgen konnten.

Eine Sache war aber klar: Trevor hatte es so richtig vermasselt, und Cassie war das Opfer seiner Idiotie. Über Cassies Schulter sah ich Jillians böse Blicke, während sie Cassies nur halb zusammenhängendes Geschwafel echote.

Er ist das Hinterletzte.

Ich habe auch immer gedacht, dass er ein Pisser ist.

Ich war froh, dass Jillian da war. Meine Talente lagen darin, mit jemandem gemeinsam alle Optionen abzuwägen. Wut und Tränen konnte ich nicht so gut handhaben. Sobald wir Cassie beruhigt hatten und sie ein wenig geschlafen hatte, würde ich vernünftig mit ihr reden können. Wir würden alles besprechen, und sie würde begreifen, was wir schon die ganze Zeit gewusst hatten. Kerle wie Trevor hatten keinen Bestand. Für jeden außer Cassie war das offensichtlich, jetzt würde sogar sie es verstehen. Natürlich würden manche Wunden länger brauchen, um zu heilen – wie das Tattoo, das Cassie sich für ihn hatte machen lassen.

Im Moment konnte ich Cassie nicht sagen, dass sie besser ohne ihn dran war, diese Unterhaltung würden wir auf keinen Fall heute Nacht führen. Also saßen wir da, ließen Cassie weinen, bis sie so müde war, dass sie sich nicht wehrte, als wir sie in mein Bett schleppten. Sie stieg mit mascaraverschmierten Augen hinein, ihr Körper bebte immer noch vor Schluchzern, und ich durfte die Decke über sie ziehen. Ich legte meine Arme um meine beste Freundin und hielt sie fest, bis wir beide einschliefen.

Kapitel 3

Woran erkennt man, dass ein Mädchen gerade eine schlimme Trennung hinter sich hat? Halt nach den vorschnellen Entscheidungen Ausschau. Manchmal soll ein neuer Haarschnitt oder eine schnelle Nummer mit einem Lückenbüßer aus der Bar die Perspektive auf ihr Leben ändern. Dieser Gefahr hatten wir alle schon gegenübergestanden, und Cassie war mitten im Trennungswahnsinn. Sie hatte lange genug mit dem Weinen aufgehört, um einen vollkommen lächerlichen Plan zu schmieden, damit sie sich wieder besser fühlte. Unglücklicherweise schloss besagter Plan auch mich und meinen Reisepass mit ein.

»Das wird episch«, versprach sie mir.

»Garantiert nicht«, wiederholte ich, während ich ihr ein Glas Wasser einschenkte. Nichts war schlimmer, als vom Weinen dehydriert zu sein.

Sie hielt das Glas fest, ohne das Wasser zu trinken, und ihre Fingernägel tippten dagegen. Sie hatte sich eine Pyjamahose und ein Tanktop geliehen, um die Kleider von der letzten Nacht ausziehen zu können. Oder wie sie es genannt hatte, das Outfit, das sie am schlimmsten Tag ihres Lebens getragen hatte. Ich hatte sie das ganze Semester noch nicht so lässig gekleidet gesehen. Und obwohl es fast zehn Uhr morgens war, waren ihre Augen rot umrandet und verquollen. In der letzten Stunde hatte sie nicht geweint, aber es war nur eine Frage der Zeit, bis es wieder losginge.

»Hast du was Besseres vor über die Weihnachtsferien?«, fragte sie.

Da hatte sie mich ertappt. Meine Pläne für diese Ferien beinhalteten Fernsehen und ein paar Bücher. Ich würde nicht einmal nach Oregon fahren. Meine Schwester würde in Seattle bleiben, da sie nicht freinehmen konnte, und meine Mutter hatte einen neuen Freund. Aus unseren Telefonaten war klar geworden, dass sie noch in der Honeymoonphase waren, was bedeutete, dass es absolut Übelkeit erregend sein würde, in ihrer Nähe zu sein. Gerade im Moment war ein Liebesfilm wirklich das Letzte, was ich mir angucken wollte, und da Brett nach Hause nach Indiana fuhr, würde ich Raum haben, über alles nachzudenken. Ich hatte Jillian sogar versprochen, dass sie mein Auto haben konnte, um hinunter nach Kalifornien zu fahren, damit ich während der Ferien die Wohnung für mich hatte. Ich würde die nächsten vier Wochen in Olympic Falls bleiben, und nichts, was Cassie sagte, würde mich umstimmen.

»Du musst mitkommen. Ich muss verdammt noch mal hier raus«, sagte Cassie, und ihre Stimme wurde immer kieksiger und steigerte sich schließlich zu einem Schluchzen.

»Was ist mit Texas?«, fragte ich sie. »Willst du deine Familie nicht sehen?«

»Meine Eltern fahren mit meinen Schwestern dieses Jahr nach fucking Nashville.« Cassie stemmte die Hände in die Hüften und schüttelte angewidert den Kopf. »Mit Texas komme ich klar, aber ein Weihnachtskonzert in der Grand Ole Opry könnte mich in meinem aktuellen Zustand umbringen. Du weißt doch, dass es in jedem einzelnen Countrysong ums Schlussmachen oder sich Verlieben geht. Es wäre Folter. Außerdem haben sie den Trip schon gebucht. Ich würde alles durcheinanderbringen. Aber *wir* könnten irgendwohin fahren.«

Cassie war nicht so hart drauf, wie sie immer tat. Sie hatte die meisten Ferien daheim mit ihrer Familie verbracht, und ich vermutete, dass ihr Zögern, dieses Jahr nach Texas zu fahren, nicht mit Songs von Dolly Parton zusammenhing. Diesen Gedanken behielt ich allerdings für mich. »Ich kann nicht irgendwohin.«

»Wir gehen nicht irgendwohin.« Cassies Drängen nervte ziemlich.

»Wo gehst du hin?«, fragte Jillian und ließ eine Reisetasche auf den Wohnzimmerboden fallen. Sie trug einen weichen, lose fallenden Pulli und sah entschieden zu gut aus für das bisschen Schlaf, das wir letzte Nacht bekommen hatten.

»Du siehst heiß aus«, sagte ich mit einer anständigen Portion Neid. »Hast du irgendein magisches Zaubermittel gefunden, das deinen Schlafbedarf mindert?«

»Stunden um Stunden mit großartigem Sex«, sagte sie

mit einem Zwinkern, aber das Lächeln erlosch sofort wieder. »Oh mein Gott, Cassie. Es tut mir leid. Das …«

»Entschuldige dich nicht dafür, einen tollen Kerl zu vögeln«, sagte Cassie und tat Jillians Fauxpas mit einer Handbewegung ab.

»Es war trotzdem mies, damit anzugeben«, sagte Jillian, legte Cassie die Arme um die Taille und zog sie fest an sich. »Vergibst zu mir, dass ich eine Idiotin war?«

»Na klar.« Cassie ließ ihren Kopf an Jillians sinken, aber einen Augenblick später wandte sie ihre Aufmerksamkeit wieder mir zu. »Ich und Jess müssen Olympic Falls auch verlassen.«

»Das ist eine hervorragende Idee! Du kannst mit nach Kalifornien kommen.« Jillian schaffte es, das wie ein verlockendes Angebot wirken zu lassen, aber sowohl Cassie als auch ich wussten, dass ihr vor den Feiertagen grauste, trotz des schottischen Kerls an ihrer Seite.

»Ich glaube nicht, dass ich im Moment mit Taras Bullshit klarkäme«, sagte Cassie.

»Verständlich. Ich komme mit dem Bullshit meiner Mutter auch nicht klar.« Jillian setzte sich auf einen Hocker. Sie würde niemanden dazu verdonnern, die Feiertage mit ihrer Familie zu verbringen. »Wo gehst du also hin?«

Wir antworteten gleichzeitig.

Cassie: »Mexiko.«

Ich: »Nirgendwohin.«

»Wir fahren nicht nach Mexiko!«, wiederholte ich mit Nachdruck. Ich wollte Cassies Seifenblase nicht zum Zerplatzen bringen, aber Mexiko konnte ich mir einfach nicht leisten, und ich hatte auch keine Lust auf eine Reise. Ich wollte nur ein wenig Zeit in einer leeren Wohnung – alleine.

»Ich bin mindestens eine Woche lang weg. Falls ich nicht vorher fliehen muss, aber Liam sagt, wir bleiben über Weihnachten dort«, sagte Jillian. »Du könntest in meinem Zimmer wohnen, während ich weg bin.«

Ich machte mir eine geistige Notiz, Jillian daran zu erinnern, dass sie mich zuerst fragen musste, bevor sie unsere Wohnung als Hotel anbot. Cassie hierzuhaben würde meinem Plan einen Knacks versetzen, aber wenn sie hier pennen wollte, würde ich es auch überleben.

»Und dann höre ich Brett und Jess die ganze Zeit beim Liebemachen zu?«, gab Cassie zurück. »Ich glaube kaum.«

»Brett fährt über die Ferien nach Hause«, sagte ich.

Jillian kniff die Augen zusammen und musterte mich. »Du klingst nicht gerade betrübt.«

War ich auch nicht, aber ich wollte das jetzt nicht zugeben. Cassie mit Infos zu Bretts Antrag zu quälen war das Letzte, was ich tun würde. Außerdem war es sowieso nicht so, dass wir ständig unzertrennlich waren. »Er geht zu seiner Familie. Das ist gut für ihn.«

»Und er nimmt dich nicht mit?«, fragte Cassie und hatte schon wieder Tränen in den Augen. »Trevor hat mich nie seiner Familie vorgestellt«, jammerte sie. »Ich hätte wissen müssen, dass etwas …«

»Ich will nicht mit ihm nach Indiana fahren«, sagte ich. »Dieses Semester war schwierig, und ich hinke bei meinen Serien hinterher.«

»Deine Serien?«, wiederholte Jillian, die sich nicht die Mühe machte, ihr Lachen zu verbergen. »Bist du sechzig? Machst du ein bisschen Sudoku und adoptierst Katzen, wenn ich weg bin?«

»Sei kein Miststück.«

»Sei keine sechzig!« Jillian lachte wieder und lief dann in ihr Zimmer, um fertig zu packen.

Mein Handy vibrierte in meiner Tasche, und ich holte es hervor, um ausgerechnet eine Nachricht von Brett auf dem Display aufleuchten zu sehen.

Planänderung. Ich bleibe über die Ferien bei dir.
Ich kann nicht nach Hause, bevor wir geredet haben.

Ich schob das Telefon wieder in meine Tasche und versuchte, normal auszusehen. Dass Brett nicht nach Hause fuhr, war schlecht. Wenn er hierblieb, würde er immer wieder von der Ehe anfangen, bis er mich mürbe gemacht hätte. Ich würde nicht Ja sagen, nur damit er endlich die Klappe hielt. Aber ich wusste, was passieren würde, wenn ich ihm sagte, dass ich nicht wollte, dass er blieb.

Meine Beziehung war dem Untergang geweiht. Das wurde mit jeder Minute, die verging, deutlicher. Es war nicht fair, ihn in dem Glauben zu lassen, dass es eine Chance gab. Aber genau vor Weihnachten Schluss machen? Das war ein echter Bitchmove. Plötzlich hatte ich das Gefühl, dass die Luft in der Wohnung einfach weg war, ich konnte nicht mehr atmen. In Olympic Falls zu bleiben fühlte sich unmöglich an.

»Geht es dir gut?«, fragte Cassie und sah mich argwöhnisch an.

»Mir geht's gut«, sagte ich lässig. Tatsache war, dass ich weit davon entfernt war, mich okay zu fühlen. »Ich habe nur gerade beschlossen, mit dir nach Mexiko zu fahren.«

Kapitel 4

Meine Schwester begleitete mich bis zur Sicherheitskontrolle und zählte dabei auf, was ich bei mir haben musste: meinen Pass, die Nummer der amerikanischen Botschaft, Fotokopien aller wichtigen Papiere, Sonnencreme. Ich hatte meinen Pass und die Sonnencreme.

»Ich komme schon klar«, versicherte ich ihr und blieb am Ende der Schlange stehen.

»Trink das Wasser da nicht. Rede nicht mit fremden Männern.« Lillian nahm mich bei den Schultern und blickte mir fest in die Augen. »Und werde nicht schwanger.«

Sie umarmte mich, was ziemlich ungeschickt wirkte, da sie fast fünfzehn Zentimeter größer war als ich – und weil ich zwischen hysterischem Lachen und totalem Schock schwankte. *Werd nicht schwanger?* Lillian sprach nicht über Sex. Nie. Sie war eine achtundzwanzigjährige Anwältin, die praktisch in ihrem Büro lebte. Soweit ich wusste, hatte sie noch nie Sex gehabt. Für so was hatte sie keine Zeit. Nicht, dass ich viel besser wäre. Unsere Mutter hatte uns dazu erzogen, die Arbeit stets über alles zu stellen. Das war der Preis dafür, von einer Mutter großgezogen zu werden, die ihre Unabhängigkeit über Beziehungen stellte. Mom hatte erst wieder angefangen auszugehen, nachdem beide Töchter das Nest verlassen hatten.

Meine Entscheidung, nach Mexiko zu fahren, bedeutete, dass ich Lillian an Weihnachten versetzte – dem einzigen Tag, an dem sie das Büro verließ. Unsere Geschenke hatten wir uns an diesem Morgen in einem Starbucks überreicht, und dann hatte sie mich zum Flughafen gefahren. Ich hätte wissen müssen, dass mir ein Vortrag blühte.

»Okay, Lillian«, versprach ich ihr, ohne eine Miene zu verziehen. »Ich lass mich nicht schwängern.«

Sie sah erleichtert aus, was es nur noch witziger machte. Irgendwie gelang es mir aber, nicht loszuprusten. Das Gelächter rutschte mir erst heraus, als der Beamte meinen Pass überprüfte, und ich konnte gar nicht mehr aufhören. Genau deshalb landete ich wohl auch in einem kleinen Hinterzimmer und wurde einer zusätzlichen Kontrolle unterzogen. Sicherheitsbeamte hatten nicht gerade Sinn für Humor.

Meine Schwester musste sich allerdings keine Sorgen machen. Der Blick auf den Hintern des Sicherheitsbeamten würde vermutlich für die nächsten sieben Tage das Wildeste sein, was ich wagte. Ich flog nicht nach Puerto Vallarta, um mich flachlegen zu lassen. Partymaus? Ich doch nicht! Ich musste für die Zulassungsprüfungen lernen, und Cassie hatte versprochen, dass es effektiver wäre, für »diesen langweiligen Medizintest« am Strand zu pauken, wegen des ganzen Vitamin D in den Sonnenstrahlen.

Ich machte mir nicht die Mühe, sie daran zu erinnern, dass ich Ärztin werden wollte und durchaus wusste, dass es keinen wissenschaftlichen Beweis dafür gab. Meine Freundinnen versuchten immer, mich mithilfe pseudowissenschaftlicher Erklärungen von irgendetwas zu überzeugen. Einmal hatte Jillian behauptet, dass man sich an die richtigen Antworten erinnern würde, wenn man erst betrunken lernte und dann den Test betrunken schrieb. Fragt bloß nicht, ob sich das für sie bewährt hat.

Cassies Behauptung, dass die Sonne mir helfen würde, mir chemische Zusammensetzungen oder homozygot-dominante Genotypen zu merken, war höchst zweifelhaft. Doch dieser Urlaub würde mir allemal helfen, Brett zu entkommen. Er hatte nicht gerade gut auf den Trip nach Mexiko reagiert und hatte eine Antwort verlangt. Ich gab ihm eine, die ihm nicht gefiel. Außerdem lag über Olympic Falls der graue, feuchte Winter wie eine Decke.

Also war ich jetzt am Flughafen und suchte das Abfluggate nach Cassie mit ihrem gebrochenen Herzen ab. Im Wartebereich fand ich sie nicht, also suchte ich in den nahegelegenen Restaurants. Schließlich entdeckte ich sie im Mile High Club, sie hatte bereits zwei Margaritas intus.

»Du solltest langsamer machen«, mahnte ich und stellte mein Handgepäck in Sichtweite ab. Ich setzte mich auf den wackligen Barhocker neben ihr und stützte die Ellbogen auf die polierte Theke.

»Der Flug dauert vier Stunden«, sagte sie, man hörte ihr den Tequila an. Der Alkohol brachte immer ihren texanischen Akzent zum Vorschein. »Ich werde wie ein Baby schlafen.«

»Ein betrunkenes Baby«, sagte ich und schnaubte.

»Stell dir nur mal vor, wie friedlich das wäre«, sagte sie.

Der Barmann tauchte auf und legte eine Serviette vor mich. »Was möchtest du?«

»Zwei Wasser und die Rechnung«, sagte ich. Cassie schmollte neben mir. Ihr Schmollmund war ein wahres Kunstwerk, aber nach drei Jahren mit ihr zusammen an der Olympic State war ich dagegen immun. Als sie das merkte, änderte sie ihre Taktik.

»Jess, so können wir unseren Urlaub nicht starten.«

»Ich dachte gerade, wir könnten uns die Alkoholvergiftung für den Strand aufsparen«, sagte ich trocken.

»Komm schon«, bettelte sie. »Ich habe gerade seine Telefonnummer gelöscht. Da verdiene ich einen Drink.«

Das war in der Tat ziemlich heftig, besonders für Cassie, die ihr iPhone wie ein modernes Rolodex behandelte. »Schön für dich.«

»Geht es dir gut?«, fragte sie plötzlich ernst. »Wie lief es gestern Abend mit Brett?«

Trotz meiner Versuche, meine eigenen romantischen Verstrickungen von ihr fernzuhalten, konnte ich sie schlecht belügen, zumal sie wie eine Klette an mir klebte, seit sie Trevor mit einem anderen Mädchen erwischt hatte, und um ein Haar zu meinem Date mit Brett mitgegangen wäre. »Wir haben uns getrennt.«

Cassie fiel der Unterkiefer runter, aber sie erholte sich sofort und nahm mich in die Arme.

Ich erwiderte die Geste ungeschickt. Ich konnte Cassie nicht sagen, warum ich mit ihm Schluss gemacht hatte. Es ging ihr noch zu schlecht, um ihr einen Heiratsantrag zuzumuten. Aber sie fragte zum Glück nicht nach.

»Die können uns alle mal.« Cassie ballte die Fäuste und streckte sie mir entgegen. Ich stieß mit meinen Knöcheln gegen ihre. Frauenpower. Das musste ich ihr lassen, sie hielt sich ziemlich gut. Wobei das auch am Tequila liegen konnte.

»Also ist seine Telefonnummer weg. Was jetzt? Seine Uber-Bewertungen ruinieren? Ihn per Post mit Glitter bombardieren?«

Sie verzog das Gesicht und schüttelte den Kopf. »Ich verschwende keine Zeit mehr an ihn, aber ich brauch einen neuen Bildschirmschoner.«

Sie zog ihr iPhone heraus und hielt es vor uns, und ich lehnte mich für das obligatorische Selfie vor. Ein paar Sekunden später zeigte sie mir den Bildschirm. Neben ihrer dunklen Haut und dem schwarzen Haar sah ich noch blasser und blonder aus als sonst.

»Du brauchst Sonne«, sagte sie mit einem Seufzen.

»Genau, dann sehe ich aus wie ein Krebs.«

»Und ich wie Karamell«, sagte sie.

»Ich weiß nicht, was ich davon halte, wenn wir beide aussehen wie was zu essen.«

Der Barmann stellte schweigend zwei Wasser vor uns, und ich legte meine AmEx auf die Bar, während Cassie ihr

Glas hob und damit gegen meines stieß. »Auf den Sand, den Tequila und Fehlentscheidungen.«

»Berühmte letzte Worte«, murmelte ich.

Cassie stürzte das Wasser halb herunter, dann erstarrte sie und sah mir über die Schulter. »Ist das Markson?«

Ihr Timing war perfekt. Ich hatte gerade einen Schluck Wasser im Mund, das mir nun prompt über Kinn und Brust spritzte. Sie hatte recht. Roman Markson, unser Prof für Kommunikation und unbestreitbar ein heißer Typ, war hier. Am Flughafen. Im Mile High Club. In diesem Moment. Mir war die Begeisterung ein wenig unangenehm, die mich bei seinem Anblick durchzuckte und wie ein Blitz in meinem Unterleib einschlug.

»Falls er dich noch nicht gesehen hat«, fuhr sie mit einem Kichern fort und zeigte auf mein besabbertes Top, »dann aber jetzt.«

Fantastisch. Von all den Leuten, denen man im Urlaub über den Weg laufen konnte, ausgerechnet er – und natürlich genau im richtigen Moment. Ich wischte mir über das Top und versuchte, nicht hinzusehen.

Das erwies sich jedoch als unmöglich, da Roman ganz offensichtlich im Urlaub war und mehr nach Hollister-Reklame aussah als nach Lehrkörper für Zwischenmenschliche Kommunikation. Bis hin zu dem Tribal-Tattoo, das sich um seinen Bizeps schlang. Ich sah es zum ersten Mal. Vermutlich, weil er am College in einer Art Professorenuniform steckte: Hemd, Jackett oder Pullunder und Oxford-Treter. Heute trug er jedoch ein dünnes, enganliegendes T-Shirt und Jeans, was seine beeindruckenden Muskeln und das mysteriöse Tattoo sehr gut zur Geltung brachte. Und dieses Outfit ließ die doch recht wichtige Grenze zwischen Lehrkörper und Student auf eine neue und sehr interessante Art verschwimmen. Außerdem waren seine Bartstoppeln deutlich besser zu erkennen als sonst, und er hatte auch nicht versucht, sein seidiges schwarzes Haar zu bändigen. Er sah nicht aus wie mein Prof. Er sah nicht aus, als wäre er überhaupt Prof. Er sah aus wie Gottes Geschenk an die Damenwelt.

»Jessica!«, rief Roman überrascht, als er zu uns herüberkam.

»Ro-Professor Markson.« Mir gingen ziemlich viele Flüche durch den Kopf. Er hatte mich bereits dabei ertappt, wie ich ihn anstarrte. Ich musste mich nicht noch weiter blamieren, indem ich ihn duzte. »Ich habe Sie gar nicht erkannt.«

»Ich bin nicht für den Unterricht gekleidet.«

Ich nickte energisch, als wäre genau das der Grund, aus dem ich vorgab, ihn nicht gleich erkannt zu haben.

Was absolut nicht stimmte.

Außerhalb der Kurse hatte ich Roman nur ein paarmal gesehen. Nicht, dass ich mich mit ihm traf oder so. Ich hatte nur Jillian durch seinen Kurs schleifen müssen, wozu ich seine Hilfe gebraucht hatte, und wir waren uns ab und an zufällig über den Weg gelaufen. Mir machten diese zufälligen Begegnungen überhaupt nichts aus. Doch die waren auch kein bisschen wie diese hier gewesen.

»Ferien?«, fragte Cassie und rettete mich damit.

»Für die Feiertage. Und ihr, Mädchen? Stürzt ihr euch in

Schwierigkeiten?« Er zwinkerte mir zu, und mein Magen schlug einen Salto.

»Wenn es nach mir geht, ja«, sagte Cassie.

»Darf ich Ihnen beiden einen Drink ausgeben?«, fragte er und legte seine Tasche auf den Nachbarhocker.

Ich versuchte, lässig dreinzublicken, und scheiterte kläglich, als mir die Hitze in die Wangen stieg. »Wir trinken Wasser. Auf Langstreckenflügen sollte man viel trinken.«

Oh mein Gott, hatte ich ihm da gerade einen gesundheitlichen Rat erteilt? Ich klang wie so ein Info-Film, den sie im Flugzeug vor dem Abheben abspielten.

»Guter Tipp.« Roman drehte sich auf dem Absatz um und blickte auf sein Telefon. »Ich hasse es, dass man für die internationalen Flüge so früh da sein muss.«

»Sie reisen in die exotische Ferne?« Cassie ließ das Rührstäbchen zwischen den Fingern kreisen und steckte es sich dann in den Mund. Flirtete sie mit ihm? Das konnte ich ihr nicht vorwerfen, aber ich beneidete sie darum, wie leicht ihr das fiel. Sie konnte sogar eine ganz einfache Frage sexy klingen lassen, während ich mich einfach nur wie eine Irre anhörte.

»Puerto Vallarta«, sagte er, ohne zu zögern.

Cassie rammte mir den Ellbogen in die Rippen, wenn nicht schon seine Antwort mir den Atem geraubt hätte, hätte ich spätestens davon keine Luft mehr gekriegt. »Nicht Ihr Ernst! Wir fliegen da auch hin. Haben Sie vor, die Bars unsicher zu machen?«

»Seine Familie lebt in Puerto Vallarta«, rutschte es mir heraus, bevor ich mir auf die Zunge beißen konnte.

»Es überrascht mich, dass Sie sich daran erinnern.« Roman sah mir ins Gesicht, und seine Miene war vollkommen unlesbar.

Verdammt. Das hatte ja mal total nach Stalkerin geklungen. Ich erinnerte mich eben einfach an Dinge, besonders wenn es Roman betraf. Das würde ich ihm aber ganz sicher nicht mitteilen, es sei denn, ich wollte, dass er eine einstweilige Verfügung gegen mich erwirkte.

»Sie hat ein gutes Gedächtnis«, warf Cassie lässig ein. »Also fliegen Sie zu Ihren Eltern?«

»Zu meiner Großmutter«, sagte er. »Der größte Teil meiner Familie ist weggezogen. Tatsächlich stehe ich ihr am nächsten von denen, die ihr geblieben sind. Der Rest von uns ist über den ganzen Erdball verteilt. Meine Schwester lebt in Spanien.«

»Es ist wirklich nett von Ihnen, dass Sie sie besuchen«, sagte ich leise.

»Sie verhätschelt mich«, gab er zu, »und der Strand ist auch nicht übel. Mögen Sie das Meer?« Er sah mich mit warmherzigem Blick an.

Ich öffnete gerade den Mund, um zu antworten, als Cassie dazwischenfuhr. »Sie liebt es. Vielleicht könnten Sie mit ihr schwimmen gehen.«

Ich hasste das Wasser, und ich schwamm nicht. Cassie wusste das, aber sie führte ganz offensichtlich etwas im Schilde. Anscheinend fand sie, ich sollte etwas mit unserem Prof anfangen.

»Das wäre schön«, sagte Roman. »Es ist nett, mit jemandem zusammen an den Strand gehen zu können.«

Seine schokoladenbraunen Augen fanden meinen Blick, und ich vergaß zu atmen. Falls mich jemand überzeugen könnte, dass Ertrinken toll wäre, dann wohl er. Nur der Gedanke an ihn in Shorts, wie er ohne T-Shirt in die Wellen lief, ließ mich meine Schenkel aneinanderpressen.

»Ich muss vor dem Boarding noch aufs Klo«, sagte ich, das war die erste Entschuldigung, die mir in den Sinn kam. »Bin sofort zurück.«

Cassie nickte und wandte sich wieder ihrer Unterhaltung mit Roman zu. Ich ging in Richtung der Waschräume und dachte über diese merkwürdige Wendung der Dinge nach. Ich wusste, dass Cassie gerne kuppelte, aber bildete ich mir das ein, oder flirtete Roman wirklich mit mir? Er hatte mich immerhin gefragt, ob ich mit ihm schwimmen gehen wollte. Oder nicht? Ich dachte an seine beiläufige Bemerkung darüber, dass es nett war, mit jemandem gemeinsam an den Strand gehen zu können. Mit mir. Vielleicht wollte er nur höflich sein, aber etwas in seinem Blick sagte mir, dass es nicht nur das war. Und mein Körper hatte mit einem Verlangen auf ihn reagiert, das ich zuvor nicht verspürt hatte. Genau deshalb flüchtete ich mich auch zur Toilette. Leider konnte ich da nicht bleiben.

Wir waren nicht einmal nach Mexiko gestartet, und ich steckte bereits in Schwierigkeiten.

Irgendwie hatte Cassie uns Sitze in der ersten Klasse organisiert. Ich fragte nicht, wie, da ich mir denken konnte, dass es etwas mit der Notfallkreditkarte zu tun hatte, die Trevor ihr vor ein paar Monaten gegeben hatte. In ihrer Gegenwart wedelte er immer mit Geld herum, und falls wir unsere geräumigen Sitzplätze ihm und seinem Fehltritt verdankten, würde mich das nicht überraschen. Nicht, dass ich befürwortete, dass Cassie seine Karte einsetzte, um sich zu rächen, aber es war schön zu wissen, dass ich so im Flieger arbeiten konnte. Außerdem durften wir früher einsteigen, was bedeutete, dass ich bereits saß und mich zurücklehnen durfte. Ich hatte sogar einen Weißwein genommen, als die Flugbegleiterin vorbeikam.

Ich lehnte mich also mit meinem Glas zurück und sah zu, wie die anderen Passagiere sich mit ihrem Gepäck abmühten, während Cassie einen Stapel Magazine organisierte. *Vielleicht werden die paar Tage in der Hitze doch gar nicht so schlimm.*

Cassie lehnte sich zu mir herüber und flüsterte: »Also steht Markson auf dich.«

»Bitch, bitte«, sagte ich laut, und die Frau uns gegenüber warf mir einen vernichtenden Blick zu. Ich lächelte sie an. Nur weil eine junge Dame erster Klasse flog, musste sie sich noch lange nicht so benehmen.

»Ich muss wohl nicht fragen, wie es dir geht.« Sie kicherte triumphierend und ließ sich wieder in ihren Sitz sinken.

Nein, das brauchte sie nicht. Ich konnte versuchen, mich wieder zu beruhigen, so viel ich wollte, ich war ein Wrack, seit wir ihm begegnet waren. Ich tippte mit den Fingern an dem Weinglas herum und wünschte, dass ich Cassie früher von der Bar weggeschleppt hätte. Als ich aufblickte, sah ich Markson im Gang. Meine Klitoris sandte mir ein SOS. Ich rutschte auf meinem Platz herum und fragte mich, ob

Masturbation im Klo mich wohl zum Mitglied im Mile-High-Club werden ließe.

Die Schlange bewegte sich langsam vorwärts, und Roman schenkte mir ein schiefes Grinsen. »Guten Flug.«

Ich grinste wie eine Irre zurück und nickte zu allem Überfluss auch noch. In der Sekunde, in der er aus meinem Blickfeld verschwand, sank ich gegen die Lehne und schüttete den letzten Rest Wein in einem einzigen Schluck herunter.

»Du solltest ihn unbedingt vögeln. Und zwar während des Flugs. Dann bist du ein echtes Mitglied des richtigen Mile-High-Club«, sagte Cassie, als hätte sie meine Gedanken lesen können.

»Warum sagst du so was?« Ich wandte mich zu ihr um, musste sie immer über alles Witze machen? Aber sie sah ganz ernst und unschuldig aus. »Ich werde Roman nicht vögeln.«

»Du willst ihn vögeln.«

»Ich will ihn nicht vögeln«, sagte ich erneut und ein wenig zu laut, sodass sich ein paar Köpfe zu mir umwandten und mich anstarrten. Die Frau von vorhin schüttelte angewidert den Kopf. Diesmal rutschte ich tiefer in meinem Sitz und versuchte, mich unsichtbar zu machen.

Wen kümmerte es schon, ob Roman Markson in diesem Flieger war? Oder ob er unfassbar heiß aussah? Ich musste mir um ganz andere Dinge Gedanken machen. Ich sollte mich auf die Medizin konzentrieren und nicht auf Männer, und genau dafür hatte ich gesorgt, indem ich Brett eine Absage erteilt hatte, bevor wir losgefahren waren. Ich hatte einen total netten Typen sitzen lassen, um mich auf meine Ziele zu konzentrieren.

Nein. Das war wirklich nicht die richtige Zeit für romantische Verwicklungen. Das Problem war nur, dass mein Körper gegen diese Meinung rebellierte.

Cassie lachte und warf mir eine Cosmo zu. »Du willst ihn so was von vögeln. Da drin sind 200 Tipps für guten Sex. Vielleicht kannst du ja die Lehrerin spielen. Hast du einen karierten Rock dabei?«

»Erinnere mich daran, dass ich dich umbringe, sobald wir gelandet sind.«

»Widerspricht das nicht dem hippokratischen Eid?«, fragte sie und winkte die Flugbegleiterin heran, um noch zwei Gläser Wein zu bestellen.

Bei diesem Scherz wurde ich ein wenig starr. Meine Freundinnen zogen mich unglaublich gerne mit meinem Traumberuf auf und nannten mich Doctor Jess oder schenkten mir Shirts von *Greys Anatomy*. Mir war nur zu klar, dass eine Menge Lernerei und eiserne Disziplin nötig waren, um an der Medizinischen Fakultät aufgenommen zu werden. Und falls ich es schaffen sollte, wovon ich lieber nicht ausging, müsste ich noch die Zeit als Assistenzärztin überleben, was harte Arbeit und null Sozialleben bedeuten würde. Ein weiterer guter Grund, Roman als Fantasie abzutun und ihn mir nicht ins Bett zu holen. »Noch bin ich keine Ärztin.«

»Jess!« Cassie verdrehte die Augen. »Zum letzten Mal, es bringt kein Unglück, wenn wir darüber reden, dass du Ärztin wirst. Du wirst Ärztin. Du bist auf dem richtigen

Weg, aber es würde dich nicht umbringen, wenigstens diese Woche mal lockerzulassen.«

Sie hatte keine Ahnung, wie schwer es war, angenommen zu werden – und das Studium dann auch zu überstehen. Ich würde mich nicht völlig auf meinen Fünfjahrplan verlassen können, und diese kleine Variable war mir zutiefst zuwider. Beinahe so sehr, wie ich den Stress hasste, den ich fast ständig verspürte. Könnte Cassie recht damit haben, dass ich einfach mal lockerlassen und ein bisschen Spaß haben sollte? Wäre eine freie Woche ohne Lernen so schlimm?

Oder versuchte ich nur, eine Ausrede zu finden, um Roman die Tür zu öffnen?

»Waffenstillstand?«, schlug Cassie vor und hielt ihr Weinglas hoch.

Ich nickte und nahm einen Schluck, gerade als sie hinzufügte: »Du willst ihn trotzdem vögeln.«

Kapitel 5

Fünf Stunden später landeten wir in Mexiko. Cassie und ich stolperten nach sechs Gläsern Wein mehr aus dem Flieger. Meine Augen waren ein wenig glasig, als wir uns zur Passkontrolle durchschlugen. Ich berührte meine Nasenspitze, um zu sehen, ob sie taub war. Dann zählte ich meine Schritte.

»Hörst du wohl auf, deine Checkliste für Besoffene durchzugehen?«, sagte Cassie und schob ihren Arm unter meinen, um sich abzustützen. »Eilmeldung: Du bist betrunken.«

Ich war nicht betrunken, aber auf jeden Fall beschwipst. Das sagte ich ihr nicht, damit sie nicht auf die Idee kam, mich gleich in die nächste Bar zu schleppen.

Cassie legte den Pass vor den Einreisebeamten und lächelte ihn süß an.

»Grund Ihres Besuchs?«, fragte er. Er sah hoch, und sein Blick heftete sich auf Cassie, die kicherte. »Geschäfte? Vergnügen?«

»Pures Vergnügen.« Sie biss sich verführerisch auf die Unterlippe, und er stempelte ihren Pass mit ein wenig zu großer Begeisterung ab. Diese Wirkung hatte sie immer auf Jungs. Cassie musste nur den Mund aufmachen, schon lagen sie ihr zu Füßen. Das war eine Fähigkeit, die mir abging, aber es bedeutete hoffentlich auch, dass sie ihren Lückenbüßer bald finden würde.

Mich sah der Beamte kaum an und entließ uns mit einem »Willkommen in Mexiko«, damit wir unsere Koffer einsammeln konnten.

Mein Telefon vibrierte in der Tasche. Ich hatte drei Nachrichten. Eine von Jillian: *Denk dran: ›Mas Tequila por favor‹,* gefolgt von einer Tirade darüber, dass ihre Mutter ihr verbot, mit Liam in einem Bett zu schlafen, und zwei von Brett, der wissen wollte, ob ich gut gelandet wäre und die Einreise überstanden hätte. Offensichtlich hatte er vergessen, dass er nicht mehr mit mir zusammen war. Ich rümpfte die Nase.

Cassie stieß mir gegen die Hüfte und zog so meine Aufmerksamkeit auf sich. »Was schaust du so?«

Ich zeigte ihr mein Telefon.

»Sag ihm, dass wir festgenommen wurden und auf den Prozess warten, weil wir Schmuggelware über die Grenze gebracht haben!« Ihre dunklen Augen glänzten neckisch, als sie wieder meinen Arm ergriff.

»Er kommt her, wenn ich ihm das schreibe«, sagte ich, weil ich wusste, dass es stimmte.

Cassie riss die Augen auf. »Dann sag ihm das bloß nicht.«

Ich schob mir den Rucksack über die Schulter, dann

suchte ich auf der Ankunftstafel nach der Info für unser Gepäck, allerdings sah ich immer noch ein wenig verschwommen, wegen unserer Happy Hour im Flieger.

»Dos«, sagte da eine warme Stimme an meinem Ohr. Ich zuckte überrascht zusammen, und Roman streckte die Hand vor, um mich abzustützen.

»Verdammt!« Ich griff mir lachend an die Brust.

»Tut mir leid«, sagte er, und Lachfältchen tauchten um seine schokoladenbraunen Augen herum auf. »Ich dachte, Sie suchen nach der Nummer des Gepäckbands.«

»Ja, die … suche ich«, sagte ich und versuchte, locker zu klingen. Oder wenigstens nicht betrunken. »Bin gerade nur neben der Spur. Textnachricht. Drama zu Hause.«

Jetzt plapperte ich, das Resultat von zu viel Wein, zu viel heißem Kerl und zu wenig Selbstkontrolle. Ich hörte mir zu, wie die Worte aus mir heraussprudelten, aber ich war machtlos. Immer, wenn ich Roman auf dem Campus begegnet war, hatte ich einen Knoten in der Zunge gehabt. Das war typisch Jess. Es war nicht das erste Mal, dass ich mich zu einem megaklugen Typen hingezogen fühlte. Lag vermutlich daran, dass ich selbst ein solcher Nerd war. Aber seine Wirkung auf mich war definitiv schlimmer, wenn er so vor mir stand und wie ein Model aussah. Statt seinen nerdy Sexappeal zu untergraben, verstärkte der Look ihn nur noch. Dass ich nun wusste, dass er bloß ein paar Jahre älter war als ich, war auch nicht unbedingt hilfreich.

Romans Lippen hoben sich zu einem Lächeln, und er winkte jemandem in der Ferne zu.

»Ich sollte mein Gepäck holen«, sagte ich. *Und aufhören,*

mich zum Affen zu machen. Außerdem hatte ich Cassie in der Menge verloren.

»Roman!« Eine Stimme rief jubelnd seinen Namen, und ich sah auf und erblickte eine ältere Frau, die auf ihn zueilte. Sie war halb so groß wie er und wirklich ziemlich alt, aber pfeilschnell und wendig.

»Meine Großmutter«, erklärte er mir.

»Wir hatten nicht mal das erste Date, und schon treffe ich die Familie.« Die Worte verließen meinen Mund, ohne dass ich sie zurückhalten konnte, aber Roman reagierte darauf mit einem schallenden Lachen, während er seine Großmutter umarmte. Ich trat von einem Fuß auf den anderen und fragte mich, ob jetzt wohl ein guter Zeitpunkt wäre abzuhauen.

Er trat zurück und sprach rasend schnell auf Spanisch und deutete auf mich. Die ältere Frau warf mir die Arme um die Taille und umarmte mich, während ich Roman über ihren grauen Kopf hinweg beobachtete.

»Meine Großmutter wünscht sich, mehr über mein Leben in Washington zu erfahren«, erklärte er. Als sie sich von mir löste, legte sie mir die Hand unters Kinn und sah mir tief in die Augen. Nach einem Augenblick lächelte sie und sagte etwas zu Roman.

Das war einer der Momente, in denen ich mir wünschte, mehr als die zwei vorgeschriebenen Jahre Spanisch an der Highschool belegt zu haben.

»Aba!«, rief Roman und schüttelte den Kopf. »Ella no es mi novia.«

Novia, das verstand ich, und ich errötete bei dem Gedanken daran, dass seine Großmutter glaubte, ich wäre seine Freundin. Roman zuckte entschuldigend mit den Schultern, aber er konnte mich nicht ansehen.

»Deine Taschen?«, fragte Aba ihn.

»Aba spricht fließend Englisch. Sie hat nur Ihr Spanisch getestet«, sagte Roman.

»Das ist nicht besonders gut«, sagte ich und kaute an einem Fingernagel.

Aba zog sanft meine Hand von meinem Mund weg und sagte dann leise: »Es ist gut genug.«

Sie tätschelte meine Hand, bevor sie auf das Gepäckband zuging, das sich jetzt bewegte.

»Sie ist eigensinnig«, sagte Roman, als sie außer Hörweite war.

»Sie ist entzückend«, versicherte ich ihm. Ich musste an Jillians Oma denken. »Sie heißt Aba?«

Roman legte die Finger auf den Nasenrücken und schüttelte den Kopf. »Ich hätte Sie anständig vorstellen sollen. Ich nenne sie Aba, weil ich Abuelita nicht aussprechen konnte, als ich klein war.«

»Das bedeutet Großmutter auf Spanisch«, sagte ich.

»Sehen Sie, Ihr Spanisch ist nicht schlecht.« Roman stieß mich mit der Schulter an, aber die freundlich gemeinte Geste ließ einen elektrischen Stoß durch mich hindurchzucken.

»Ich glaube, ich habe das bei *Dora* gelernt, dieser Zeichentrickserie«, sagte ich, als wir ans Band traten.

Roman schnaubte. »Sind Sie Fan?«

»Ich stehe auf *Backpack*«, sagte ich und leckte mir

neckisch über die Lippen. »Die Kinder, auf die ich im Sommer aufgepasst habe, hätten das den ganzen Tag geschaut, wenn ich sie gelassen hätte.«

»Ich hoffe, Sie wurden gut bezahlt«, sagte er. Offensichtlich war er vertraut mit der Serie. »Da sind wir ja schon!«

Roman sprang vor und zog eine Reisetasche vom Band, doch er verabschiedete sich nicht.

»Ich schaffe das schon«, sagte ich. Vielleicht brauchte er einen Ausweg. Er wirkte auf mich wie der Typ Mann, der blieb, um einem Mädchen mit dem Gepäck zu helfen oder ihr die Tür aufzuhalten. Ich mochte nicht daran denken, dass er vielleicht auch blieb, um noch mehr Zeit mit mir zu verbringen.

»Sind Sie sicher?«

»Absolut. Ich reise mit leichtem Gepäck.«

»Cassie nicht«, sagte Roman, und ich folgte seinem Blick zu meiner besten Freundin, die die dritte Tasche vom Band zog.

»Einer der Gründe für mein kleines Gepäck. Falls ich etwas vergesse, hat sie es mindestens zweimal in ihrem Koffer.«

»Gute Freundin«, sagte er.

»Die beste.«

Eine unangenehme Pause entstand, die endlich von der Ankunft meines Koffers beendet wurde.

»Ich wünsche Ihnen eine gute Zeit!«, rief er mir zu und ging zu seiner Großmutter.

Ich zog meinen Koffer hinter mir her, zu Cassie hinüber, die mit gerunzelter Stirn auf ihr Telefon blickte.

»Stimmt was nicht?«, fragte ich und nahm eine ihrer Taschen.

»Alles gut.« Sie zwitscherte die Antwort förmlich, eine Mischung aus aufgesetzter Fröhlichkeit und Nervosität.

Ich kannte diesen Tonfall. Sie konnte einen Kerl aus ihren Kontakten werfen und trotzdem darauf hoffen, dass er anrief. Und so energisch, wie sie ihr Telefon in die Tasche zurückschob, hatte Trevor, der Arsch, wohl nicht angerufen.

»Wir sind in Mexiko«, sagte ich in dem Versuch, sie aufzumuntern. »Sonne. Tequila. Hast du Jills Nachrichten bekommen?«

Ein Lächeln stahl sich auf ihre Lippen. »Ja. Der Kein-Sex-Erlass von Tara macht Spaß.«

»Genau, sie ist erfinderisch. Wenn sie nicht in einem Bett schlafen dürfen, wird Jillian ihn eben quer durchs Haus vögeln. In dieser Woche geht's um Frauenpower«, sagte ich. »Egal, in welchem Land wir uns aufhalten.«

»Oh, ich werde bestimmt flachgelegt, vorzugsweise von einem großen, dunkelhaarigen, gut aussehenden Kerl, der kein Wort Englisch spricht«, sagte sie.

»Komm schon, Sister vor Mister«, rief ich ihr in Erinnerung.

»Meinetwegen. Ich habe dich gerade mit Markson gesehen. Du kannst sagen, was du willst: Jemand steht da auf den Prof.« Sie sah mich an und klimperte mit den Wimpern, während wir zum Taxistand nach draußen gingen.

»Ich hangle mich nicht von einem Kerl zum nächsten,

schon vergessen?« Das wollte ich sowohl ihr als auch mir ins Gedächtnis rufen, da ich wusste, dass sie recht hatte.

Cassie zuckte zusammen, und ich wünschte mir sofort, meine Worte zurücknehmen zu können.

»Tut mir leid, Cassie. Ich bin so doof«, sagte ich und ließ meinen Koffer los, um sie kurz zu umarmen.

Sie zwang sich zu einem Lächeln und öffnete den Mund, aber statt mir zu antworten, schrie sie: »Dieb! Hilfe!«

Ich wirbelte herum und sah gerade noch, wie ein Mann mit meinem Koffer in der Hand davonrannte.

»Verdammt!« Ich sah mich nach der Polizei um, Batman, irgendjemandem. Doch niemand blickte überhaupt zu uns herüber. Ich warf Cassie meine anderen Taschen zu und rannte dem Dieb hinterher. Genau in diesem Moment lief jemand an mir vorbei in die gleiche Richtung. Roman. Er sprintete dem Kerl ebenfalls hinterher. Ich beschleunigte und versuchte, ihn einzuholen. Er war schnell, und die Muskeln spannten sich unter seinem Shirt, als er das Tempo anzog. Und doch war der Kerl nicht mehr zu sehen, bis ich Roman einholte.

Keuchend und vornübergebeugt stand er da. »Tut mir leid, Jessica. Ich habe ihn zu spät gesehen.«

Ich wollte abwinken, während ich gleichzeitig versuchte, wieder zu Atem zu kommen. »Nicht … Ihre … Schuld. Ich hätte meinen Koffer nicht loslassen sollen.«

Und dann rutschte mir das Herz in die Hose.

»War etwas Wichtiges im Koffer?«, fragte er.

Meinen Pass und meinen Laptop hatte ich. Mein Geld war in meiner Handtasche, aber meine Kleider waren weg und mein Kulturbeutel, und ich war in einem fremden Land. »Meine Unterwäsche und meine gesamten Kleider. Hoffentlich gibt es hier FKK-Strände.«

Ein winziges Lächeln zog Romans Mundwinkel nach oben, und ich begriff, was ich da gerade gesagt hatte. Wieso gab ich in seiner Gegenwart ständig derartig demütigende Sachen von mir? In seiner Nähe fühlte ich mich gleichermaßen zu wohl und total unwohl, als würde ich unter einer kaputten Dusche stehen, die abwechselnd heißes und kaltes Wasser ausspuckte.

»Habt ihr ihn gekriegt?« Die Frage erstarb Cassie auf den Lippen, als sie uns erblickte.

Ich schüttelte den Kopf. »Ich hoffe, du hast genug für uns beide eingepackt.«

»Immer«, sagte Cassie und legte mir den Arm um die Schultern. »Ich habe einen winzigen roten Bikini, der an dir fabelhaft aussehen wird.«

Das war typisch Cassie, mir mit einem viel zu knappen Kleidungsstück eine Freude machen zu wollen. Ich hingegen hatte meinen vernünftigen Einteiler eingepackt, der meiner Meinung nach trotzdem verdammt sexy war. Doch jetzt war ich Cassies Gnade und ihren Kleidern ausgeliefert. Ich blickte auf und ertappte Roman dabei, wie er mich ansah, als würde er mich in dem winzigen Bikini vor sich sehen. Und ich wünschte mir plötzlich, ich hätte ihn an.

»Wir sollten unbedingt zusammen zum Strand gehen«, sagte Roman mit leicht belegter Stimme. Dann schüttelte er sich, wie um sich von dem prickelnden Nebel zu befreien, der uns einzuhüllen schien. »Soll ich warten, während Sie die Polizei anrufen?«

Die Polizei? Nichts, was mir gerade durch den Kopf ging, war verboten, aber moralisch höchst fragwürdig war das alles schon. Er war immerhin Prof an meiner Uni. Er sah mich abwartend an. Oh, richtig, ich war ja ausgeraubt worden! Das meinte er. Warum hatte ich in seiner Nähe nur solche Probleme, meine Prioritäten auf die Reihe zu kriegen? »Können die was machen?«

Roman schüttelte den Kopf. »Vermutlich nicht.«

»Ich komme schon klar«, erwiderte ich, doch ich hatte einen Kloß im Hals. Eigentlich war ich hier, weil ich vor meinen Problemen weggelaufen war, und nun steckte ich gleich in neuen Schwierigkeiten.

»Hier.« Roman zog seine Brieftasche aus der hinteren Hosentasche und gab mir seine Visitenkarte. »Ich habe das Telefon dabei. Wenn Sie irgendetwas brauchen, rufen Sie mich bitte an.«

»Ich schätze, Sie wollen uns jetzt raten, nicht in Schwierigkeiten zu kommen«, sagte Cassie, als ich die Karte nahm.

»Man hat mich bereits ausgeraubt. Was kann mir wohl noch passieren?«, fragte ich. Cassie zwinkerte mir zu, als würde ihr da so einiges einfallen.

Roman zögerte, ein unlesbarer Ausdruck in seinem Blick, dann murmelte er: »auf Wiedersehen« und ging zurück zu seiner Großmutter. Ich holte tief Luft, schob seine Karte in meine Hosentasche, und dann führte Cassie mich weg. Sie verflocht ihre Finger mit meinen, als wir zurück zu dem Taxistand gingen, und ich ließ den Kopf auf ihre Schulter sinken.

»Weißt du«, sagte sie, »man kann die Nummer von einem Typen auch leichter bekommen.«

»Halt die Klappe«, sagte ich, aber mir entschlüpfte dennoch ein verräterisches Kichern. Ich würde ihn auf gar keinen Fall anrufen, es sei denn, ich steckte in echten Schwierigkeiten, zumal ich mir sehr sicher war, dass ich genug Schwierigkeiten bekommen würde, wenn ich mich auf Roman einließ.

Kapitel 6

Zwei Stunden später begriff ich erst richtig, dass ich ausgeraubt worden war. Die emotionale Reaktion auf ein Bagatelldelikt holte mich erst nachträglich ein, auch wenn es sicher kein richtiger Schock war. In Tränen aufgelöst, sackte ich in der Villa zusammen, die Trevors Kreditkarte netterweise finanzierte. Zu jedem anderen Zeitpunkt hätte ich Cassie eine Standpauke über diese finanzielle Rache gehalten, die moralisch höchst zweifelhaft war, aber in diesem Moment befand ich mich im Ausland und hatte nicht einmal eigene Unterwäsche. Cassie setzte sich neben mich. »Du hast deinen Pass und deinen Laptop, richtig?«

»Ja«, schluchzte ich. »Aber meine Lieblingsjeans war da drin, und mein Make-up und meine Zahnbürste.«

»Wir kaufen dir eine neue Zahnbürste und eine neue Lieblingsjeans. Und scheiß auf das Make-up. Das brauchst du nicht.« Sie klang sowohl beruhigend als auch ein bisschen beunruhigend, und merkwürdigerweise fühlte ich mich dadurch besser.

Ich nickte, obwohl mir die Tränen über die Wangen liefen. Meine Finger strichen über den kornblumenblauen Teppich unter mir. Ich konzentrierte mich auf das Gefühl der weichen Fasern auf meiner Haut und zwang mich zur Ruhe. »Das ist ein wirklich schöner Teppich.«

»Allerdings«, stimmte Cassie mir zu. Irgendwie gelang es ihr, mich nicht auszulachen. Sie grinste nur. »Du solltest Roman darauf nageln.«

»Oh mein Gott, Cass! Ich werde Roman nicht nageln.« Meiner Zählung nach machte sie wenigstens vier Bemerkungen pro Stunde darüber, dass Roman und ich etwas miteinander anfangen sollten. Behielt sie den Schnitt bei, würde das eine verdammt lange Woche werden. »Und wann bist du eigentlich zu einem zwölfjährigen Jungen mutiert? Du sagst so oft nageln, dass ich mir am liebsten einen Hammer zulegen möchte.«

»Quatsch. Im Flieger hab ich netterweise vögeln gesagt, schon damit uns die anderen Passagiere nicht ins Gesicht springen. Wäre *Liebe machen* der bessere Ausdruck?« Sie klimperte mit den Wimpern. »Oder Geschlechtsverkehr? Denn mal ehrlich, wenn man es technisch ausdrückt, dann möchtest du unbedingt, dass er seinen P in deine V schiebt.«

Ich musste einfach lachen. Die Tränen trockneten, und die Haut auf meinen Wangen spannte. Und ich war so müde. »Gar nicht.«

»Du hast dich von Brett getrennt, und ich will endlich was über seine Größe wissen. Was verbirgt sich in Professor Marksons Hose? Ich bin neugierig.«

»Mit Brett, das ist kompliziert.« Seine Nachrichten zeigten, dass er das Schlussmachen nicht gut fand, aber je weiter ich mich geografisch von ihm entfernte, desto sicherer war ich mir, dass ich ihn nicht heiraten konnte.

Am liebsten wollte ich ihr in Erinnerung rufen, dass keine von uns sich sofort wieder in eine neue Beziehung stürzen sollte, auch wenn es nur um eine Affäre ging. Das Gekicher über Roman und mich schien Cassie jedoch Spaß zu machen. Und Spaß war definitiv eine gute Sache. So dachte sie nicht ständig darüber nach, wie heftig Trevor es versaut hatte. Sie hatte ihn geliebt. Ihre Reaktion auf Trevors Untreue war bisher ziemlich zahm gewesen – nach Cassies Standard – und ich wollte nicht unbedingt erleben, was geschah, wenn ich sie auf irgendeine Weise anstachelte. Sie war direkt unheimlich, wenn sie wütend wurde. Außerdem waren wir in Mexiko, und ich wollte, dass sie sich amüsierte. Eis essen und im Schlafanzug herumhängen, das hätten wir auch in Olympic Falls machen können.

»Ich denke, du lässt dir da eine einmalige Gelegenheit entgehen«, sagte Cassie.

»Ich werde es im Hinterkopf behalten«, sagte ich. Cassie war zwar ein wenig irre, aber sie schaffte es dennoch, mich aufzuheitern, auch wenn ich mir nichts anmerken ließ. Sie würde niemals Ruhe geben mit Roman, erführe sie, dass ich beim bloßen Klang seines Namens innerlich losgrinste. Und wenn ich ehrlich war, löste sein Name nicht nur das bei mir aus.

Cassie stand auf und zog mich hoch. »Ich weiß gar nicht, warum du dich so dagegen wehrst.«

»Weil es gegen die Regeln verstößt«, erwiderte ich.

»Welche Regeln? Du bist nicht in seinem Kurs«, sagte sie.

»Ich bin mir ziemlich sicher, dass es auch dafür Regeln gibt.«

»Ich bin mir ziemlich sicher, dass du Ausflüchte erfindest, und zwar bloß damit ich niemals erfahre, wie Roman im Bett ist.«

»Du bist doch auch Single. Warum vögelst du ihn nicht?«, fragte ich ... und wünschte mir sofort, dass mir diese unbedachte Bemerkung niemals entwischt wäre.

Toll gemacht, Jess.

Cassie wandte sich ab, als hätte ich ihr eine Ohrfeige verpasst. Sie schlang die Finger um das Tattoo an ihrem Handgelenk. Ich hatte es fertiggebracht, sie an ihr unfreiwilliges Singledasein und an den untreuen Trevor zu erinnern, und zwar nur damit ich das Thema Roman umgehen konnte. Ich war die mieseste beste Freundin ever.

»Es tut mir leid«, sagte ich und wollte sie umarmen, aber sie lief in ihr Zimmer.

»Ich muss auspacken«, rief sie, ohne mich noch einmal anzusehen, dann brach ihre Stimme, und sie schluchzte auf. »Ich lege dir ein paar Kleider auf dein Bett.«

Ich dachte daran, ihr hinterherzugehen, aber ich wusste, dass sie nicht reden wollte. Sie war eigentlich nicht der Typ Mensch, der weglief und Menschen aus dem Weg ging. Das war mehr Jillians oder mein Stil. Cassie sagte es einem lieber, wenn man sich wie ein Arsch benahm – und ich war nach ihrem Standard ein Arsch erster Klasse gewesen.

Wenn sie jetzt ihre Ruhe haben wollte, hatte ich das gefälligst zu respektieren.

Statt also an ihre Tür zu klopfen, um mit ihr zu reden, sah ich mir die Villa endlich genauer an. Ich mochte mir nicht vorstellen, wie viel der Aufenthalt hier kostete. Cassie hatte einen Fünf-Sterne-Geschmack, deshalb war es keine Überraschung, dass das Haus vor modernem Luxus nur so strotzte. Es gab zwei Schlafzimmer, zwischen denen sich ein kleines Wohnzimmer und eine Küchenzeile befanden. Alles war minimalistisch und modern gehalten. Die Küchengeräte waren aus Edelstahl und in weiße Schränke in europäischem Stil eingebaut. Zwei niedrige, schmal zulaufende Sofas standen im Wohnzimmer einander gegenüber, dazwischen ein Couchtisch aus so was wie bearbeitetem Treibholz. Die Wände und Möbel waren ebenfalls weiß. Blaue Kissen und Teppiche betonten das blasse Dekor.

Die deckenhohen Fenster gingen nahtlos in eine Glastür über, die zu einem Patio führte, von dem man den Sandstrand überblickte. In Olympic Falls gab es auch Meer, aber nicht so wie das hier. Es wäre vielleicht cooler gewesen, wenn ich nicht solche Angst vor dem Wasser gehabt hätte, aber ich wettete dennoch, dass der Sand vor der Tür weich und heiß war. Zwar hatte ich mich mit der Zeit an die zerklüftete Küste von Washington gewöhnt, aber ich verspürte nicht den Wunsch, tausend Kieselsteine unter meinem Hintern zu spüren, deshalb lernte ich meistens drinnen. Morgen würde ich mich vielleicht raus in die Sonne wagen, um zu lesen.

Ich hatte mir nicht einmal die Mühe gemacht, mir mein

Zimmer anzusehen, da ich keine Taschen hatte, die ich dort abstellen könnte. Als ich jetzt hineinging, bemerkte ich, dass ich ein ziemlich üppiges Kingsize-Bett hatte, was eine gewaltige Verbesserung gegenüber meinem kleinen Doppelbett zu Hause war. Nicht, dass ich so viel Platz brauchen würde, da ich allein schlief. Die Wände waren cremeweiß, und hauchdünne Vorhänge hingen vor den Fenstern. Ich durchquerte das Zimmer und öffnete ein Fenster. Der salzige Duft des Meeres begrüßte mich, und ich atmete ihn tief ein, während der Klang der Wellen im Zimmer widerhallte. Ich mochte das Meer, auch wenn ich zu viel Angst hatte, um reinzugehen. Das Geräusch der Brandung beruhigte mich, und eingedenk meines kürzlichen Zusammenbruchs, gefolgt von dem Aussetzer bei Cassie beschloss ich, das Fenster offen zu lassen und mich zu entspannen. Ich nahm eins der Kissen vom Bett und dachte über ein Nickerchen nach, als ich das Bad erblickte.

Es war unfassbar edel. Ich hatte mich meist in Holiday Inns aufgehalten und hielt schon eine geschwungene Duschstange für Luxus. Das hier war eine ganz andere Liga. Der Boden war mit winzigen blauen Glasfliesen bedeckt, die im Licht schimmerten. Am beeindruckendsten war allerdings die riesige tiefe, wahnsinnig moderne Badewanne in der Mitte. Und sie gehörte mir ganz allein. Bei diesem Gedanken zuckte ich kurz zusammen. Es mochte ein wenig armselig sein, dass ich mich darüber freute, eine Zweierwanne nur für mich allein zu haben. Vielleicht konnte ich Cassie überreden, mit mir ein Schaumbad zu nehmen, sobald sie mir vergeben hatte. Am anderen Ende des Badezimmers war eine große, begehbare Regendusche. Ebenfalls ganz offensichtlich für zwei gedacht. Jetzt war es offiziell: Ich befand mich am romantischsten Fleck der Erde, und ich war Single. Ich war quer durchs Land gereist, hatte die Einreise geschafft, war ausgeraubt worden, war dem Prof über den Weg gelaufen, für den ich schwärmte, und hatte meine beste Freundin verärgert. Eine Dusche war jetzt eine verdammt gute Idee.

Ich zog die einzigen Klamotten aus, die ich noch hatte, dann drehte ich die Dusche an und wartete darauf, dass das Wasser warm wurde. Als ich mich im Spiegel erblickte, stöhnte ich. Ich war zu dünn. Jillian beschwerte sich immer über ihre Körbchengröße C, aber als ich jetzt auf meine B-Brüste hinabschaute, wünschte ich mir ihre Kurven. Mein blondes Haar war zerzaust von der Reise, und ich hatte nicht einmal mehr einen Kamm, um sie zu entwirren. Cassie hatte mir mal gesagt, dass ich sexy Beach-Hair hätte, aber das hätte ich sofort gegen ihre glatten schwarzen Haare getauscht. Ich war blass und blond und dünn, weshalb die meisten mich für hübsch hielten, doch einen Schönheitswettbewerb würde ich sicher nie gewinnen. Es war grausam, dass es am besten Ort, um nackt zu sein und sich zu entspannen – das Bad mit Dusche und Badewanne – immer einen verdammten Spiegel gab, in den man blickte, um sich sofort schlecht zu fühlen.

Ein kurzer Check ergab, dass das Wasser irgendwo zwischen angenehm und viel zu heiß war, genau wie ich es mochte. Ich trat in die Dusche und ließ das Wasser über mein Haar fließen. Es trommelte auf meine Haut, und als ich die Seife auswickelte, die dort lag, kam mir Roman in den Sinn.

Es war nicht gerade das erste Mal, dass ich außerhalb der Uni an ihn dachte, aber bisher war ich dabei niemals nackt gewesen. Und bei den anderen Gelegenheiten hatte Roman auch immer wie ein Dozent ausgesehen, in seinem Hemd und den Loafern. Der Roman, der mir jetzt in den Sinn kam, trug niedrig sitzende Jeans und ein enges T-Shirt. Er hatte nicht mehr das sorgfältig gebändigte Haar oder die Aktentasche. Ich biss mir auf die Lippe, als ich mir vorstellte, wie ich die Finger in seinen Hosenbund hakte und ihn an mich zog. Für gewöhnlich hatte Cassie die bessere Fantasie, aber ich hatte kein Problem damit, mir vorzustellen, was in seiner Hose oder unter seinem Shirt war. Im Flieger hatte ich gesehen, wie sich sein Sixpack darunter abzeichnete, und ich zweifelte nicht daran, dass der Rest von ihm genauso durchtrainiert und … herausragend war.

Ich seifte mich ein. Wie wäre es wohl, wenn er hier bei mir wäre? Wie es sich wohl anfühlte, wenn er sich an mich drängte? Zwischen meinen Beinen pulsierte es immer heftiger, und schließlich glitten meine Finger hinab und fanden die Stelle, die nach Aufmerksamkeit verlangte. Meine Finger umkreisten den Punkt, als ich mir Romans Lippen auf meinen vorstellte und wie seine harte Brust sich an meinen Brüsten rieb. So, wie er heute ausgesehen hatte, wusste ich, dass er trainierte. Er könnte mich hochheben und gegen die Glastür der Dusche pressen und dann mit seinem heißen …

»Da ist alles drin, was du brauchst«, rief Cassie an der Tür.

Ich zuckte zusammen und griff mir an die Brust.

»Was hältst du von Anklopfen?«, rief ich, während mir Wasser und Seife in die Augen rannen.

»Du hast die Tür offen gelassen«, sagte sie.

»Die Dusche lief.«

»Und? Ich habe dich schon nackt gesehen«, sagte sie.

Ich konnte sie nicht sehen wegen des Wasser in meinen Augen und des Dampfs, der durch den Raum waberte, aber ich hörte das selbstzufriedene Grinsen in ihrer Stimme. »Wenn du fertig damit bist, an dir rumzuspielen, können wir dann essen gehen? Ich verhungere.«

»Bin in einer Minute fertig«, presste ich zwischen zusammengebissenen Zähnen hervor. *Immerhin redet sie wieder mit mir.* Und ich hatte mich nur bis auf die Knochen blamieren müssen, damit die Spannung zwischen uns verflog.

Cassie ging lachend raus, und ich sank gegen die Fliesen. Blamieren traf es nicht mal annähernd. Demütigend war das gewesen. Ich würde ein Wörterbuch brauchen, um das Wort zu finden, das am besten beschrieb, was gerade geschehen war. Ein paar Minuten später schlurfte ich ins Wohnzimmer, eingewickelt in ein fluffiges weißes Handtuch. Und so sehr ich es auch versuchte, konnte ich Cassies Blick nicht begegnen.

»Na? Alles sauber, du schmutziges kleines Mädchen?«, fragte sie mich.

»Halt die Klappe.«

»Bist du bereit, was essen zu gehen? Wir brauchen Lebensmittel und Alkohol«, sagte sie. »Und Batterien.«

Ich runzelte die Stirn. »Für was um Himmels willen brauchen wir Batterien?«

»Ich dachte, du würdest dir vielleicht meinen Vibrator ausleihen wollen. Es scheint, du brauchst ihn nötiger als ich.«

»Oh mein Gott«, sagte ich und schüttelte den Kopf. »Du bist die, die bei mir reingeplatzt ist. Dir sollte das mindestens genauso peinlich sein wie mir.«

»Und doch ist es mir nicht peinlich.« Cassie strahlte mich an. »Oder vielleicht sollte ich einfach Roman anrufen, damit er dir zur Hand geht.«

Ich spürte, wie ich rot wurde. Vermutlich, weil ich gerade an ihn dachte, als sie mich ertappt hatte.

»Das muss dir wirklich nicht peinlich sein«, sagte sie. »Alle machen das.«

»Kann ich mir was von dir zum Anziehen leihen?«, fragte ich, um das Thema endlich zu wechseln.

»Shit, das hatte ich vergessen.« Cassie lief in ihr Zimmer und kam dann mit einem Stapel Kleider zurück. Der winzige rote Bikini lag obendrauf.

»Das alles?«

»Gehört dir«, sagte sie. »Ich habe zu viel eingepackt. Hör mal, es tut mir leid, dass ich vorhin so ausgeflippt bin. Du hast recht. Ich sollte aufhören, dich mit Roman aufzuziehen.«

»Aber das wirst du nicht?«, hakte ich nach.

»Oh, natürlich nicht, aber ich behalte im Kopf, dass du sauer wirst, wenn ich es tue.«

»Ich muss mich auch entschuldigen«, sagte ich. »Ich habe überreagiert.«

»Nein, hast du nicht. Es ist nur so… Ich mag Brett nicht.«

Wie gern wollte ich ihr mein Herz ausschütten. Ich wollte ihr sagen, dass Brett mich gebeten hatte, ihn zu heiraten, und dass ich mir wünschte, er hätte nie gefragt, damit ich zu meinem sicheren, langweiligen Leben zurückkehren könnte, in dem ich nicht unter der Dusche masturbierte beim Gedanken an meinen Prof, der aber so was von tabu war. Doch ich wusste nicht, wie Cassie darauf reagieren würde, dass Brett mir an dem Abend einen Antrag gemacht hatte, an dem Trevor sie betrogen hatte.

Also sagte ich: »Ist notiert.«

»Zieh dich an.« Cassie gab mir einen Klaps auf den Hintern. »Ich bin am Verhungern, und ich will einen Drink.«

Damit waren wir schon zu zweit.

Kapitel 7

Cassies Abendessen bestand aus ein wenig Reis und drei Margaritas. Nun blieb es an mir hängen, einen Laden zu finden, in dem ich das Nötigste einkaufen konnte, und sie gleichzeitig am Zusammenklappen zu hindern, was sich als nicht gerade einfach erwies. Wir beschlossen, den Häuserblock hinabzulaufen, um einen Mini-Markt zu finden. Im Grunde genommen war das hier eine Alkoholbeschaffungsmaßnahme, aber Cassie hatte zu viel Stil, um es so zu nennen. Die Bodega in der Nähe war mit Kram für die Touris ausgestattet, und es gab Wein und eine Zahnbürste. Treffer.

»Wie viele Nächte sind wir hier?«, fragte Cassie. »Sechs? Dann brauchen wir, mh, zwanzig Flaschen?«

»Ich glaube, dein Hirn ist zu besoffen für Mathe«, sagte ich und nahm ihr eine Flasche aus der Hand.

»Noch einen Moscato?«

»Na gut.« Ich nahm die Flasche aus dem Regal und legte sie in unseren Korb, der mir bereits den Arm auszukugeln drohte.

»Lass mich zahlen«, sagte ich zu ihr. Trevors Kreditkarte hatte bereits genug gelitten. Ich scheuchte sie nach draußen, bevor sie versuchen konnte, sie trotzdem über den Tresen zu schieben.

Gerade als ich durch die Tür nach draußen trat, vibrierte das Telefon in meiner Tasche. Es waren Nachrichten von Jillian und Brett. Ich ignorierte die von Brett, weil sie nach Verzweiflung roch und eine kurze Liste enthielt mit all den Gründen, warum »unser Bruch« ihm gegenüber total unfair war. Ich scrollte also hinunter, las Jillians Nachricht und lächelte.

JILLIAN: Du wirst nicht glauben, was Tara für Liam zu Weihnachten besorgt hat. Details folgen.

Ich konnte mir vorstellen, was Tara für ein angemessenes Geschenk für den Freund ihrer Tochter hielt, basierend auf den Weihnachtsgeschenken, die Jillian über die Jahre erhalten hatte. Einmal hatte sie ihr ein Selbsthilfebuch geschenkt, in dem es darum ging, wie man mit lebensverändernden Krankheiten umging. Nichts erfreute einen an Weihnachten mehr, als daran erinnert zu werden, dass man an einer frühen Form von Parkinson litt. Schuldgefühle durchzuckten mich. Vielleicht hätten wir sie nach Kalifornien begleiten sollen. Wir hätten sie vielleicht unterstützen können, aber andererseits, wenn Liam sie nicht beschützen konnte, was hätte ich dann ausrichten sollen? Ich schrieb ihr zurück, dass wir sie morgen anrufen würden, und als ich aufblickte, sah ich Cassie nicht mehr.

Shit. Shit. Shit.

Ich hatte Cassie verloren. Besser noch, ich hatte eine betrunkene und wütende Cassie verloren. Die Apokalypse war nah.

Bepackt wie ich war, rannte ich los und um die Ecke, suchte ohne Erfolg die Straße nach ihr ab. Ich war nur eine Minute lang abgelenkt gewesen. Wie weit konnte sie schon gekommen sein?

Ich lief noch eine Straße weiter, aber sie war nirgends zu sehen. Die meisten Läden hatten bereits geschlossen, und außer uns waren nur noch amerikanische Touristen unterwegs.

»Loca!« Dem Ausruf folgte eine Reihe wütender spanischer Worte. Cassie konnte nicht allzu weit weg sein.

Ich rannte in die Richtung, aus der der Schrei erklungen war, und entdeckte Cassie, die etwas zerfetzte, das verdächtig nach einer Zeitschrift für Brautmoden aussah.

»Nein«, rief sie und riss das Cover ab, um dann darauf herumzutrampeln. »Ich will nicht die Hochzeit meiner Träume planen.«

»Cassie«, sagte ich. »Komm schon, Liebes. Das hier willst du nicht tun.«

»Doch, ich will.« Sie spuckte auf das zerfetzte Magazin.

»Ich denke, es hat seine Lektion gelernt.« Ich versuchte, sie wegzuziehen, aber sie griff sich ein weiteres Magazin.

»Mir ist auch das königliche Baby egal!« Sie riss das Cover mit der lächelnden werdenden Mutter entzwei. Das war seltsam, immerhin hatte sie mich dazu gebracht, die königliche Hochzeit anzusehen und die ganzen Reportagen zu schauen. Die Hölle selbst konnte nicht so wüten wie ein verschmähtes Weib.

Hinter mir stieß der Händler des Zeitungsstands eine weitere Wortflut auf Spanisch aus, die ich nicht verstand – aber ich verstand sehr wohl das Wort *policía.* Ich hielt die Hände hoch, schüttelte den Kopf und versuchte verzweifelt, mein Highschool-Spanisch zusammenzukratzen. Er deutete auf die Straße, und ich sah, dass Cassie ganz gut gewütet hatte. Dutzende Magazinseiten bedeckten den Bürgersteig vor dem Stand. Sie mochte ja kein Spanisch sprechen, aber es war ihr gelungen, jedes Magazin zu zerfetzen, das auch nur den klitzekleinsten Hinweis auf Liebe oder Paare oder Glück enthielt.

»Cassie, gib mir deine Tasche«, sagte ich, aber sie ignorierte mich, deshalb riss ich sie ihr von der Schulter.

»Hey!« Sie griff danach, aber ich hielt sie fest.

Cassie würde noch in einem mexikanischen Gefängnis landen. Verdammt, sie würde vermutlich uns beide ins Gefängnis bringen. Ich zog die Kreditkarte hervor und wedelte damit vor dem Ladenbesitzer herum.

»Para«, sagte ich und deutete auf die Zerstörung.

Seine Miene wurde noch wütender, und er zeigte auf ein kleines Schild, das neben ihm hing.

Únicamente efectivo.

Das verstand ich zwar nicht, aber die Übersetzung darunter. *Nur Bargeld.*

Mist. Ich wühlte mich durch Cassies Tasche und fand ein paar Pesos, ein Kondom und einige Visitenkarten. Natürlich war das alles, was sie gerade bei sich hatte.

Ich bot dem Mann die Pesos an, aber er lachte.

»Mil pesos«, sagte er. »Eintausend.«

Ich schüttelte den Kopf, die hatte ich nicht, und er zog ein Telefon aus der Tasche. »Policía.«

»No, no, no! Un… minute«, sagte ich und beschloss, mir in Olympic Falls sofort eine Spanischsprachlernsoftware zuzulegen. Falls wir jemals wieder dorthin kämen. Wonach es gerade nicht aussah. Ich durchsuchte meine Tasche, bis ich Romans Visitenkarte fand, und wählte dann seine Nummer, bevor ich es mir anders überlegen konnte. Außer dem Hotelportier war er der Einzige, den ich hier kannte, und vermutlich wäre er eher bereit, uns zu helfen.

Es klingelte zweimal, bevor er abnahm. »Hallo?«

»Oh, dem Himmel sei Dank.«

»Jess?« Er klang verwirrt, als wäre er gerade in irgendwas vertieft gewesen. Vielleicht hatte er ein Date gehabt oder war mit Freunden unterwegs.

Ich rief mir in Erinnerung, dass ich keine andere Wahl hatte, und fing an, ihm das Problem zu schildern. »Es tut mir leid, Sie zu stören, aber ich weiß nicht, was ich sonst tun soll, und Cassie wird in einem mexikanischen Gefängnis landen, und ich bestimmt auch und…«

»Mal langsam«, sagte Roman. »Wo sind Sie?«

Ich sah auf und las die Straßennamen vor, so gut ich sie aussprechen konnte.

»Ich bin in zehn Minuten da«, sagte er.

»Roman«, rief ich, bevor er auflegen konnte. »Könnten Sie bitte eintausend Pesos mitbringen?«

Roman trug eine weiße Leinenhose und ein graues T-Shirt, was meine Sorge bestätigte, dass ich ihn gestört hatte. Er wirkte entspannt, aber jetzt hatte er zwei ehemalige Studentinnen am Hals. Sein lässiger Aufzug und sein perfekter Körper ließen ihn schon wieder wie ein Filmstar wirken. Sein Gang war selbstbewusst, und er lächelte mich kurz an, dann begann er, schnell und auf Spanisch mit dem Ladenbesitzer zu reden.

»Er sagt, er wird die Polizei rufen, wenn ihr die kaputten Zeitschriften nicht bezahlt«, erklärte Roman mir.

»Das habe ich schon verstanden«, sagte ich. »Aber er nimmt die Kreditkarte nicht, und wir haben nicht genug Bargeld dabei. Ich wär ja zur Bank gegangen, um Geld abzuheben, aber sie hier ist ziemlich besoffen.«

Er drehte sich um und sprach noch einmal mit dem Ladenbesitzer, dann zog er ein paar Scheine aus der Tasche und gab sie ihm.

»Ist erledigt«, sagte er und sah mich wieder an.

»Danke.« Ich atmete erleichtert aus. »Es tut mir so leid. Ich wusste nicht, was ich tun sollte. Sie leidet unter vorübergehendem Beziehungsaus-Wahnsinn.«

»Machen Sie sich keine Gedanken«, sagte er. »Ich konnte doch nicht zulassen, dass ihr im mexikanischen Gefängnis landet.«

»Verfluch seis Gefängnis«, nuschelte Cassie. Sie machte einen Schritt, verschätzte sich dabei und stolperte vor. Roman fing sie gerade noch auf.

»Wohin?«, fragte er mich und nahm sie auf seine starken Arme.

»Das müssen Sie nicht tun«, sagte ich. »Ich bringe sie allein zurück.«

»Ich kann nicht schlafen, solange ich mir Sorgen um Sie beide mache«, sagte er. Seine Stimme war sanft und tief, und plötzlich fühlte ich mich, als wäre ich ebenfalls betrunken. Und ein Teil von mir wünschte sich, dass ich diejenige wäre, die in seinen Armen lag.

»Es ist nicht weit.« Ich zögerte und kaute an meinem Daumennagel. Es war völlig unangemessen gewesen, ihn um Hilfe zu bitten. Und es erschien mir noch unangemessener, dass er uns nun weiterhin half.

»Großartig, in welche Richtung ist es nicht weit?«

Ich begriff, dass er ein Nein nicht akzeptieren würde. »Es ist nur einen Block weit weg.«

Ich hoffte wirklich, dass ich uns in dieser fremden Stadt nicht in die Irre führen würde. Nicht, während er Cassie schleppte.

Ich sammelte die Taschen auf, die Cassie hatte fallen lassen, und führte ihn dann zu unserem Hotel.

»Es tut mir wirklich leid«, sagte ich.

»Hören Sie auf, sich zu entschuldigen, oder ich muss Sie noch bestrafen.«

Mir blieb die Luft weg. Ich war sicher, dass ich mir seinen anzüglichen Tonfall nicht eingebildet hatte. Ich schob meine Überraschung beiseite und lachte. »Okay, aber dann darf ich Ihnen wenigstens einen Drink anbieten.«

»Laden Sie mich gerade auf einen Drink ein?«

Ich spürte seinen Blick auf mir, und ich wollte in der Glut seiner Augen schmelzen. Hatte ich das gerade so gemeint?

»Ja, stimmt genau«, brachte ich mit so viel Selbstbewusstsein hervor, wie ich nur aufbringen konnte. Ich hatte es getan. Ich hatte den ersten Schritt gemacht, und mir war nur ein bisschen übel. Das war doch ein Fortschritt.

»Wir bringen sie besser ins Bett. Dann hätte ich wirklich gern einen Drink«, sagte er und hievte Cassie ein wenig höher. Sie war eingeschlafen und hatte ihr Gesicht gegen seine Schulter gedrückt. In diesem Augenblick war ich unfassbar eifersüchtig. Ich wünschte, es wäre mein Kopf, der an seiner Schulter ruhte. »Ist es hier?«

Seine Frage holte mich zurück in die Realität. Wir standen vor dem Hotel. Ich bedeutete ihm, mir zu folgen, am Haupteingang vorbei und weiter zum Strand. »Wir wohnen hier hinten.«

Die Villen lagen ruhig und verlassen vor dem dunklen Strand. Ich schloss die Tür auf und deutete auf ihr Zimmer. Roman trug Cassie zu ihrem Bett, und ich stellte die Sachen, die wir gekauft hatten, in den Kühlschrank. Rasch sah ich mich im Wohnzimmer um, ob irgendetwas Peinliches herumlag. Es wäre typisch für Cassie, hätte sie aus Spaß ihren Vibrator herumliegen lassen.

Ich war mir halbwegs sicher, dass alles in Ordnung war, und ging in ihr Zimmer. »Ich brauche einen Moment mit ihr.«

»Ich bin draußen auf dem Patio.«

Das wusste ich sehr zu schätzen. Ich hatte ihn gefragt, ob wir zusammen etwas tranken, doch das gewährte ihm nicht automatisch freien Zugang zu unserer Unterkunft.

Draußen zu warten war sehr höflich, und das ließ ihn nur umso anziehender wirken.

Nachdem er gegangen war, zog ich die Decke über Cassie und drehte sie auf die Seite, falls ihr schlecht wurde und sie sich übergeben musste. Ich würde später noch einmal nach ihr sehen, um mich davon zu überzeugen, dass es ihr gut ging. Es war kaum das erste Mal, dass ich eine Alkoholvergiftung im Blick behalten musste. Schließlich wollte ich Medizin studieren, da wurde das von mir erwartet. Sie hatte nicht genug getrunken, um sich in echter Gefahr zu befinden, aber Alkohol und leerer Magen war nie eine gute Kombi.

Morgen würde ich Cassie eine Standpauke halten. Sie durfte nicht zulassen, dass Trevor sie ruinierte. Andererseits war es vielleicht normal, so auf das Ende einer Beziehung zu reagieren. Sie liebte ihn. Hätte ich Brett wirklich geliebt, müsste es mir dann nicht so schlecht gehen wie ihr? Ich saß einen Augenblick neben ihr und strich ihr das Haar aus dem Gesicht. Ich würde ihr eine Standpauke halten, aber keine lange.

Als ich es nicht länger hinauszögern konnte, raffte ich meinen Mut zusammen und ging nach draußen. Irgendwie wusste ich, dass gleich nichts mehr wie vorher sein würde.

Kapitel 8

Leise trat ich hinaus auf den Patio. Die Temperatur war gesunken, und es fühlte sich an, als wäre ich wieder zu Hause. Es war so kühl, dass ich die Arme um mich schlang, als die Brise eine Gänsehaut über meine Haut schickte. Der Mond schimmerte auf der glasigen Oberfläche des Meeres, gerade hell genug, damit ich Roman erkennen konnte, der gegen die Mauer gelehnt dastand. Er machte einen Schritt auf mich zu, als ich herauskam. Wir blieben in sicherem Abstand voreinander stehen.

»Geht es ihr gut?«

»Das wird schon«, antwortete ich. »Ärger mit einem Jungen.«

»Wir machen immer Ärger«, sagte Roman mit einem Grinsen, und seine Zähne blitzten in der Dunkelheit weiß auf. Einen Augenblick lang stellte ich mir vor, wie ich mit der Zunge über seine Lippen strich. Der Gedanke sandte mir Hitze in die Wangen, aber glücklicherweise war es zu dunkel, als dass er es hätte sehen können.

»Der erste Schritt ist immer, zuzugeben, dass man ein Problem hat«, sagte ich zu ihm.

»Wenn nur alle drei Milliarden von uns so denken würden.« Er zuckte nonchalant mit den Schultern.

»Ich wäre froh, ein paar Männer zu finden, die Ihre Einstellung teilen«, sagte ich. »Das würde meinen Freundinnen und mir jede Menge Herzschmerz ersparen.«

»Klingt, als wäre Cassie nicht die Einzige, die mit Männerproblemen zu kämpfen hat.«

Und genau das war das Problem, wenn man eine Unterhaltung mit Roman führte. Er war in der Kunst der Kommunikation ausgebildet. Es war sein Job, Leuten beizubringen, wie man kommunizierte, und das bedeutete, dass ihm selbst die kleinsten Signale auffielen. Nicht, dass ich wirklich Probleme gehabt hätte. Ich war mir ziemlich sicher, dass man nach Meinung der meisten Leute eine Meise hatte und nicht etwa ein Problem, wenn man mit einem netten, zuverlässigen Mann Schluss machte, der einen heiraten wollte.

Ein Teil von mir wollte jemandem endlich die Wahrheit über Brett und mich erzählen. Ich könnte es Roman erzählen. Er war ein fantastischer Zuhörer, und er war so geduldig gewesen, als ich vor ein paar Wochen zu ihm gegangen war, um ihn um Hilfe für Jillian zu bitten. Sie hatte seinen Kurs verlassen wollen, um Liam nicht zu begegnen, nachdem er das mit ihrem Parkinson herausgefunden hatte. Die meisten Profs hätten das als Ausrede abgetan, aber er hatte sich ernsthaft Sorgen gemacht. Er hatte keine Mühen gescheut, um ihr durch den Kurs zu helfen und letztlich auch dabei, besser mit ihrer Krankheit klarzukommen. Wir hatten deshalb ein wenig Zeit miteinander verbracht, aber das hier fühlte sich anders an, und das war nicht gut. Die Gefühle, die mich daran hinderten, Roman von Brett zu erzählen, waren weit von akademischem oder professionellem Interesse entfernt.

»Solidarität«, erwiderte ich deshalb nur. Das war gleichzeitig die Wahrheit und eine Lüge. Ich fühlte den Herzschmerz meiner besten Freundin genauso sehr wie meinen eigenen, und gerade jetzt nahm mich Cassies Trauer zu sehr mit, als dass ich mir wirklich Gedanken um Brett gemacht hätte. Entweder das, oder ich war ein herzloses Monster und hatte meinen Ex ewig an der Nase herumgeführt.

»Sie sind eine gute Freundin.« Roman schwieg, und sein Blick ging kurz zu dem Weg, der zu der Villa führte. »Ich sollte gehen. Ich wollte mich nur versichern, dass Sie beide zurechtkommen.«

»Alles gut. Sie brauchen sich keine Sorgen zu machen.« Und doch wollte ich nicht, dass er ging. Mir kamen so einige Szenarien in den Sinn, wie ich ihn davon überzeugen könnte dazubleiben. Ich könnte versehentlich ein Feuer legen, oder mir die Kleider vom Leib reißen, oder ihm einen Drink anbieten. Ihn auf einen Drink einzuladen schien mir schließlich am wenigsten dramatisch oder gefährlich.

»Kann ich Ihnen etwas zu trinken anbieten?«, fragte ich. »Wo ich schon Ihren Abend ruiniert habe.«

»Ich war zu Hause und habe gelesen«, versicherte Roman mir. »Sie haben höchstens meine Einsamkeit ruiniert.«

Ich holte tief Luft und versuchte, das Kribbeln zu ignorieren, weil mein Magen einen Salto schlug, dann ging ich hinein, um eine Flasche Wein zu holen. Meine Hände zitterten, als ich die Schubladen nach dem Korkenzieher durchsuchte. Schließlich fand ich ihn und ließ ihn gleich darauf fallen. Cassie war so hinüber, dass sie es glücklicherweise nicht mitbekam. Vermutlich hätte nicht mal eine Bombe sie geweckt. Ich hatte oft genug Krankenschwester gespielt, wenn sie so betrunken war, um das zu wissen. Es brauchte zwei Anläufe und einen zerbröselten Korken, aber ich bekam die Flasche schließlich auf.

»War es ein schlechtes Buch?«, fragte ich und hoffte, dass ich lässig wirkte, als ich ihm das Glas Wein überreichte.

»Wie kommen Sie darauf?«

»Ich fühle mich für gewöhnlich nicht einsam, wenn ich ein gutes Buch lese.« Tatsächlich war ich mir kaum meiner Selbst bewusst, wenn ich mal meine Studienlektüre durch eine Schnulze oder den neuesten Bestseller ersetzte.

»Es war für die Arbeit. Ich weiß ganz offensichtlich nicht, wie man sich mal freinimmt.«

Ich hob mein Glas. »Geht mir genauso. Ich habe vor, meine Bücher hier vor Cassie zu verstecken, damit sie sie mir nicht wegnimmt.«

Roman lachte auf und schüttelte den Kopf. »Aber Sie sind im Urlaub. Ich wohne hier praktisch. Und es ist kein richtiger Urlaub, wenn es Zuhause ist.«

»Aber es ist trotzdem vorlesungsfreie Zeit. Sie haben im Gegensatz zu mir doch sicher keinen Grund, jetzt etwas für die Uni zu lesen!« Die Worte purzelten nur so aus mir raus.

Ich hatte angefangen zu zittern, und das hatte nichts mit der kühlen Brise vom Meer zu tun, sondern mit dem unfassbar sexy Mann, der neben mir stand.

»Ich wollte nicht urteilen.« Er hielt eine Hand kapitulierend hoch. »Ich hoffe nur, dass Sie auch eine schöne Zeit haben. In den letzten Wochen waren Sie wirklich gestresst, das weiß ich. Sie haben sich solche Sorgen um Jillian gemacht.«

Natürlich war er nicht voreingenommen. Das war nicht Romans Art.

»Tut mir leid. Ich muss mir eine Menge Mist anhören, weil ich mich so auf die Medizinische Fakultät und den Abschluss konzentriere.« Es war schwer genug zu erklären, warum ich weitere fünf Jahre an der Uni verbringen wollte, von der jetzigen intensiven Vorbereitung auf diese Jahre ganz zu schweigen. Kurse existierten für Cassie und Jillian nur von Semester zu Semester. Keine von ihnen wollte nach ihrem Bachelorabschluss weitermachen. Das hielt ich ihnen nicht vor, aber ich konnte ihnen auch nicht erklären, warum ich so vorausschauend plante.

Roman schnaubte. »So wie der Stellenmarkt aussieht, werden wohl die meisten weiterstudieren.«

»Sprechen Sie da aus Erfahrung?«, fragte ich.

»Zwischenmenschliche Kommunikation würde ich nicht meine Berufung nennen.« Er zuckte mit den Schultern und nippte an dem Wein, und seine Lippen verharrten so lange am Rand des Glases, dass ich förmlich eifersüchtig auf das Glas wurde.

»Was ist Ihre Berufung?«

Er schloss die Augen und schüttelte den Kopf.

»Bitte«, bettelte ich.

»Lyrik«, sagte er schließlich.

»Wirklich?« Den zugeknöpften Roman Markson konnte ich mir nicht wirklich als Poeten vorstellen. Zwischen meinen Schenkeln zuckte es, anscheinend konnten andere Körperteile sich das ein bisschen zu gut vorstellen.

»Sie brauchen gar nicht so überrascht zu klingen.«

»Achten Sie auf die Ich-Botschaften«, sagte ich und tippte ihm mit dem Zeigefinger gegen die Brust. Mein Körper reagierte sofort auf die leichte Berührung und sehnte sich danach, ihm noch näher zu kommen, aber ich widerstand dem Drang. »Welche Art von Lyrik?«

»Die kitschige Art«, antwortete er. »Deshalb studiere ich weiter.«

»Tragen Sie etwas vor.«

Seine Augenbrauen hoben sich. »Jetzt sofort?«

Begeistert nickte ich, und er stellte den Wein neben meinen auf den Tisch. Sein Blick ging hinaus auf den Ozean und dann zurück zu mir.

»Ojos de estrellas y hilos de oro«, sagte er mit einer Stimme, die so tief war wie berauschend.

»Was bedeutet das?«

Er zögerte kurz, als dächte er darüber nach. »Augen wie Sterne und Strähnen wie Gold.«

Die Luft schien zu knistern, und ich musste all meine Willenskraft aufbieten, um unbeeindruckt auszusehen. Das Problem war, dass er mich immer beeindruckt hatte, und hier verfügte ich nicht über die gleiche Selbstbeherrschung wie auf dem Campus. Hier, wo die Wellen an die Küste rollten und der Mond auf uns herabschien, glaubte ich an Magie. Es war, als hätte er einen Zauber über uns gewoben mit diesen wenigen Worten.

»Dann ist Professor Markson also heimlich ein Rockstar?«, fragte ich und gab mein Bestes, den Kloß in meinem Hals zu ignorieren.

»Rockstar? Nein«, sagte er und lachte. »Und auch Professor bin ich noch lange nicht.«

»Wie sollten die Studenten Sie dann anreden?«, fragte ich.

»Mr. Markson. Das ist mir eigentlich ziemlich egal.« Obwohl er versuchte, beim Thema zu bleiben, huschte sein Blick zu meinem Mund. Ich spürte, wie er dort verharrte, und ich leckte mir über die Lippen und stellte mir dabei vor, wie seine Lippen die meinen fanden.

»Wie soll ich Sie nun nennen?«

»So wie ich es dir bereits sagte. Nenn mich Roman.«

»Ist das denn angemessen?« Ich zog die Worte in die Länge, bis sie alles andere als angemessen klangen.

»Jess.« Mein Name lag wie eine Warnung auf seinen Lippen. Auf seinen perfekten Lippen, die zum Küssen einluden.

Vielleicht lag es daran, dass ich den größten Teil meines Lebens getan hatte, was von mir erwartet wurde, und mich aus Schwierigkeiten herausgehalten hatte, oder vielleicht war auch einfach die Jess, die solche Warnungen befolgte, im Urlaub, aber von diesen Lippen würde mich nur höhere Gewalt abhalten können. Als ich meine Hand in Romans Nacken legte, entzog er sich nicht.

Einen Augenblick zögerten wir noch. Eine winzige Sekunde lang, in der die Welt in den Hintergrund rückte und es nichts gab als die Hitze unseres Atems und das Kribbeln der Vorfreude in meinen Gliedern – und dann trafen sich unsere Lippen. Romans Hand lag unter meinem Kinn, als er mich gieriger küsste und seine Zunge zwischen meine Lippen glitt. Unsere Zungen begegneten sich, und die Berührung sandte Begehren durch meine Adern. Mein Körper reagierte unwillkürlich und drängte sich an ihn, und ich gab dem Ziehen in meinem Inneren nach und schlang mein linkes Bein um seines.

Roman zog sich ein wenig zurück und unterbrach den Kuss, doch unsere Körper blieben aneinandergeschmiegt. Wir waren beide atemlos, und seine Augen flammten gierig auf, obwohl er sichtlich versuchte, sich zu beherrschen. »Wir können das nicht tun.«

Und plötzlich sprach Cassie durch mich: »Wir sind in Mexiko.«

»Das ändert nichts an der Tatsache, dass ich Tutor an deiner Uni bin.« Doch seine Finger strichen über mein Kinn und an meinem Hals hinab, und hielten an meinem Schlüsselbein inne.

»Du bist nur vier Jahre älter als ich«, sagte ich. »Und wir sind in Mexiko.«

»Ich bin in Mexiko aufgewachsen«, sagte er mit einem leisen Lachen. »Ich fürchte, für mich ist das weniger exotisch.«

»Mexiko ist das neue Vegas.« Meine Lippen verzogen sich zu einem Lächeln, aber ich lockerte meinen Griff um seinen Nacken nicht.

»Und das heißt?« Sein Blick suchte meinen, und er hoffte sichtlich, dass ich diesen nach unser beider Standards riesengroßen Fehler mit Vernunft rechtfertigen würde. Doch ich wollte das hier zu sehr.

»Was in Mexiko passiert, bleibt in Mexiko«, versprach ich.

Seine Brust hob sich, er atmete schwer. »Wie lange bleibst du in Mexiko?«

»Eine Woche«, flüsterte ich.

»Ich …« Er zögerte, und ich wusste, dass er an all die Gründe dachte, aus denen wir das nicht tun sollten.

»Eine Woche – keine Regeln«, sagte ich. »Und dann reisen wir zurück nach Washington, und niemand wird es wissen.«

»Außer uns«, sagte er bedeutungsschwer.

Wir würden es wissen, aber wir waren erwachsen. Erwachsene hatten Affären. Erwachsene machten weiter. »Außer uns.«

»Eine Woche.« Seine Worte waren eine Zustimmung, und er besiegelte sie mit einem Kuss.

Kapitel 9

Roman trug mich durch die Türen des Patios, ohne unseren Kuss zu unterbrechen, und lief gegen sehr wenige Möbelstücke, bedachte man, dass es abgesehen vom Mondlicht stockfinster war. Ich untersuchte währenddessen das unentdeckte Gelände unter seinem grauen T-Shirt. Meine Finger strichen über seine Muskeln und schoben den Stoff hoch, bis ich die definierten Brustmuskeln fand, und auf seiner Brust wuchsen Haare, in die ich meine Finger graben wollte. Bevor ich merkte, was ich da tat, löste ich meine Lippen von seinen und zwickte ihn in die Haut. Roman keuchte überrascht auf, aber als ich es wagte, ihm in die Augen zu blicken, flammte sein Blick auf.

»Gefällt dir das, Jessica?«, knurrte er, und meine Hüften drängten sich unwillkürlich näher an ihn.

»Ich schätze, ja«, sagte ich, aber es klang mehr wie ein Schnurren. Mir gefiel es nicht nur, ich wollte es wieder tun. Beinahe so sehr, wie ich wollte, dass er mich aufs Bett warf oder gegen die Wand drückte.

Im Bett war Jess ein braves Mädchen. Sie hatte zwei bewährte Stellungen. Sie hielt sich nicht mit Unterwäsche oder Spielzeugen auf. Die Hälfte der Zeit kam sie, die andere Hälfte tat sie so, um Bretts Gefühle nicht zu verletzen. Jess fand Sex okay.

Aber Jessica schien eine völlig andere Einstellung zu Sex zu haben. Sie hatte keine Liste erprobter Stellungen oder zulässiger Geschlechtsakte. Jessica wollte an Roman knabbern und es die ganze Nacht lang treiben. Diese Jessica kannte ich nicht, aber sie gefiel mir.

Ich fühlte mich wie eine andere, als Roman die Arme um meinen Körper schlang und mich küsste, bis ich beinahe die Besinnung verlor, und ich reagierte auf ihn wie ein wildes Tier, das man zu lange eingepfercht hatte. Ich grub meine Nägel in seine Haut, presste meine Lippen auf seine und fuhr mit der Zunge über seine Zähne, so wie ich es mir vorgestellt hatte. Meine Hände vergruben sich in seinem Haar, und Roman stöhnte an meinem Mund, und seine Hände nahmen meinen Hintern fester. Seine Lippen fanden meinen Hals, und er küsste meinen Nacken, um schließlich an meinem Ohr innezuhalten. Sein Atem ging schwer. »Bist du dir sicher?«, fragte er sanft.

Ich legte die Hand unter sein Kinn, damit er mich ansah, und dann küsste ich ihn fest auf den Mund. »Absolut. Und jetzt bring mich ins Bett.«

Er brauchte keine weitere Aufforderung. Er legt mich aufs Bett, und ich sank gegen das Kissen, als er sich über mich beugte. Er stützte sich dicht über mir ab, sodass unsere Körper sich nur leicht berührten, und ich zog ihn heran, wollte, dass er sich an mich schmiegte. Wir waren immer noch vollständig bekleidet, aber jeder Zentimeter von mir brannte, das Feuer raste durch meine Glieder und sammelte sich in meiner Mitte.

Romans Mund fuhr mein Kinn nach, und dann fanden seine Zähne mein Ohrläppchen.

Schauer rannen über meine Haut, zwischen meinen Beinen breitete sich Hitze aus. Zwei Sekunden später hatte ich ihm sein Shirt ausgezogen und knabberte an ihm. Er streckte die Hand aus und hielt mein Handgelenk über meinem Kopf fest.

»Mach langsam«, sagte er. »Wir haben die ganze Nacht.«

»Wir haben eine Woche«, sagte ich. Seine Lippen schlossen sich über meinen, und ich bog mich zu ihm hoch und hakte die Finger in den Bund seiner Jeans. Wir küssten und liebkosten einander, bis meine Lippen geschwollen und heiß waren, und wir beide atemlos waren, aber seine Hände fanden nie ihren Weg an meinem Nacken oder meinem Rücken hinab, als bliebe er lieber im sicheren Bereich.

Irgendwann rollte Roman sich von mir herunter, und ich vermisste seinen Körper sofort.

»Wir haben das nicht richtig durchdacht«, sagte er zwischen schweren Atemzügen.

»Möchtest du mich deshalb nicht anfassen?«, fragte ich ihn. »Ich bin nämlich sicher, dass ich dir grünes Licht gegeben habe.«

Er drehte sich auf die Seite und stützte sich auf den Ellbogen. »Das bedeutet aber nicht, dass ich die Grenze auch überschreiten sollte.«

»Doch, genau das bedeutet es«, sagte ich.

»Jess …«, begann er, aber ich setzte mich auf und zog mir das Kleid über den Kopf, bevor er seinen Satz beenden konnte.

»Ja?«, fragte ich, und meine Finger öffneten meinen BH und strichen ihn mir vom Körper.

»Ich habe vergessen, was ich sagen wollte.«

Ich hob eine Augenbraue. »Wie wärs mit ein bisschen weniger Unterhaltung?«

Daraufhin legte Roman einen Arm um meine Taille, und ich drückte mich an ihn. Unsere Lippen fanden sich erneut, unsere Zungen spielten miteinander, und seine Hände strichen über meinen Rücken. Ich drückte ihn aufs Bett und schlang mein linkes Bein um ihn, und dann setzte ich mich auf ihn.

»Du bist wunderschön«, sagte er und sah zu mir auf. Jess wäre rot geworden, aber Jessica nahm seine Hände und legte sie auf ihre Brüste.

»Die Grenze ist überschritten, Governor«, sagte ich mit britischem Akzent.

Romans Gesicht erhellte sich, und er grinste. »Und das Eis ist offiziell gebrochen.«

»Ich würde sagen, als Nächstes wirst du deine Hose los.«

Er zögerte einen Augenblick, bevor er die Hände ausstreckte und sie herabzog. Ich half ihm, und einen Moment darauf trennten uns nur noch zwei Schichten Stoff. Meine Finger fanden das Band seiner Boxershorts, sodass nur mein Slip übrig blieb.

»Es wird wärmer«, sagte er.

Meine Hüften drängten sich an ihn, und ich war bereit, diese letzte Hürde auch zu überwinden, doch statt mir den Slip auszuziehen, zog Roman mich zärtlich an sich. Diesmal strichen seine Hände leicht über meine Brüste, als er mich küsste, und er fing meine Nippel ein und drehte sie behutsam zwischen seinen Fingerspitzen. Mir entfuhr ein Wimmern, und er biss mir zart auf die Lippe, was einen elektrischen Stoß bis hinab in meine Klitoris sandte.

»Ich will dich«, sagte ich, griff nach unten und nahm ihn in die Hand.

Roman drehte mich auf den Rücken und zog mir unerträglich langsam das Höschen aus, dann drückte er Küsse auf meine Schenkel und ließ sich schließlich zwischen meinen Beinen nieder. Einen Augenblick dachte ich, ich wäre Jess, der es unangenehm wäre, dass ein Mann so etwas mit ihr machte, aber dann glitt seine Zunge über meine Klitoris, und der Gedanke löste sich auf.

Ein Zittern stieg in mir auf, und ich krallte die Finger ins Laken, als er an mir saugte und mich leckte, bis ich so heftig kam, dass ich die Knie gegen seinen Kopf presste, damit er aufhörte, weiter mit seiner Zunge die nun empfindliche Stelle zu berühren. Er nahm meine Beine und schob sie wieder auseinander, küsste mit weichen Lippen die Innenseiten meiner Schenkel, dann kam er über mich. Jetzt war nichts mehr zwischen uns, und ich spürte ihn – hart und groß – zwischen meinen Beinen. Ich drängte mich an ihn.

»Bist du wirklich schon bereit für mehr?«, fragte er mit leiser, rauer Stimme, die mir Schauer über den Körper sandte.

»Probier es aus«, sagte ich und griff nach dem Nachttisch, um ihm ein Kondom zuzuwerfen. Ich dankte Cassie im Stillen dafür, dass sie darauf bestanden hatte, dort welche zu deponieren. Sie war zum Glück besser vorbereitet als jede Pfadfinderin.

Sein Mund schloss sich um meinen Nippel, und er saugte daran, erst sanft, dann fester. Seine Zähne strichen darüber, und mein Kopf sank gegen das Kissen. Es fühlte sich so gut an, dass ich die Beine um ihn schlang und versuchte, ihn fester an mich zu ziehen.

»Mehr«, hauchte ich, und er biss fester zu, bis ich mich unter ihm wand und mein Körper für die zweite Runde bereit war. Meine Hüften drängten sich noch enger an ihn, aber er versetzte mir mit der Hand einen leichten Klaps auf den Po.

»Hast du mir einen Klaps gegeben?«, fragte ich, und im gleichen Moment überkam mich eine seltsame Mischung aus Erkenntnis und Begierde.

Roman zog sich zurück und riss die Augen auf. »Tut mir leid.«

»Nicht entschuldigen.« Ich nahm ihn bei der Schulter und zog ihn an mich. »Mach das noch mal.«

Romans Hand schlug leicht auf meine rechte Pobacke.

»Nicht so«, hauchte ich. Er reagierte mit einem spielerischen Klaps, der gerade so brannte, dass ich kurz wimmerte.

»Wenn du mich jetzt nicht endlich vögelst, werde ich verrückt«, sagte ich mit einem irren Kichern.

Seine Hand massierte die brennende Stelle. »Ich dachte, du wolltest sanft geschlagen werden.«

»Mach's noch mal«, flüsterte ich.

»Dein Hintern ist *caliente*, Jessica. Er macht mich wahnsinnig«, sagte er heiser und rieb weiter darüber. »Ich will ihn anbeten. Ich möchte ein Gedicht darüber schreiben.«

Wir beide schnappten mittlerweile nach Luft. Er zögerte meine Erlösung hinaus, die ich so sehr herbeisehnte, und gleichzeitig hoffte ich, dass er mich nicht losließ.

Seine Finger zuckten, und mein Atem stockte, aber sie landeten sanft und strichen über meinen nackten Bauch. Ich schlang mein Bein um ihn und presste mich an seinen harten Schwanz, drängte ihn, in mich zu gleiten. Doch er küsste mich sanft und hielt mich fest, während seine Hand mich weiter streichelte.

Unsere Blicke trafen sich, und ich sah mich in seinen Augen gespiegelt: wild und frei. Ich erwiderte seinen Kuss sehnsüchtig. Seine Hand schlug erneut auf meinen Po, und ich sank zurück und öffnete mich für ihn. Er legte sich zwischen meine Beine und glitt in mich. Ich hatte nicht einmal Zeit, an irgendetwas zu denken, außer *endlich*, bevor der erste Schauder meinen Körper durchzuckte.

»Roman!« Sein Name kam über meine Lippen, als er mich an sich drückte und mich zu einem neuen Höhepunkt führte, der mich schweben und Sterne sehen ließ.

Und als wir gemeinsam aufs Bett sanken, verschwitzt und befriedigt, erkannte ich, dass ich ihm vollkommen ausgeliefert war, dass ich völlig die Kontrolle verloren hatte – und dass ich nicht wollte, dass das jemals aufhörte.

Kapitel 10

Wir lagen im Bett, starrten an die Decke und sprachen nicht. Was soll man auch sagen, wenn man gerade den herausragendsten Sex seines Lebens hatte, mit genau demjenigen, den man absolut nicht vögeln sollte? Besonders, da es beinhaltet hatte, dass er mir den Po versohlt hatte und ich an ihm geknabbert hatte und noch eine Menge Sachen mehr, über die ich bisher nur in der *Cosmo* gelesen hatte?

Danke?

Das war total schräg, aber es war vermutlich das einzig Passende.

Roman schob einen Arm unter mich. »Wegen des …«

Seine Worte verklangen, und er wartete darauf, dass ich antwortete, aber ich war genauso erschüttert wie er. Er war nicht nur mein Prof, sondern ich erholte mich auch gerade erst, nachdem meine feste Beziehung in die Brüche gegangen war.

»So etwas mache ich normalerweise nicht«, sagte ich, aber es kam ziemlich verworren heraus. Ich sprach schneller, als ich dachte. »Ich meine, mit Professoren zu schlafen oder mit Menschen, die ich nicht date, oder mich von Professoren oder Menschen, die ich nicht date, beißen oder mir den Hintern versohlen zu lassen, und … oh mein Gott, ich halte jetzt besser die Klappe.«

Er stützte den Kopf auf die Hand und hob eine Augenbraue, bevor er anfing zu lachen. »Denkst du, ich schlafe mit ehemaligen Studentinnen?«

»Besser nicht«, sagte ich und versetzte ihm einen Stoß gegen die Schulter, damit es weniger eifersüchtig klang, sondern eher kumpelhaft.

»Das habe ich noch nie gemacht.« Seine Stimme war leise und rau, und ich drückte mich an ihn, wollte bereits mehr. »Ich habe niemals eine Studentin *so* angesehen. Aber du – du bist immer präsent gewesen und hattest etwas zu sagen. Du hast nicht bloß dagehockt, um den Kurs abzuhaken. Und ich hatte drei Tage die Woche eine wunderschöne Frau vor mir – eine Frau, die all das ist, was ich will –, und ich wusste, dass ich dich nicht einmal bitten durfte, mit mir auszugehen. Du bist mir unter die Haut gegangen, Jessica Stone.«

Und in deine Hose. Was dachte ich da bloß? Meine Möglichkeiten waren ziemlich begrenzt. Konnten wir das hier einfach hinter uns lassen und so tun, als wäre es niemals geschehen? Doch ich hatte Markson gewollt, seit ich ihn das erste Mal gesehen hatte. Und jetzt, da ich ihn haben konnte, würde eine Woche wirklich ausreichen? »Das sieht mir echt nicht ähnlich«, wiederholte ich. »Ich habe noch nie …«

»Halt«, sagte er. »Ich mache keine One-Night-Stands. Ich weiß, dass du nicht der Typ dafür bist, und das ist einer der Gründe, aus denen ich mich nicht zurückhalten konnte, als du mich geküsst hast.«

»Was, wenn ich dich jetzt küsse?«, fragte ich und biss mir auf die Lippe. Ganz offensichtlich würde ich nicht die Wir-lassen-das-alles-hinter-uns-Route einschlagen. Nö, ich wollte auf jeden Fall die Lass-es-uns-noch-einmal-tun-Schiene fahren.

»Wenn wir weiter Liebe machen wollen, muss ich zuerst etwas essen und mich ein bisschen bewegen.« Roman küsste mich kurz und sprang dann aus dem Bett. Ich starrte auf seinen festen, perfekten Hintern, als er sich hinabbeugte, um seine Hose aufzuheben. Er sah nicht so aus, als müsste er sich bewegen, fand ich.

»Nicht«, sagte ich, als er sich anziehen wollte.

»Ich bin nicht sicher, ob Cassie mich im Adamskostüm sehen möchte.«

»Du verkaufst dich unter Wert. Jede Frau auf der Welt würde dich nackt sehen wollen.«

Seine Lippen verzogen sich zu einem schiefen Grinsen, und ich spürte, wie meine Klitoris zuckte. Ich war so was von bereit für den nächsten Liebesakt, und ich musste meine ganze Willenskraft aufbieten und die Schenkel fest aneinanderpressen, um ihn gehen zu lassen.

Ich stieg aus dem Bett und stellte fest, dass meine Beine Wackelpudding waren – ein ganz wundervolles Gefühl übrigens. Ich ging die Kleider durch, die Cassie mir hingelegt hatte, und fand ein längeres Tanktop, das meinen Hintern zum größten Teil bedeckte, dann ging ich hinaus und sah, wie er in den Kühlschrank schaute.

»Das ist eine wirklich tolle Unterkunft«, sagte Roman, als er mich sah. Das Licht des Kühlschranks war wie ein Scheinwerfer auf seine muskulöse Silhouette gerichtet und betonte seine festen Bauchmuskeln und den Bizeps. »Ihr habt allerdings nicht viel zu essen da.«

Damit hatte er recht. Wir hatten ein Dutzend Weinflaschen gekauft und eine Flasche guten Tequila, aber sonst nichts.

»Cassie nennt das unsere flüssige Trennungs-Kost. Und diese Unterkunft hier verdanken wir Cassies Ex«, gab ich zu. Ich lehnte mich an den Tresen und spürte unangenehm die Lücke zwischen Roman und mir.

Roman schlug die Kühlschranktür zu und drehte sich zu mir um, dann legte er einen Arm um meine Taille und zog mich an sich. »Ihr Ex scheint … wohltätig zu sein.«

»Das werden wir sehen, wenn er die Rechnung bekommt.«

»Das klingt nach einer interessanten Geschichte«, sagte er.

Ich versuchte, mich auf unsere Unterhaltung zu konzentrieren, aber so nah, wie er war, fiel mir das schwer. »Ziemlich interessant sogar.«

»Kommt Cassie klar, wenn du sie allein lässt?«, fragte er.

»Vermutlich. Ich denke, sie leidet mehr an gebrochenem Herzen als am Alkohol.« In dem Moment fiel mir ein, dass ich nach ihr sehen sollte.

»Klingt, als würde sie versuchen, mit Alkohol darüber hinwegzukommen«, sagte er.

»Ja. Er hat es wirklich übel vermasselt.« Schuldgefühle drangen durch meinen Nach-Orgasmus-Nebel. Die arme Cassie lag im Nachbarzimmer und versuchte, ihr wundes Herz zu heilen, und ich hatte Sex mit Roman. Ich würde gewiss nicht zur Freundin des Jahres gekürt.

Roman neigte den Kopf und betrachtete mich nachdenklich. »Ich verhungere. Deine beste Freundin ist betrunken. Mir bleibt also keine andere Wahl, als rauszugehen und Nahrung zu beschaffen.«

»Das musst du nicht tun. Ich habe alles unter Kontrolle«, sagte ich peinlich berührt. Ich begriff ja, wieso er glaubte, dass ich Hilfe brauchte. Bisher hatte man mich am Flughafen ausgeraubt, und ein Straßenhändler hatte mich erpresst. Dabei konnte ich mich ansonsten wirklich hervorragend um mich und auch Cassie kümmern. Seit wir hier waren, hatte mir nur irgendwie die Gelegenheit dazu gefehlt.

Er hob die Augenbraue, und Schalk blitzte in seinen Augen auf. »Ich weiß, dass du eine starke, unabhängige Frau bist. Deshalb biete ich an, zum Markt zu gehen und direkt zurückzukommen, und dann stelle ich mich barfuß in die Küche.«

»Da, wo du hingehörst?« Meine Lippen zuckten bei dem Gedanken daran, dass Roman für mich kochen wollte.

»Mi bella …« Roman beugte sich vor und strich mit dem Finger über meinen Kiefer. »Ich koche besser, als ich im Bett bin.«

Oh. Heilige. Scheiße.

»J-j-ja«, stammelte ich. »Lebensmittel wären großartig.«

Ein selbstzufriedenes Grinsen breitete sich auf Romans Gesicht aus, als er sein graues Shirt anzog. Das hier war das genaue Gegenteil vom Weihnachtsmorgen, es war, als ob er meine Geschenke wieder einpackte und sie mir wegnahm, und ich blieb verwirrt und nervös und enttäuscht zurück. Aber nachdem er seine Sandalen angezogen hatte, nahm er meine Hand und zog mich an sich. Roman legte seine Lippen auf meine, bis ich den Mund öffnete, um ihn willkommen zu heißen. Seine Zunge huschte über den Bogen meiner Oberlippe, zog sich dann jedoch zurück und ließ mich atemlos stehen.

»Una semana«, flüsterte er, bevor er durch die Tür trat.

Dafür brauchte ich keine Übersetzung. Es war allerdings nicht einfach nur eine Erinnerung, sondern ein Versprechen. Ein Versprechen, dass wir uns nicht beeilen mussten. Dass wir uns nicht zurückhalten mussten. Dass noch mehr kam. Wenigstens eine Woche lang.

Kapitel 11

Der Strand hinter unserer Villa lag am nächsten Nachmittag beinahe verlassen da, was bedeutete, dass ich dort lernen konnte. Falls es mir gelingen sollte, mich in mein Lehrbuch zu vertiefen, könnte ich vielleicht auch vergessen, was letzte Nacht mit Roman geschehen war. Ein paar Stunden Schlaf hatten für einen klaren Kopf gesorgt und mich daran erinnert, dass es eine schlechte Idee gewesen war, etwas mit ihm anzufangen. Zuerst einmal war er Prof. Zweitens hatte ich gerade mit Brett Schluss gemacht. Drittens, *er war Prof!*

Ich ermahnte mich, ruhig zu bleiben, doch obwohl dieser Befehl für gewöhnlich bei Jillian und Cassie wirkte, richtete er bei mir nichts aus. Wir waren beide Erwachsene in einer einvernehmlich eingegangenen Beziehung. Wir waren miteinander ins Bett gestiegen. Wir taten niemandem weh.

Noch nicht zumindest.

Quer über dieser ganzen Angelegenheit stand HERZSCHMERZ! in Großbuchstaben, weshalb es besser wäre, wenn aus der *una semana* doch bloß *una noche* wurde. Wir hatten eine spektakuläre Nacht miteinander verbracht, warum sollten wir das ruinieren, indem wir es auf eine ganze Woche ausdehnten?

»Wieso lächelst du?«, fragte Cassie, und in ihrer Stimme schwang ein gewisses Misstrauen mit. Sie hatte bis spät in den Vormittag geschlafen, und Roman war längst weg gewesen, als sie aufgestanden war. Die letzte Nacht für mich zu behalten war nicht nur ausgesprochen klug, es würde auch verhindern, dass sie mich den ganzen Tag damit aufzog.

Ich zuckte mit den Schultern. »Ich habe mich an ein paar Brocken Spanisch aus der Highschool erinnert.«

Der Sand war weich und heiß und hieß uns willkommen, also ließ ich mich mit einem Buch über Zellbiologie und Genetik darauf nieder. Cassie zog ihr leichtes Sommerkleid aus, und zum Vorschein kam ein winziges Bandeau-Bikini-Oberteil und etwas, das kaum als Unterteil durchging.

»Nimmst du keine Sonnencreme?«, fragte ich sie, als sie sich hinlegte und die Augen schloss.

Sie hob hinter dem Rand ihrer Sonnenbrille eine Augenbraue. »Nein, Dr. Stone, nehme ich nicht. Ich wollte ein bisschen Bräune abkriegen, schon vergessen?«

Ich hörte die Herausforderung in ihren Worten. Sie nahm an, dass ich ihr gleich eine Predigt über Hautkrebs halten würde, aber ich wusste, dass sie auf Streit aus war. Wut brodelte in Cassie, und ich ahnte den Grund dafür.

»Hast du mit Trevor geredet?«, fragte ich und sprach so das Thema an, das ihr im Kopf herumging.

»Absolut nicht. Ich bin nicht einmal sicher, ob ich hier unten Empfang habe.« Sie zuckte mit den Schultern, als wäre ihr das egal, und rollte sich dann auf dem Strandtuch auf den Bauch.

Ich wusste, dass sie log. Wir hatten vorhin beide Jillian geschrieben, um zu hören, wie es ihr ging, und vermutlich würden unsere Roaming-Gebühren heftig werden. Aber wir hatten Empfang, und das hieß, dass Trevor nicht angerufen oder geschrieben hatte. Weil Trevor ein Arsch war. Sie daran zu erinnern würde allerdings ihre Stimmung nicht verbessern.

»Wann hast du zuletzt mit ihm geredet?«

Ihre Stimme wurde von den Wellen, die an den Strand schlugen, beinahe übertönt. »Lass mich überlegen ... Ich glaube, das war, als ich mit seinen Schuhen nach ihm geworfen habe.«

Den Teil der Geschichte hatte sie bisher ausgelassen. Natürlich war die Erstfassung eine Reihe von kaum zusammenhängenden Flüchen gewesen, die mit Schluchzern durchsetzt waren. »Du hast mit seinen Schuhen nach ihm geworfen?«

»Und mit seiner Hose und seinem Hemd und einer Lampe.«

»Einer Lampe?« Ich konnte nicht anders, ich war beeindruckt. Anscheinend bellte sie nicht nur, sondern biss auch.

»Er ist ein Mistkerl«, sagte Cassie. »Ich hätte weiter mit Kram nach ihm geworfen, aber ich habe beschlossen, dass ich über den Dingen stehe. Und jetzt würde ich wirklich lieber die verdammte Sonne genießen, anstatt über diesen Mistkerl nachzudenken.«

»Na gut.« Ich schlug mein Buch wieder auf und schnippte die Kappe von meinem Textmarker.

»Nicht zu fassen: Du bist mitten im Paradies und hast die Nase in einem Buch.« Sie hatte sich nicht umgedreht, um nachzusehen, aber sie kannte mich einfach zu gut.

»Ich kann es mir nicht leisten hinterherzuhängen.«

»Das Semester hat noch nicht mal angefangen. Du hast deine Abschlussklausuren mit Bravour bestanden. Mach mal 'ne Pause.«

»Sieh es doch mal so. Ich muss weiter nach oben kommen«, erklärte ich ihr.

»Wie ist die Aussicht von da oben?«, fragte sie. »Du bist soooo weit über mir! Ist es da sonnig?«

»Sieht jedenfalls gut aus.« Ich grinste vor mich hin und fand die Stelle, die ich markiert hatte.

»Zu schade, dass du die Aussicht gerade in diesem Moment verpasst.«

»Das ist aber tiefsinnig«, erwiderte ich abwesend. »Du solltest ein Buch schreiben. Ich wette, du könntest es sogar Deepak Chopra zeigen.«

Cassie kicherte und legte den Kopf auf die Arme, die bereits golden schimmerten. Sie würde auf jeden Fall wie eine Strandkönigin aussehen, wenn wir nach Washington zurückkamen. Ich zog meinen Sonnenhut tiefer ins Gesicht, damit ich mir nicht die Nase verbrannte. Ich wurde nicht braun. Ich bekam Sommersprossen und verbrannte.

»Was ist letzte Nacht passiert? Wie bin ich zurückgekommen?«, fragte Cassie leise. Ich hörte das Zögern in ihrer Stimme, sie wollte es nicht wirklich wissen.

»Erinnerst dich nicht, mh?« Ich warf das Buch aufs Handtuch, um endlich das dringend notwendige Gespräch mit meiner besten Freundin zu führen.

»Oh, oh. Jess legt ihr Buch zur Seite. Das kann nichts Gutes bedeuten.« Sie rollte sich auf die Seite und sah mich an. Ihr Blick suchte meine Miene nach einer Bestätigung dafür ab.

»Du hast Jillian Konkurrenz gemacht, was das Drama betrifft«, sagte ich.

»So schlimm?«

»Du hast an einer Bodega etwa zwanzig Magazine zerfetzt.«

»Warum sollte ich so was machen?«, fragte sie verwirrt.

»Es waren vor allem Hochzeitszeitschriften.«

Cassie vergrub das Gesicht im Handtuch und schlang die Arme um den Kopf. Ich musste wohl mit meiner Predigt warten, bis sie wieder zum Vorschein kam. Nach ein paar Minuten setzte sie sich auf und sah mich an. »Mach weiter.«

»Mach weiter und was?«

»Halt mir die Predigt. Ich verdiene sie.«

»Ich werde dir keine Predigt halten«, log ich. Es war nicht annähernd so befriedigend, wenn sie gleich von vornherein einsichtig war.

»Bullshit.«

»Ja, in Ordnung«, sagte ich sofort. »Ich weiß, dass du wegen Trevor und dem, was geschehen ist, wütend bist, aber dir einen Leberschaden zu verpassen und beinahe in den Knast zu wandern …«

»Ich bin beinahe verhaftet worden?«, unterbrach sie mich.

»Ja«, sagte ich. »Du hattest Glück, dass Roman uns gerettet hat.«

Cassie unterbrach mich mit erhobener Hand. »Professor Markson war da?«

Es war zu spät, um jetzt noch zurückzurudern, aber es war vermutlich besser, wenn sie wusste, dass er da gewesen war. Es jetzt zuzugeben bedeutete, dass sie die ganze Geschichte nicht auf andere Art herausfand. Ich berichtete ihr ausführlich von den Ereignissen der letzten Nacht, bis auf die außerhalb des Lehrplans liegenden Sextivitäten, die ich praktischerweise einfach zu erwähnen vergaß. Cassie war bereits zu sehr darauf aus, dass ich Roman abschleppte, da musste ich nicht noch Öl ins Feuer kippen.

»Shit. Das tut mir so, so, so leid, Jess. Ich bin eine verrückte Bitch wegen Trevor, und du hast kaum mit der Wimper gezuckt wegen Brett.« Sie warf sich auf den Rücken und legte sich einen Arm über die Augen.

»Ich habe Brett nicht geliebt«, gestand ich. Ich hatte es bereits vermutet, als ich seinen Antrag ausgeschlagen hatte, aber nach letzter Nacht war ich mir absolut sicher. Entweder war Roman Markson der Lückenbüßer des Jahrhunderts, oder ich war gar nicht traurig wegen meines Exfreunds.

»Warum zur Hölle hast du so viel Zeit an ihn verschwendet?«

»Brett war nett«, sagte ich.

»War er gut im Bett?«, fragte Cassie.

Ich dachte über meine Antwort nach. »Er war annehmbar.«

»Du hast ein Jahr damit verschwendet, jemanden zu daten, der nett war – Übersetzung: langweilig – und im Bett annehmbar – Übersetzung: er hatte eine fünfzigprozentige Erfolgsrate.«

»Erfolgsrate?«, ich wollte es nicht wissen, aber ich fragte trotzdem.

»Dir den Himmel zu zeigen«, sagte sie. »Ich wette, du bist verdammt gut darin, so zu tun als ob.«

Ich hörte ihren letzten Kommentar kaum, denn die bloße Erwähnung von Sex hatte mich an die Details der letzten Nacht erinnert. Cassie hatte recht. Hätte ich gewusst, dass ich mich im Bett so fühlen konnte mit einem Mann, wäre die Sache mit Brett niemals so lange gelaufen. Ich nahm meine Wasserflasche, weil mir plötzlich viel zu heiß war, und trank einen großen Schluck.

»Hast du letzte Nacht Sex mit Roman gehabt?«, fragte Cassie.

Ich verschluckte mich. Wasser wurde mir langsam in jeder Darreichungsform gefährlich. Als ich mich erholt hatte, blickte ich sie finster an und nahm mein Buch wieder in die Hand. Cassie lachte, stand auf und klopfte sich den Sand von ihren nackten Beinen.

»Ich gehe schwimmen. Möchtest du mit?«

»Hab Angst vorm Meer«, erwiderte ich.

»Das Wasser da …«, sie zeigte auf das Meer, »ist so warm und ruhig wie eine Badewanne. Geh wenigstens ein Stück mit mir rein.«

Ich schüttelte den Kopf, und Cassie hob die Hände. Ich sah zu, wie sie über den glühend heißen Sand joggte und sich ins Wasser warf, als wäre sie bei Baywatch, sehr zur Freude einiger Männer am Strand.

Nachdem ich Cassie aus dem Wasser geholt hatte, gingen wir zum Markt, um Lebensmittel zu besorgen. Sie mochte ja denken, dass wir nur Wein brauchten, aber ich hatte letzte Nacht erkannt, wie wichtig Nahrung war. Ich hatte mein Telefon im Hotel gelassen, weil ich mir nicht sicher war, ob ich erreichbar sein wollte. Meine Nacht mit Roman war der Wahnsinn gewesen, und wir hatten eingewilligt, diese Woche unseren Spaß zu haben, aber Vernunft und gesunder Menschenverstand hatten sich mit dem frühen Morgenlicht wieder eingestellt. Eine Affäre mit einem Prof war keine gute Idee.

»Ich kann nicht glauben, dass ich meine Tage bekommen habe. Das Leben ist ungerecht.« Cassie suchte weiter nach Tampons in den Regalen, offensichtlich das Einzige, was sie nicht eingepackt hatte. »Ich bin im Paradies, Single und außer Betrieb.«

Ich persönlich dachte ja, dass das gut war, fühlte mich allerdings mies deswegen und behielt den Gedanken für mich. Ich nahm eine blaue Schachtel vom untersten Regalbrett und hielt sie triumphierend hoch.

»Hola.« Der vertraute Klang von Romans Stimme strich über meine Haut, und ich biss mir auf die Lippe. Dann begriff ich, dass ich eine Schachtel Tampons in den Händen hielt. Ich schob sie Cassie zu, drehte mich um und sah mich Roman und seiner Großmutter gegenüber. Die Fältchen um ihre Augen verzogen sich, als sie mich wissend ansah. Anscheinend war ihr seine Abwesenheit in der letzten Nacht nicht entgangen.

»Es ist schön, dich wiederzusehen. Ich meine, nachdem wir uns am Flughafen getroffen haben.« Ich stolperte über meine eigene Zunge und verriet mich beinahe. Cassie nahm sicher an, dass es mir peinlich war, dass ich auf Roman stand. Irgendwann würde ich ihr erzählen, was gelaufen war, aber nicht während sie mit ihrem eigenen Herzschmerz zu tun hatte. »Wir wollten Essen kaufen.«

»Unter anderem«, sagte Cassie trocken. Sie machte sich nicht die Mühe, die Schachtel zu verbergen, und sie fragte sich vermutlich, warum ich deshalb so ausflippte. Keine von uns benahm sich wegen irgendwelcher Körperfunktionen seltsam. Sie wusste allerdings nicht, dass ich nicht wollte, dass Roman glaubte, *ich* wäre außer Betrieb.

Ich wollte ihn anscheinend gerne wiedersehen.

»Kochst du?«, fragte Aba.

Cassie stieß ein ohrenbetäubendes Lachen aus, dann schüttelte sie den Kopf. »Auf gar keinen Fall. Aber das macht nichts, ich bin auf Alkoholdiät.«

»Ein paar Sachen«, stieß ich hervor, dann fügte ich hinzu. »Aber nicht gut.«

Meine beste Freundin warf mir einen ungläubigen Blick zu. Sie dachte ganz offensichtlich, dass ich den Verstand verloren hatte. Bevor sie das aussprechen konnte, sagte Aba: »Wenn ihr etwas essen wollt, kommt zu mir.«

»Oh, Sie müssen nicht für uns kochen«, sagte ich.

Sie lachte, und es klang genauso dreckig wie bei Cassie,

dann zwinkerte sie mir zu. »*Er* wird für euch kochen. Das ist sein Job.«

Das zeigte, dass sie auf jeden Fall wusste, dass Roman und ich die letzte Nacht miteinander verbracht hatten. Cassie, die neben mir stand, schien verwirrt, aber sie bat nicht um eine Erklärung. »Ich bezahle, sobald ich die Limetten gefunden habe.«

»Ich zeige sie dir.« Aba nahm sie am Arm und zog sie mit sich. »Roman hilft Jessica, das zu finden, was sie sucht.«

»Sie hat mich erwischt, als ich mich reingeschlichen habe«, sagte er verlegen, als die beiden außer Hörweite waren. »Ich habe ihr nicht erzählt, wo ich war, aber …«

»Ich denke, sie reimt es sich zusammen. Wird sie es Cassie sagen?« Ich bemerkte, wie er die Stirn runzelte, entweder aus Besorgnis oder Empörung, also fügte ich rasch hinzu. »Ich glaube, sie will vielleicht nichts über uns hören, weil sie sich doch gerade getrennt hat.«

Seine Lippen zuckten, als fände er den Gedanken witzig. »Aba respektiert meine Privatsphäre, auch wenn sie sich diebisch darüber freut. Direkt nachdem sie dich am Flughafen kennengelernt hat, sagte sie, ich soll dich heiraten.«

»Heiraten?« Ich schluckte schwer. Wieder dieses Wort. Ich schien es nicht einmal dann umgehen zu können, wenn ich eine Affäre hatte.

»Mach dir keine Sorgen, ich werde dich nicht vor den Altar zerren, aber ich würde dich heute Abend gerne sehen.« Eine dunkle Haarsträhne fiel ihm in die Stirn, und ich musste mich zurückhalten, um sie nicht zurückzustreichen. Jedes Molekül in mir wollte ihn berühren. Und mich mit ihm zu verabreden würde genau dafür sorgen.

»Roman, ich …«

»Können wir uns heute Abend sehen?« Romans Stimme war leise. Ein Schauder durchrieselte mich, denn seine Stimme klang drängend.

Ich sollte Nein sagen, das wusste ich.

Aber ich sagte Ja.

Kapitel 12

Der Himmel war von rosafarbenen und orangen Streifen überzogen, als ich eine Entschuldigung suchte, um die Villa verlassen zu können. Der Plan sah vor, Roman unten am Strand zu treffen, aber mir war noch nicht eingefallen, wie ich Cassie loswerden konnte. Außerdem fühlte es sich falsch an, sie zurückzulassen und meinen Spaß zu haben. Ich wollte gerade aufgeben, als sie von der Couch hüpfte.

»Ich gehe duschen«, verkündete sie. »Ich rieche nach Sand und Tequila.«

»Das klingt nicht so übel.« Ich mühte mich, neutral zu klingen, aber beim letzten Wort rutschte meine Stimme höher.

Cassie starrte mich einen Augenblick lang an, dann schüttelte sie den Kopf. Kurz dachte ich, sie hätte mich durchschaut. Doch falls es so war, sagte sie nichts. Zumindest für den Moment. »Nach der Dusche krieche ich ins Bett, schaue mir traurige Filme an und weine, bis meine Leber wieder clean ist. Willst du mitmachen?«

»Das klingt zwar nach einer Menge Spaß«, sagte ich und versuchte, mitleidig zu schauen, während mein Magen einen freudigen Tanz aufführte, »aber ich will lernen.«

»Wirst du wohl endlich mit dem Lernen aufhören?« Sie stieß einen Seufzer aus, der sehr nach Verzweiflung klang. Wenn sie nur die Wahrheit wüsste …

»Nicht, was du denkst.« Ich hielt einen Roman hoch. »Ich werde zum Spaß lesen.«

Ihre Augen wurden schmal, und sie versuchte, den Titel zu entziffern, aber ich warf das Buch auf den Sessel, bevor ihr das gelang. Der Roman war ein Lockbuch, das ich seit Jahren benutzte. Wann immer meine Freunde mir sagten, dass ich zu viel lernte, hielt ich es hoch und entschuldigte mich so bei spontanen Mädelsabenden, um zum Spaß zu lesen.

»Hast du das nicht schon vor ein paar Wochen gelesen?«, fragte Cassie.

Erwischt.

Ich schüttelte den Kopf. »Habe es nie beendet, deshalb sind die Ferien der perfekte Zeitpunkt. Ich will unbedingt wissen, wie es ausgeht.«

Eigentlich wollte ich unbedingt Roman in die Finger bekommen. Ein Teil von mir fragte sich, ob ich vielleicht einfach auspacken sollte. Das sprichwörtliche Pflaster mit einem Ruck abreißen und ihr sagen, was los war. Der Rest von mir war sich jedoch sicher, ich durfte nicht riskieren, dass sie das mit uns herausfand. Erstens würde sie das Thema nie mehr ruhen lassen, aber noch wichtiger war, dass sie mich mit hierhergenommen hatte, damit ich ihr moralischen Beistand leistete, während sie sich von ihrer Trennung erholte. Ich musste ihr nicht noch eine Affäre unter die Nase reiben – ob nun von Cassie befürwortet oder nicht. Und dann war da noch der weniger logische Grund – der, den ich nicht einmal vor meinem eigenen Gewissen eingestehen wollte. Es machte irgendwie mehr Spaß, wenn es ein Geheimnis blieb. Ich schob den beschämenden Gedanken beiseite, aber das machte ihn nicht weniger wahr. Heimlich mit Roman rumzuturteln war eine miese Entscheidung – und nach der letzten Nacht hatte ich erkannt, dass ich davon nicht genug in meinem Leben hatte. Ich wollte eine weitere schlechte Wahl treffen. Vielleicht dann gleich noch ein paar mehr, falls er nicht zu müde war.

»Bis du fertig bist, werde ich im Bett sein.« Sie senkte die Stimme und klimperte mit den Wimpern. »Du kannst mir immer Gesellschaft leisten.«

Ich schob sie auf ihr Zimmer zu. »Ich denk drüber nach. Und jetzt geh duschen. Du wirst dich besser fühlen«, sagte ich bestimmt.

»Na, ich weiß, dass du dich immer besser fühlst nach dem Duschen.« Cassie streckte mir die Zunge heraus, bevor sie in ihrem Schlafzimmer verschwand. Diesen besonders beschämenden Moment würde ich niemals mehr ungeschehen machen können. Dem Himmel sei Dank, dass Nacktfotos zwischen besten Freundinnen tabu waren, sonst hätte sie es schon längst auf Instagram gestellt.

Ich war aus der Tür, bevor das Wasser anging.

Die warme Luft legte sich wie eine Decke um mich, aber die Brise war feuchtwarm. Mir gefiel das. Vielleicht könnte ich mich an ein solches Leben gewöhnen. Sonnenuntergänge am Strand und warmer Sand unter meinen Füßen. Trotzdem hielt ich mich von den Wellen fern, die an den Strand rauschten. Es wäre ein wenig erbärmlich, am Meer zu leben, aber Angst vor dem Wasser zu haben. Eigentlich konnte ich schwimmen. Ich hatte Unterricht gehabt. Nur mochte ich es wirklich überhaupt gar nicht. Mit einem netten, flachen Pool kam ich klar. Aber das Meer war etwas anderes. Ich mochte kein Wasser in den Augen. Ich mochte es nicht, den Boden nicht berühren zu können. Ich mochte das Gefühl nicht, wenn etwas meine Beine streifte. Vielleicht war also eine Ferienanlage am Meer nicht das Richtige für mich.

Über die Gefahren des Meeres brauchte ich mir nicht lange den Kopf zu zerbrechen. Ich erblickte Roman, der im Sand saß, dicht genug am Wasser, dass die Flut seine Füße umspülte. Sein weißes Leinenhemd hing offen über seiner Cargoshorts und betonte seine wunderbare, von der Sonne gebräunte Brust. Sein Kinn zierten die gleichen sexy Stoppeln, die in der vergangenen Nacht über meine Schenkel gestrichen waren, aber sein Haar, in das ich meine Hände vergraben hatte, war unter einem Fedora verborgen. Er passte nicht zu den Einheimischen, aber ging auch nicht als Tourist durch. Er sah aus wie jemand, dem der ganze Laden hier gehörte, und dem Puls zwischen meinen Beinen nach zu urteilen, gehörte ich ihm auch – für heute Nacht. *Für eine Woche.* In meinem geistigen Kalender hakte ich den zweiten Tag ab und versuchte, nicht daran zu denken, was geschehen würde, wenn die Woche vorbei war.

Roman wandte den Kopf in meine Richtung, und ein Lächeln breitete sich auf seinem Gesicht aus. Ich biss mir auf die Lippen, als ein Dutzend Fantasien durch meinen Kopf wirbelten. Den ganzen Tag über hatte ich mich gefühlt, als träumte ich, aber hier war er, und ich musste ihn nicht berühren, um zu wissen, dass er aus Fleisch und Blut war. Er war so echt wie mein rasendes Herz und meine erhitzte Haut. Am liebsten hätte ich das alles als chemische Reaktion abgetan – zwei Heterosexuelle durchleben den Prozess der Anziehung. Er klopfte auf den Sand neben sich.

»Ah, nein.« Ich schüttelte den Kopf. Nicht einmal Mr. Groß, Dunkel und Sexy würde mich so nah ans Wasser bringen.

»Hast du Angst, dass du meinem Charme nicht widerstehen kannst, *mi bella*?«

Ha, das war eine verlorene Schlacht, das wusste ich bereits. Mein Slip zog sich praktisch von selbst aus. Nein, es gab eine vollkommen logische Erklärung für mein Zögern. »Ich mag das Meer nicht.«

Romans Augenbrauen hoben sich überrascht. »Vielleicht war dann Puerto Vallarta nicht die beste Wahl für die Ferien.«

Damit hätte er nicht falscher liegen können. Puerto Vallarta war der perfekte Ort. Denn er war hier.

»Du weißt, dass nicht ich unser Ziel ausgesucht habe«, erklärte ich. Er brauchte nicht zu erfahren, was ich wirklich fühlte. Immerhin dachte ich im Moment ausschließlich mit meinen weiblichen Körperteilen.

»Und ich bin trotzdem froh, dass du hier gelandet bist«, gab er zu, »auch wenn du Angst vor dem Meer hast.«

»Das ist es nicht. Ich meine, ich mag das Meer. Ich komme nur nicht gerne damit in Berührung.«

Dem Ausdruck auf seinem Gesicht nach zu urteilen, war das keine bessere Erklärung. Wie konnte ich erklären, dass etwas, das so wunderschön war und so ruhig, mein persönlicher Albtraum war? »Ich bin nicht gerade eine gute Schwimmerin.«

Roman stand auf und klopfte sich den feuchten Sand von der Shorts. »Ich bringe dir das Schwimmen bei.«

Ich sah ihn zweifelnd an. Er würde mich kaum davon überzeugen können, ins Wasser zu gehen. Natürlich hatte ich genau das Gleiche gedacht, als es darum gegangen war, mit ihm ins Bett zu steigen. Vielleicht sollte ich Lotto spielen, denn in letzter Zeit schienen meine Chancen wirklich gut zu stehen, das Unwahrscheinliche zu erreichen.

»Vertraust du mir nicht?« Er kam auf mich zu.

Ich trat ein paar Schritte zurück und schüttelte den Kopf, als sich die vertraute Panik in mir breitmachte. Ich hatte diesen Blick bereits auf den Mienen anderer Jungs gesehen. Und zwar bevor sie mich in einen Pool oder einen See warfen. Ein Grund, aus dem ich den Pazifischen Nordwesten liebte, war der, dass es meistens zu kalt oder verregnet war, um zu schwimmen. Roman war allerdings kein Junge. Er war ein Mann – und zwar ein knapp eins neunzig großer, erwachsener Mann. Er würde mich auf keinen Fall ins Wasser schmeißen. »Ich vertraue dir. Ich vertraue nur der Strömung nicht.«

»Ich werde nicht zulassen, dass sie dich rauszieht.« Sein Blick flammte auf, als er das sagte, und sein normalerweise schwacher Akzent wurde stärker und seine Stimme tiefer, als die Worte sexy über seine Zunge rollten.

Warum hatte ich Angst vor dem Meer? Ich ertrank doch bereits.

Ich war so von seinem Blick gefangen, dass ich keine Zeit hatte zu reagieren, als er mich hochhob und mich über seine Schulter warf. Ich kicherte und wehrte mich gegen seinen Griff – bis er ins Wasser rannte. So viel dazu, dass ich ihm vertraute. Wasser spritzte über meine nackten Beine, und meine Arme klammerten sich wie Schraubzwingen um seinen Hals.

»Was zur Hölle?«, kreischte ich. Warum standen Männer nur so darauf, die Frau in Not zu retten?

»Du bist im Meer, Jessica … und du lebst.« Seiner erstickten Stimme nach zu urteilen, würde er jedoch nicht mehr lange am Leben sein. Erstickte er wegen meines Klammergriffs, würden wir beide untergehen.

»Lass mich runter!« Ich schlug ihm auf den Rücken und wand mich panisch in seinen Armen.

»Bist du dir da sicher?« Er lockerte seinen Griff, sodass ich ein paar Zentimeter auf meinen Untergang zurutschte, und ich merkte, dass ich zitterte.

»Vielleicht doch lieber nicht.«

»Entspann dich.« Das war mehr Befehl als Vorschlag, und mein Körper gehorchte und sank gegen ihn. »Ich halte dich.«

»Das ist leichter gesagt als getan. Du kannst schwimmen«, warf ich ihm vor. Ich war zu gleichen Teilen wegen seines mutwilligen Scherzes verärgert und wegen der unwillkürlichen Reaktion meines Körpers auf seine Nähe. Roman Marksons bloße Anwesenheit reichte nicht aus, um meine lebenslange Phobie zu eliminieren. Warum fühlte ich mich also mit jeder Sekunde in seinen Armen sicherer?

»Cierra los ojos y aferrate a mi mientras que el mundo se nos escapa«, sagte er so leise, dass ich mich bemühen musste, es über dem Klang der Wellen zu hören.

Ich hatte keine Ahnung, was er da sagte, aber die Rauheit seiner Stimme sandte einen Schauder über meinen Rücken. »Mein Spanisch ist nicht so gut.«

»Das ist ein Gedicht, an dem ich arbeite. Möchtest du es hören, oder willst du dich aus Versehen selbst ertränken, während du versuchst, mir zu entkommen?«

»Um was geht es?«, fragte ich und gab meiner Neugier nach, doch sicherheitshalber hatte ich die Arme immer noch fest um seinen Hals geschlungen.

»Um dich.« Seine Hand glitt tiefer, bis er meinen Po umfasste. Mein Körper rutschte ein wenig hinab, bis unsere Herzen in perfekter Harmonie aneinanderlagen. Ich fragte mich, ob er meines wie einen wilden Vogel flattern spürte, der sich aus seinem Käfig befreien wollte.

»Was bedeutet es?«, fragte ich. Sein Blick traf meinen, und die Elektrizität unserer Verbindung knisterte in der Luft zwischen uns. Ich wollte mich vorbeugen, wollte die Distanz zwischen uns überbrücken, aber ich klammerte mich an meinen letzten Rest Selbstbeherrschung.

»Es bedeutet, schließ deine Augen und halte dich an

mir fest, während die Welt verschwindet.« Er bewegte die Hände und stellte mich auf die Füße, aber er ließ mich nicht ganz los.

Genau in diesem Moment war es mir egal, dass ich knöcheltief im Meer stand, und dass ich kaum schwimmen konnte. Es gab keine Angst. Da war nur Roman, und ich wollte mit ihm verschwinden.

»Bring mich aus dem Wasser raus.«

Meine Worte waren nicht panisch oder ein Befehl, sondern eine Bitte. Er schien zu wissen, was ich dachte, und diesmal protestierte ich nicht, als er mich von den Füßen hob und mich zurück zur Villa trug.

An der Tür glitt ich aus seinen Armen und schaute hinein. Die Lichter drinnen waren aus, und es gab kein Anzeichen von Cassie, die vermutlich bereits im Bett lag und Fernsehen schaute.

»Die Luft ist rein«, hauchte ich. Das reichte ihm als Einladung.

Romans Lippen senkten sich auf meine. Der Kuss wurde heftiger, und ich stieß seinen Hut herunter, griff in sein Haar und lag in seinen Armen. Wir krachten so heftig gegen den Türrahmen, dass ich wusste, ich würde einen blauen Fleck am Hüftknochen bekommen. Gerade jetzt war mir das aber egal. Ich konnte nur an eins denken: Zieh. Roman. Das. Hemd. Aus. Als meine Finger über seine Schultern glitten, seufzte ich an seinen Lippen. Meine Hände wanderten über straffe Muskeln, als er mich gegen die Wand drückte, und Begehren durchzuckte mich. Man sollte Roman dringend einer Untersuchung unterziehen, denn offensichtlich war er anderen biologisch überlegen und verwandelte eine gebildete, feministische angehende Medizinstudentin in ein Hemden zerfetzendes, hüftschwingendes Betthäschen.

Roman hielt mich an der Taille, und ich hatte die Beine locker um seine Hüften geschlungen, während seine freie Hand mein Sommerkleid hochschob. Unsere Münder waren genauso miteinander verschmolzen wie der Rest unserer Glieder, als wir uns von der überflüssigen Kleidung befreiten. Endlich löste ich mich von ihm und schüttelte den Kopf. »Ich will dich nackt. Sofort.«

Roman streifte seine Shorts ab. Ich hakte die Daumen in meinen Slip und zog ihn aus. Er war sofort wieder bei mir und drehte mich zur Wand, während er die Arme um meinen nackten Oberkörper schlang. Ich stemmte mich gegen den Türrahmen und keuchte auf, als er in mich eindrang, und das Geräusch verwandelte sich in kehliges Stöhnen, als er mir in die Schulter biss.

Ich wollte ihm mit den Fingernägeln über die Haut fahren, aber er hielt mich fest, während er mir Dinge ins Ohr flüsterte, bei denen Jess errötet wäre.

Jessica gefielen sie.

Sehr.

Seine Hand glitt tiefer, und seine Finger trieben mich an, bis … *Wuuuusch!!!* Ein Feuerwerk explodierte vor meinen fest zusammengepressten Augen. Ich sah Funkenregen und spürte, wie Glitzer mich durchrieselte. Dieser Orgasmus war wirklich einen Applaus wert.

Und genau deshalb dauerte es ein paar Sekunden, bis ich

bemerkte, dass das Klatschen in unserer Nähe echt war – und absolut nicht in meinem Kopf stattfand.

Ich sah Cassies selbstzufriedenes Grinsen und den Blick ihrer dunklen Augen, der auf uns gerichtet war, als ich mich umwandte. Sie blitzten verschmitzt im schwachen Licht der gar nicht so verlassenen Villa. »Wenn ihr beiden es wie die Karnickel treibt, solltet ihr vielleicht vorher die Tür schließen.«

Das war ein wirklich sinnvoller Rat, den Cassie mir da erteilte.

Kapitel 13

Schweigen war Gold, und Cassies Schadenfreude Folter. Ich saß im Schneidersitz auf ihrem Bett, während sie ein weiteres Sommerkleid für unseren verbindlichen Mädelsabend anprobierte. Dieses war weiß, aber damit hörte die jungfräuliche Schlichtheit auch schon auf. Typisch Cassie, endete der Rock nur Zentimeter unter ihren Pobacken, und die Träger auf ihrem Rücken enthüllten viel Haut. Das sah fantastisch aus, denn ihre Haut hatte nach nur wenigen Tagen in der Sonne einen sexy Bronzeton angenommen. Sie hatte mich den ganzen Tag am Strand festgehalten und sogar mein Telefon konfisziert. Da ich mit einem Kerl im Bett gewesen war, der absolut tabu war, hatte ich ihre Forderung, den Tag mit ihr zu verbringen, nicht ablehnen können. Und das bedeutete, dass Tag drei meiner einen Woche ein Ausfall war. Ich tat mein Bestes, nicht darauf zu achten, dass dieser Gedanke mich nur noch nervöser machte.

»Ich kann mich nicht entscheiden, was ich weniger

mag«, sagte ich und sah ihr aufmerksam bei ihrer Jagd nach dem geeigneten Kleid zu. »Deine tollen Beine oder dass sie so leicht braun werden.«

Sie zuckte mit den Schultern, und ihr Blick flackerte im Spiegel zu mir, während sie Mascara auftrug. »Das sind die Vorteile daran, eine griechische Mama zu haben.«

»Das und die Baklava«, sagte ich. Mein Magen knurrte bei dem Gedanken, und ich sah nach der Uhrzeit. »Wo wir gerade davon reden, besteht die Möglichkeit, dass wir heute etwas essen?«

»So lecker auszusehen braucht Zeit, du Arsch.«

»Habe ich dir schon mal gesagt, wie liebenswürdig ich deine Spitznamen finde?«, fragte ich.

»Hast du nicht, aber es gibt noch mehr, wenn du es richtig anstellst.« Sie warf mir über die Schulter ein Lächeln zu.

Ich wand einen Seidenschal um den Finger. Sie hatte wirklich für alle Eventualitäten gepackt. Ich warf ihn auf den wachsenden Kleiderstapel auf dem Bett, ich konnte mich einfach nicht konzentrieren. Noch hatte sie mich nicht wegen Roman ausgefragt, aber ich wusste, dass das kommen würde. »Ich dachte, wir würden uns auf dem Weg was besorgen.«

»Oh, so leicht kommst du mir nicht davon.«

»Woah!«, sagte ich. »Ich habe Essen und unbegrenzt schmutzige Witze auf meine Kosten versprochen, aber …«

»Aber nichts. Ich habe etwas, das du unbedingt haben willst.«

»Und das wäre?« Es wäre zu viel des Glücks, wenn ich mein Telefon zurückbekam. Nicht so bald. Ich kannte sie.

»Es könnte sein, dass ich einen gewissen heißen Prof eingeladen habe.«

»Nicht dein Ernst!« Wo war das sprichwörtliche Loch, zum drin verschwinden, wenn man mal eins brauchte? Ich konnte nicht glauben, dass sie das getan hatte. Meine Affäre mit Roman sollte nur das sein: eine Affäre.

»Alles ist erlaubt, Jess.«

Ich stöhnte und vergrub mein Gesicht in den Händen. Cassie würde sich vor ihm niemals benehmen. Tatsächlich war ich mir sicher, dass sie sich so schlimm benehmen würde wie sonst nicht. »Was habe ich getan, um dich zu verdienen?«

»Du warst im letzten Leben vermutlich Kriegsjournalistin«, erwiderte sie nüchtern.

»Denkst du wirklich, das ist eine gute Idee?« Sie war nicht gerade bekannt dafür, die Dinge zu durchdenken, deshalb war meine Frage ernst gemeint. »Wir sind nicht in der Liebe oder im Krieg. Es ist nur eine Sommeraffäre … im Dezember. Was, wenn er glaubt, dass es mehr bedeutet?«

»Also ist das nur so eine kleine Affäre ohne Verpflichtungen? Du spielst das Kuscheltier des Lehrers?«

»So ist es nicht.« Ich spürte, wie mir die Hitze in die Wangen stieg. Das war kein geiler Schulmädchenschwarm, und Roman war kein alternder Uni-Prof. Ich mochte nicht einmal Witze darüber machen.

Cassie drehte sich um und sah mich an, den Lippenstift noch in den Fingern. »Wie ist es dann? Du kannst es mir jetzt erzählen, und ich benehme mich nachher, oder …«

Ich brauchte sie nicht zu fragen, was meine andere

Option war. Cassie ungefiltert war zum Schreien komisch, wenn man nicht das Ziel ihrer Scherze war. War man es aber – na ja, dann konnte es wirklich unangenehm werden. Jillian hatte ihr mal einen Krug Bier übergekippt, weil sie sich nicht mehr anders zu helfen wusste.

»Also gut.« Ich lenkte ein. »Wir haben uns darauf geeinigt, dass wir uns diese eine Woche lang treffen.«

»Eine Woche lang?«, wiederholte sie ungläubig. »Zu was soll das gut sein?«

»Oh, ich weiß es nicht. Er ist Lehrer an unserer Uni«, rief ich ihr ins Gedächtnis. »Und ich erhole mich von einer Trennung.« Manchmal vergaß ich, dass Cassie eine Serienmonogamistin war. Einen Freund zu haben war für sie, wie eine Handtasche zu haben – lebensnotwendig. Ging eine kaputt, zog sie los und sah sich gleich nach einer neuen um. Das galt sowohl für Taschen als auch für Männer.

Cassie lachte laut. »*Ich* erhole mich von einer Trennung. *Du* bist wieder im Rennen.«

»Ich habe Brett beinahe ein Jahr lang gedatet.«

»Du hast ihn nicht geliebt.« Cassie wedelte mit dem Lippenstift herum. »Du hast ihn toleriert. Ich bin nicht einmal sicher, ob du ihn überhaupt mochtest.«

»Ich mochte ihn«, widersprach ich. Nur weil sie nicht verstand, was ich an Brett gehabt hatte, bedeutete das nicht, dass ich ihn nicht gemocht hatte.

»Nenne mir fünf Adjektive, die ihn beschreiben.«

»Nett.« Ich suchte weitere und starrte sie dabei nieder. »Zuverlässig. Freundlich. Verantwortungsbewusst. Ambitioniert.«

»Herzlichen Glückwunsch! Du hast gerade den Assistenten des Managers jedes Einzelhandelsgeschäfts in Amerika beschrieben. Das ist kein Freund. Das ist eine gute Erfahrung mit einem Kundenservice.«

Ich sah sie aus zusammengekniffenen Augen an. Dann nahm ich einen Schuh, der herumlag, und warf ihn nach ihr. »Die Umfrage ergibt, halt die Klappe.«

»Das sind Jimmy Choos!« Sie nahm die Schuhe und barg den Absatz in der Hand, als könnte er sich bei meiner Aktion verletzt haben.

»Du bist ein hoffnungsloser Fall.« Ich ließ mich wieder aufs Bett zurückfallen und starrte hoch zum Deckenventilator.

Eine Sekunde später tauchte sie über mir auf, und türmte ihr seidiges schwarzes Haar zu einem stylischen Dutt auf ihrem Kopf auf. »Ich bin die PR- und Marketing-Expertin, schon vergessen? Ich sage nur, dass ich dir verdammt noch mal nicht abkaufe, was du mir da auftischst.«

»Was würdest du vorschlagen? Roman ist nicht gerade auf dem Markt. Wir haben eine Übereinkunft. In Olympic Falls wird nichts zwischen uns sein.«

»Ich schlage vor, dass du jetzt erst mal Spaß hast und passieren lässt, was eben so passiert«, sagte sie sanft. »Du kennst mein Mantra: Ich bin knallhart. Ich verdiene Besseres. Ich verlange mehr. Und Süße, Roman ist die Definition von mehr. Ich meine, ehrlich mal, wie lange hattest du ihn schon ficken wollen, ehe er plötzlich am Flughafen aufgetaucht ist?«

Ich stöhnte auf. »Du hast nicht gerade ficken gesagt.«

»Ich spreche fließend heranwachsender Kerl«, sagte sie mit einem Schulterzucken, »das weißt du doch inzwischen. Hör auf, meiner Frage auszuweichen.«

»Seit letztem Jahr, glaube ich.« Ich setzte nicht hinzu, dass ich jetzt, da ich darüber nachdachte, ihr vielleicht sogar die genaue Anzahl der Tage, Minuten und Stunden nennen konnte. Das würde ich wohl auch gar nicht müssen, ihrem siegesgewissen Grinsen nach zu urteilen.

»Seit du ihn *gesehen* hast, und das war, bevor er den Mund aufgemacht und sich als dein geistiges Gegenstück herausgestellt hat. Lass uns den Tatsachen ins Gesicht sehen, Jess, du hast einen Pullunder-Fetisch. Und die Tatsache, dass der Mann unfassbar heiß ist – groß, dunkel und unglaublich gut aussehend – und dass er Spanisch spricht, ist auch nicht verkehrt.«

»Ich spreche Spanisch«, sagte da eine tiefe, raue Stimme hinter uns. »Aber ihr würdet gerade natürlich nicht über mich reden, richtig?«

Ich setzte mich auf und stellte fest, dass Roman im Eingang stand. Er hatte das dunkle Haar strubbelig gelassen. Rasiert hatte er sich allerdings, was im Grunde eine Enttäuschung gewesen wäre, allerdings entdeckte ich jetzt ein Grübchen, als er mich anlächelte. Wie war es möglich, dass er so sogar noch sexier war? Wenigstens war er leger gekleidet, er trug ein graues, enges Shirt und Kaki-Shorts. Cassie mochte recht damit haben, dass er zu Hause in seinen Pullundern absolut heiß aussah. Doch so lässig gekleidet, passte er zu mir in meinem luftigen blauen Kleidchen und den Flip-Flops. Und niemand hier würde auf die Idee kommen, dass wir zu Hause in zwei verschiedenen Welten lebten.

»Siehst du, du bist overdressed«, sagte ich und drehte mich zu Cassie um.

»Nicht für die Clubs.« Sie hatte immer noch den Jimmie Choo in der Hand, aber ich nahm sie am Arm.

»Bitte, sag mir, dass das ein Witz ist.«

Sie grinste mich lieb an und zeigte dabei die perfekten Zähne und das Disney-Prinzessinnen-Lächeln, das so gar nicht zu ihrem Matrosenmundwerk passte. »Es ist Tequila-Abend.«

»Jede Nacht ist hier Tequila-Nacht. Das ist eine ganz miese Idee«, sagte ich. »Erinnerst du dich an das letzte Mal, als du Tequila hattest? Du bist beinahe verhaftet worden.«

»Ich erinnere mich nicht wirklich«, sagte sie und zwinkerte mir zu. »Aber ich wette, ihr zwei erinnert euch noch gut daran. War das nicht die magische Nacht, die euch verrückte Kids zusammenbrachte? Wären ich und der Tequila nicht gewesen, hättet ihr niemals Pop-Quiz in der Tür gespielt.« Cassie marschierte aus dem Zimmer und grinste Roman im Vorbeigehen neckisch zu. »Ich sollte im nächsten Semester ein paar Zusatzpunkte bekommen für meine Kuppelei.«

»Unruhestifterin«, murmelte ich, während ich ihr hinterherlief.

»Wenigstens werde ich diesmal als Anstandsdame dabei sein.« Roman legte einen Arm um meine Schulter und drückte mir einen Kuss auf die Stirn. »In welche Schwierigkeiten kann sie schon geraten, wenn wir beide dabei sind?«

Ich antwortete ihm nicht, weil ich mir ziemlich sicher war, dass er das nicht wirklich wissen wollte.

Der Tequila brannte sich durch meinen Rachen, und ich stellte das Shotglas zurück auf die Bar. Es landete mit einem Knall, der durch mein bereits benebeltes Hirn widerhallte, als Cassie mir schon den nächsten zuschob. Ich hob die Hand und winkte ab. »Keiner mehr.«

»Komm schon«, versuchte sie mich zu überzeugen, und gab mir ein weiteres Stück Limette. »Noch einen für mich, Puppe.«

»Ich glaube, ich sterbe«, stöhnte ich. Ich hatte den Überblick verloren darüber, wie viele Shots und Margaritas sie mir untergejubelt hatte. »Ich entziehe dir den Status als beste Freundin. Sobald ich herausgefunden habe, welche von euch die echte ist.«

»Vielleicht reicht das«, schlug Roman sanft vor, aber Cassie blickte ihn finster an. Andere Männer wären vor ihrem Blick zurückgewichen, aber er hob nur die Augenbraue. Er war bisher kein Spielverderber gewesen und hatte bei den Ausschweifungen mitgemacht, die sie uns auferlegt hatte. Vermutlich, weil er genauso gut wie ich wusste, dass wir Buße dafür leisteten, nicht ehrlich mit ihr gewesen zu sein.

»Möchtest du morgen noch eine beste Freundin haben?«, stotterte ich und wischte mir eine verschwitzte Haarsträhne aus dem Gesicht, die mir in der Stirn klebte. Es war zu heiß hier drinnen. Ich brauchte Luft und eine Pause von dem Tequila.

Cassie schien nicht gerade scharf darauf, mir eins von beidem zu gewähren. »Noch einer, dann gebe ich dir ja schon deine verdammte Du-kommst-aus-dem-Gefängnis-frei-Karte.«

»Cassie.« Romans Stimme klang warnend, aber ich winkte ab. Hier ging es jetzt ums Prinzip. Ich hatte einem Mädelsabend zugestimmt, und der einzige Weg hier raus war mitten durch.

Ich stöhnte und hob ein weiteres Glas an die Lippen. Meine Hände zitterten, und meine Kehle verkrampfte sich bereits bei dem Gedanken an noch einen weiteren Tropfen Alkohol, aber ich zwang mich, den Inhalt hinunterzustürzen. Roman nahm mir das Glas aus der Hand und stellte es gerade rechtzeitig ab, um mich aufzufangen, als ich versuchte, von dem Barhocker aufzustehen. Ich schwankte, doch sein Griff war fest, und er hielt mich an sich gedrückt. Ich wollte mich von ihm lösen, da ich trotz des Alkoholdunsts wusste, dass dies hier definitiv nicht zu unserem Einwochenplan gehörte. Seine betrunkene Liebste zu retten war Beziehungsterrain. Doch dieser Versuch, meine Unabhängigkeit zu demonstrieren, hatte unvorhersehbare Konsequenzen.

»Ich fühle mich nicht gut.« Ich drückte die Hand auf den Bauch und zwang den Tequila zurück, der drohte, den Eintrittsort wieder zu verlassen.

»Wir sollten zurückgehen.«

»In Ordnung«, stimmte Cassie zu. Romans Ankündigung war ein Befehl, den nicht einmal sie infrage stellen konnte. Sie warf ein paar Scheine auf den Tresen und ging voran, schob sich zwischen den Touristen hindurch, die sich hier vergnügten. Cassie hatte genauso viele Shots getrunken wie ich, aber bei ihr gab es kein Anzeichen darauf, dass es ihr nach den drei Stunden mit hartem Alkohol genauso ging wie mir. Mir drehte sich alles, und ich sah doppelt. Als wir auf die Straße traten, dachte ich, ich würde Erleichterung verspüren, aber die frische Luft sorgte dafür, dass mein Magen schlingerte. Ich beugte mich vornüber, und mein Instinkt sagte mir, dass die heutige Nacht nicht gut enden würde.

»Nur ein paar Häuserblocks«, sagte Roman beruhigend.

»Und dann kann ich sterben?«, nuschelte ich.

»Du stirbst nicht«, sagte Cassie.

Ich erwiderte wohl, dass ich das wirklich bezweifelte, aber ich war nicht sicher, ob die Worte wirklich meinen Mund verließen. Es war, als würde man versuchen, aus dem Koma zu erwachen. Ich konnte hören. Ich konnte denken. Aber mein Körper gehorchte mir nicht mehr. Ich hatte die Kontrolle darüber verloren, und das gefiel mir nicht. Ich kämpfte gegen den Drang an, auf dem Bürgersteig zusammenzubrechen, und schaffte es wider Erwarten zurück zur Villa. An der Tür hob Roman mich hoch und trug mich ins Bad. Er hatte entweder die Gabe der Vorsehung, oder er hatte die Auswirkungen des Tequilas selbst bereits durchlebt. Es stellte sich heraus, dass es sehr *beruhigend* war, in seinen Armen zu liegen. Unglücklicherweise musste ich brechen.

»Geh weg.« Ich scheuchte ihn zur Tür, aber die Bewegung war zu viel, und ich stürzte zur Toilette.

»Ach was.« Sanft strich er mir das Haar in den Nacken und hielt es mir aus dem Gesicht.

Hier kniete ich also und betete den Porzellangott an, vor Roman Markson – Poet, Professor und außergewöhnlicher Liebhaber. Falls mich diese Nacht nicht umbrachte, würde das vermutlich meine Scham am Morgen erledigen. Dankenswerterweise suchte sich mein Körper diesen Moment aus, um Meuterei zu begehen, bevor ich mir darüber weiter Gedanken machen konnte. Als ich mich ein paar Minuten später auf die Fersen hockte, schwammen Tränen in meinen Augen.

»Möchtest du ins Bett?« Seine Stimme war sanft vor Sorge.

Ich schüttelte den Kopf. Ich war mir ziemlich sicher, dass meiner ersten Magenentleerung eine weitere folgen würde.

Roman lachte und setzte sich neben mich, dann beugte er sich vor und gab mir einen Kuss auf den Scheitel. Die Linien um mich herum verschwammen, und nicht nur die Fliesen an der Wand. Das hier war nicht echt. Ich konnte nicht begreifen, was vor sich ging. Selbst mein vom Alkohol umnebeltes Hirn wusste die Grundlagen – wer, was, wann und wo. Das Warum entging mir allerdings. Roman mit dem sündhaft guten Aussehen könnte heute Abend mit jeder Frau unterwegs sein, oder wenigstens eine ruhige Nacht zu Hause verbringen. Stattdessen hing er mit meiner betrunkenen Wenigkeit auf dem Badezimmerboden ab. Oder ich bildete mir das alles ein.

Ich brauchte etwas Festes, um mich zu ankern, also legte ich den Kopf auf den Schrank neben mir. Das Holz fühlte sich kühl und angenehm an unter meiner fiebrigen Haut. »Da ich sterbe, kann ich dir ja erzählen, dass ich dich schon ewig mochte.«

Hatte ich das wirklich gesagt? Romans Grinsen bestätigte mir, dass es aus meinem Mund gekommen war.

»Würdest du meine Professionalität in Zweifel ziehen, wenn ich dir das Gleiche sagen würde?«

Ich nickte. »Ich war deine Studentin.«

Warum zur Hölle hatte ich das gesagt? Die verdammte Cassie und ihr Tequila. Es war, als hätte sie mich gezwungen, Wahrheitsserum zu trinken. Ich konnte all die dummen Gedanken nicht daran hindern, aus meinem Mund zu purzeln.

»Das *warst* du«, sagte er. »Aber ich bin auch nur Student, schon vergessen? Und du bist nicht in meinen Kursen.«

»Nicht mehr.« Da waren sie wieder, die verschwommenen Grenzen. Er war Doktorand, aber er war auch Tutor. Ich hatte mir den Verhaltenskodex für Studenten nicht eingeprägt, aber ich war mir ziemlich sicher, dass wir ein paar der Uniregeln bereits gebrochen hatten. Jess hätte sich darum gesorgt, aber Jessica Stone war betrunken. Jessica waren die Regeln egal. Jessica war in Mexiko, aber jetzt musste Jess wieder kotzen.

Als Roman mich endlich ins Bett trug, drehte sich die Welt um mich herum. Doch selbst als ich die Augen fest zumachte und sie zum Anhalten zwingen wollte, war eine Sache klar. Roman würde nirgendwohin gehen. Glücklicherweise war ich zu betrunken, als dass zu mir hindurchgedrungen wäre, wie er neben mir ins Bett stieg.

Morgen würde ich nicht mehr betrunken sein, aber ich hatte das Gefühl, dass ich immer noch verwirrt sein würde.

Kapitel 14

Obwohl er gezwungen gewesen war, mir die Haare zurückzuhalten, fand ich eine Nachricht von Roman auf dem Kissen, als ich mich spät am nächsten Morgen endlich von den Toten erhob. Mittagessen bei ihm. Ich sollte einfach reinkommen. Er wäre am Kochen.

Das könnte ein Problem werden. Ich schob die Beine langsam aus dem Bett und probierte aufzustehen. Zu meiner Überraschung fühlte ich mich nicht schrecklich. Ein bisschen kippelig vielleicht, wie ein neugeborenes Reh. Durstig? Ja. Brauchte ich eine Dusche? Unbedingt. Aber ich war nicht tot.

Nach der Dusche fühlte ich mich wieder wie ein Mensch. Natürlich war das auch eine Sache, die ich als beste Freundin von Jillian und Cassie gelernt hatte: dass eine Nacht über der Toilette weniger Schmerz am Morgen bedeutete. Ich versuchte, die Tatsache aus dem Kopf zu kriegen, dass Roman da gewesen war, um Zeuge meines Ein-Frau-Vomitoriums zu werden.

Cassie schnarchte in ihrem Bett, also schickte ich ihr eine böse Nachricht und ging aus. Ich konnte nur hoffen, dass ihre Trunksucht sie gehörig in den übermütigen Hintern zwicken würde, wenn sie endlich aufstand.

Romans Großmutter lebte ein paar Blocks weit weg in einem winzigen Haus, das so nah am Wasser stand, dass man von der Terrasse aus das Meer sah. Dank GPS war es leicht zu finden. Die Vordertür war unverschlossen, also ließ ich mich seiner Anweisung gemäß selbst rein. Ich fand ihn in der Küche, umgeben von Tomaten und Jalapeños.

»Kochst du für mich?«, fragte ich und schob mir ein Stück Tomate in den Mund. Dieses kleine bisschen Nahrung zeigte mir, wie ausgehungert ich war.

»Ja«, sagte er und drückte mir rasch einen Kuss auf die Lippen, bevor er sich weiter an die Zubereitung machte. Sein Kuss hallte nach, die Berührung wärmte mich und breitete sich über meinen Hals und meine Arme aus, bis sie sich in meinem Bauch niederließ. »Falls dir nach Essen ist.«

Mein Magen knurrte laut, und er lachte.

»Wo ist Aba?«, fragte ich.

»Siesta.« Er neigte den Kopf und nickte zum Flur hin. »Mach dir keine Gedanken, sie schläft wie eine Tote.«

Wie ich letzte Nacht. Ich wagte nicht, das zu sagen. Ich hatte beschlossen, so zu tun, als wäre es nie passiert. Langsam war ich in angewandter Amnesie ziemlich bewandert.

Ich stemmte mich auf den Tresen hoch, um ihm zuzusehen. Er legte eine Paprika auf ein Brett, schnitt sie gekonnt auf und entfernte alle Kerne. Sogar bei diesen leichten Hackbewegungen spannten sich die langen, sehnigen Muskeln in seinen Armen an. Er sah mit seinen schokoladenbraunen Augen auf das Essen, aber ich wusste, dass sie später auf mich blicken würden, mich ausziehen und mir dabei zusehen würden, wie ich mich unter ihm wand.

Ich stieß die Luft aus und versuchte, meine Gedanken von der Frage abzulenken, wie ich ihn ins Bett bekam. In seiner Nähe zu sein war wie ein Aphrodisiakum. Ich konnte einfach nicht anders. Das hatte mit dem Zeitlimit zu tun, da war ich mir sicher. Wir hatten so wenig Zeit miteinander, bevor es wieder zurück ins normale Leben ging.

Nur noch ein paar Tage. Der Gedanke lag wie ein Stein in meinem Magen, und so sehr ich es auch versuchte, konnte ich nicht so tun, als würde es mir nicht die Brust einschnüren.

Ich ignorierte den Schmerz und lockte Roman mit dem Finger.

»Wir werden niemals essen, wenn du mich ablenkst«, sagte er, aber er drehte sich zu mir um. Dann schob er meine Schenkel auseinander und lehnte sich gegen den Tresen, nahm mich bei den Hüften und zog meinen Hintern an die Kante, sodass mein Unterleib gegen seine Gürtelschnalle drückte.

»Wie wäre es mit ein paar Tapas? Nur ein kurzer Vorgeschmack«, hauchte ich. Ich musste seine Hände auf mir spüren. Nur das würde helfen, die plötzliche Panik zu besänftigen, die ich bei dem Gedanken daran, dass wir uns in Mexiko zurücklassen würden, spürte.

»Du bist ein böses Mädchen«, sagte er, und seine Lippen

verzogen sich schelmisch, während seine Hand an meinen bloßen Beinen hinauf und unter mein Kleid glitt.

»So böse«, murmelte ich, als mein Mund seinen fand. Seine Bartstoppeln kratzten über mein Kinn, als er meinen Mund aufschob und sich seine Zunge vortastete, nur um sich sofort wieder zurückzuziehen. Ich stöhnte auf, als er mir auf die Unterlippe biss und sie sanft zwischen seine Zähne saugte. Ich war nicht mehr hungrig. Ich wollte nur noch ihn. Meine Beine spreizten sich, und seine Erektion drückte gegen meinen Slip, meine Hüften kreisten auffordernd an ihm. Wir hatten nur noch ein paar Tage, was bedeutete, dass wir das Beste aus jedem Moment machen mussten, angefangen bei diesem hier. Romans Hand wanderte weiter unter mein Kleid und legte sich dann zwischen meine Schenkel, wo sie den dünnen Stoff beiseiteschob, der mich bedeckte. Sein Daumen fand meine Klitoris, und er drückte leicht dagegen, woraufhin mein Kopf nach hinten sank. Ich presste den Mund zusammen, damit ich in der Küche nicht zu laut wurde.

»Das ist wie ein Knopf für Spaß«, flüsterte er und verteilte dann Küsse auf meinem Hals.

»Genau das.« Ich löste meine Schenkel von seiner Taille, stemmte die Füße auf den Tresen und sah ihm in die Augen. »Lass mal sehen, was passiert, wenn du ihn länger drückst.«

Roman ließ sich auf die Knie sinken und strich mit der Zunge über meinen Schenkel, während seine Finger mich massierten. Meine Sehnsucht flammte heftig auf, während er mit langsamen, festen Bewegungen meine Klitoris massierte, um schließlich einen Finger in mich zu schieben.

Mein Körper stand in Flammen, und ich sehnte mich verzweifelt nach ihm.

»Ich will dich«, stöhnte ich, kaum in der Lage, Worte hervorzubringen.

Er löste sich von mir und öffnete den Reißverschluss seiner Jeans. Dann zögerte er. »Mi bella, wir können nicht, ich habe kein …«

»Ist mir egal.« Ich konnte nur an ihn denken, dass ich ihn wollte. *Nein.* Ihn *brauchte.* Meine Hände vergruben sich in seinem Haar, und ich zog ihn heftig an mich und presste meinen Mund auf seinen. Es gab keine weiteren Argumente für ihn. Er nahm meine Hüften und neigte meinen Po so, dass ich seinen Stößen begegnete, während unsere Lippen zu einem gierigen Kuss verschmolzen.

Er glitt herein und hinaus, und mein Körper verzehrte sich nach ihm.

Ich brannte für ihn.

Und er bemerkte es ebenfalls in diesem Moment. Wir standen beide in Flammen – *wörtlich.*

»Verdammte Scheiße!«, schrie ich, als er mich auch schon über die Schulter warf und mit mir durch den Flur rannte. Meine Muschi fühlte sich an, als hätte ich Benzin drüber gekippt und dann ein Feuerzeug drangehalten. Romans Sprint zum Badezimmer nach zu urteilen hatte er ebenfalls ein Inferno zu löschen.

»Was … zur …«, keuchte ich, während er die Dusche anmachte.

»Jalapeños«, sagte er zwischen zusammengebissenen Zähnen. »Meine Hände …«

Das erklärte alles. Er hatte scharfe Paprika geschnitten, genau bevor er innegehalten hatte für unseren unschuldigen, sinnlichen Appetithappen. Das war also die Strafe dafür, dass ich ihn beim Kochen unterbrochen hatte. Wir sprangen unter die Dusche, obwohl das Wasser kalt war, und begannen, unsere Kleider auszuziehen. Roman nahm die Seife und wusch sich die Hände, dann strich er damit über meinen Hintern und zwischen meine Beine.

»Geht es dir gut?«, fragte er und konzentrierte sich weiter auf mich. Ich nahm die Seife und erwiderte ihm den Gefallen.

»Mir geht's gut.« Und irgendwie stimmte das, auch wenn meine Zähne klapperten und meine Vagina brannte. Es hätte der peinlichste Moment meines Lebens sein sollen. Doch anders als zu dem Zeitpunkt, als Cassie mich erwischt hatte – zweimal –, konnte ich mich jetzt vor Lachen nicht halten. Es sprudelte aus mir heraus und steckte Roman an. Wir wuschen einander und kicherten, und frotzelten unter dem kühlenden Wasser.

»Das war mal scharfer Sex«, sagte er.

»Du entflammst mich wirklich«, fügte ich lachend hinzu.

Als das Feuer sich langsam legte, waren unsere Finger und Zehen verschrumpelt, und wir tauschten rasche, glückliche Küsse aus. Roman schaltete das Wasser aus und beugte sich hinter den Duschvorhang.

»Warte kurz«, sagte er und sprang aus der Dusche.

Ich sah zu, wie er in den Flur verschwand, tropfnass und splitterfasernackt. Der Anblick seines festen Hinterns tröstete mich beinahe über die Szene mit der Spontanentzündung weg. Er tauchte wieder auf und gab mir ein Handtuch.

»Hier.« Er faltete es auseinander und legte es mir um die Schultern, als ich aus der Dusche trat. Er trocknete mich ab, bevor er die Arme um meine Taille legte und sein Gesicht in meinem Haar vergrub.

In diesem Moment scherte es mich gar nicht, dass die Hälfte meines Körpers ein Brandherd war. Die Zeit verlangsamte sich, als ich in den Spiegel blickte und zwei Menschen sah, die so viel mehr zusammen waren. Mehr als eine Woche. Mehr als eine Affäre. Mehr auf jede nur erdenkliche Art.

Einen Augenblick lang verlor ich mich in der Möglichkeit eines Wir. Ich stellte mir eine Zukunft vor, die ihn mit einschloss. Nicht nur eine Beziehung – ein ganzes Leben, das sich über die Uni und die Medizinische Fakultät und die Lebensmitte und Falten erstreckte.

Romans Arme umschlangen meine Taille. »Glaubst du, alles ist gut?«

Ich konnte keine Worte hervorbringen. Der Klumpen in meinem Hals war zu groß. Stattdessen drehte ich mich um und küsste ihn sanft. Ich hatte keine Antwort für ihn. Ich hatte ein Schicksal erblickt, das unmöglich war. Das war nicht, was er meinte, aber irgendwie war es dennoch das, was er gefragt hatte. Die Haut würde heilen. Würde auch mein Herz heilen?

Als wir uns voneinander lösten, sah Roman mir in die Augen, und ich sah den gleichen Aufruhr in seinem Blick.

»Ich«, begann er, aber ich küsste ihn, bevor er etwas sagen

konnte, das wir beide bereuen würden. Bald wäre der Bann gebrochen, und ich würde wieder zu meinem gewöhnlichen Leben in Olympic Falls zurückkehren. Wir würden eine Vereinbarung treffen, und wir mussten uns daran halten. Ich war gerade erst aus einer Langzeitbeziehung gekommen. Er musste an seinen Ruf denken. Wir beide hatten Karrieren vor uns. Ich würde innerhalb dieses Jahres an die Medizinische Fakultät wechseln, und er musste seine Dissertation verteidigen. Sich einen Job als außerordentlicher Professor zu angeln würde bedeuten, dass er an seiner Poesie arbeiten konnte. Er war poetisch, und ich war praktisch. Nichts an uns *funktionierte*.

Roman half mir beim Anziehen, und seine Hände verharrten an meinen Schenkeln, als er meinen Slip hochzog und seine Finger strichen leicht über meine Brüste, als er mir mit dem BH half. Dank der Jalapeño würde ich ihn auf gar keinen Fall an meine Muschi lassen, aber das schien ihm nichts auszumachen. Stattdessen strich er mein Haar zur Seite und gab mir einen Kuss auf den Nacken.

»Hungrig?«, fragte er.

»Ja, aber mir ist gerade nicht nach was Scharfem«, gab ich zu. Essen klang gut. Gesund. Doch ich hatte das Gefühl, dass das Loch in meinem Bauch nicht so leicht zu füllen sein würde.

»In Ordnung. Wir holen uns was. Das ist anscheinend sicherer, als mir das Kochen zu erlauben.« Er nahm meine Hand und zog mich zur Küche. »Ich muss nur die Küche aufräumen.«

Die Küche war bereits blitzblank. Die Theke war sauber,

und es gab kein Zeichen unseres verhängnisvollen kulinarischen Streifzugs. Abas grauer Haarschopf war über die Spüle gebeugt, die sie trockenrieb. Einzig eine Flasche Milch war zu sehen. Sie lächelte zu uns auf, und ihr Grinsen wurde nur noch breiter, als ich errötete.

»Milch«, sagte sie mit ihrem starken Akzent, »Milch ist am besten.«

»Am besten?«, fragte Roman. Er nahm die Flasche und sah sie neugierig an.

Als Antwort deutete sie auf seine Hose. »Für die Verbrennungen.«

»Ich erwarte einen ausführlichen Bericht bei meiner Rückkehr oder wann immer ihr zwei notgeilen Teenager eure Hintern aus dem Bett schwingt.« Cassie schob sich eine Tasche über die Schulter und warf mir einen Kuss zu.

»Möchtest du es als Essay?«, fragte ich trocken. Sie hatte für sich einen Termin im Spa des Hotels gemacht und mir befohlen, den Tag mit wildem Sex mit Roman zuzubringen.

»Ich würde Powerpoint mit jeder Menge Bildern bevorzugen. Danke, dass du nachfragst.« Sie flitzte aus der Tür, bevor ich sie treten konnte. Das musste ich ihr lassen: Ihr schien es nichts auszumachen, dass ich während unseres Mädelstrips was mit jemandem angefangen hatte. Tatsächlich förderte sie es sogar noch. Das machte die Romanze mit Roman weniger stressig.

Ich hatte unser Date so gelegt, dass Cassie dann schon gegangen sein würde, damit die beiden sich nicht über den Weg liefen. Nachdem ich kurz in den Spiegel geschaut hatte, löste ich mein Haar und steckte es dann wieder hoch, das Ganze wiederholte ich dreimal, so nervös war ich, dann hörte ich ein Klopfen an der Tür und warf das Haarband ins Waschbecken. Wen kümmerte schon mein Haar?

Er stand auf dem Patio und hielt eine einzige rote Rose in der Hand, die ich schüchtern entgegennahm. Wie konnte er mich dazu bringen, mich in der einen Minute wie ein schamloses Sexluder zu benehmen und in der nächsten wie ein scheues Schulmädchen? Roman Markson war ein Rätsel, das ich nur zu gerne lösen wollte.

»Ich habe eine Überraschung für dich.«

»Was denn?«, fragte ich und atmete den Duft der Blume ein.

»Zieh deinen Badeanzug an. Ich warte.« Er schob die Hände in die Taschen, und ein schiefes Grinsen breitete sich auf seinem Gesicht aus. Wie er da mit dem offenen Leinenhemd über dem perfekt gemeißelten und gebräunten Sixpack und dem sexy Lächeln dastand, sorgte er bei mir für temporäre Amnesie. Ich zog das winzig kleine Bikinihöschen an, das Cassie mir geliehen hatte, bevor mir wieder einfiel, dass ich nicht schwamm. Was kam als Nächstes? Würde ich vergessen, wie man aß? Man konnte mir in seiner Gegenwart nicht trauen. Seine bloße Anwesenheit trieb Unfug mit meinem Gehirn.

Ich beschloss, formalen Widerspruch einzulegen, bevor wir in die Nähe des Wassers gingen. Aber als ich auf den Patio hinauskam in dem Fetzen Stoff, den Cassie als Bademode bezeichnete, spannte sich Romans Kiefer an. Sein

Blick tastete über meinen Körper und verharrte schließlich so lange auf meinen Brüsten, dass ich ihn beinahe spüren konnte. Er wusste zu schätzen, was er sah, und er bemühte sich nicht, das zu verbergen.

»Du bist die heißeste Frau, die ich jemals gesehen habe«, sagte er mit einer Überzeugung, bei der ich mir vor Verlegenheit auf die Lippe biss. Ich bezweifelte nicht, dass er es so meinte. Ich sah es nur selbst nicht.

Ich musste all meine Willenskraft aufbringen, um mich daran zu erinnern, dass ich noch ein Hühnchen mit ihm zu rupfen hatte. »Ich habe mich zwar umgezogen, aber du weißt, dass ich nicht schwimme.«

»Ich dachte, wir könnten das ändern.« Er nahm meine Hand und zog mich auf den Strand zu. Das Wasser schlug an die Küste in warnendem Rhythmus, der mich in Angst versetzte. Bevor wir in die Nähe des Wassers kamen, machte ich mich los.

»Ich glaube, du verstehst nicht. Ich schwimme nicht. Ich nehme kaum mal ein Bad.«

»Ich bin ein hervorragender Schwimmer. Du bist bei mir sicher.« Er zog sein Hemd aus und ließ es in den Sand fallen. Das war ein schmutziger Trick. Wie sollte ich standhaft bleiben, wenn er wie ein von der Sonne geküsster verdammter Gott herumlief? Allein der Anblick seiner nackten Haut sandte Vorfreude durch mich hindurch. Er machte ein paar Schritte zurück, bis er mit den Füßen in der Brandung stand, und winkte mich dann mit dem Finger zu sich.

»Nein.« Mein Körper kämpfte gegen diese Antwort an,

wollte zu ihm, wollte ihn berühren. Alarmglocken schrillten in meinem Kopf. »Du weißt, dass Haie im Meer sind.«

»So weit nehme ich dich nicht mit raus«, versprach er.

Ich näherte mich ihm noch ein paar Schritte und sprang zurück, als das Wasser meine Zehen berührte.

»Das ist ein Anfang.« Er ging auf mich zu, und ich streckte warnend die Hand aus. »Ich werde dich nicht zwingen, Jessica. Ich dachte nur, dass es vielleicht leichter wäre, wenn ich näher bei dir bin.«

Es würde mich ablenken, und ich würde mich sicherer fühlen. Also nickte ich, damit er wusste, dass er weitermachen konnte. Als er mich erreichte, nahm ich zögernd seine Hand. Er ging wieder rückwärts und erlaubte mir, die Geschwindigkeit selbst zu bestimmen. Es war, als würde er mir beibringen, wie man geht. Als ich knöcheltief im Wasser war, türmte sich eine Welle auf und traf meine Knie, und ich kreischte.

»Alles gut. Ich habe dich.« Romans Arme schlangen sich um meine Taille. Er versuchte nicht, mich zu überreden, weiter rauszugehen. Stattdessen sah er milde in meine Augen. »Hast du Angst?«

»Ein wenig«, gab ich mit leiser Stimme zu.

»Was würde helfen?«

»Küss mich«, sagte ich ohne Zögern. Er gehorchte und legte seine Lippen auf meine. Unsere Münder schmiegten sich aneinander, und unsere Körper folgten, drängten sich aneinander, als der Kuss inniger wurde. Ich verlor mich in ihm, so sehr, dass ich erkannte, dass meine Füße nicht länger den Boden berührten, als ich mich endlich von ihm löste. Ich packte seinen Nacken. »Lass mich nicht los!«

»Niemals. Tut mir leid. Wir sind irgendwie abgetrieben.« Er verstärkte seinen Griff um mich. »Möchtest du zurück?«

Ich dachte darüber nach, dann schüttelte ich den Kopf. Ich hatte es so weit geschafft. »Zählt das hier als schwimmen?«

»So ungefähr.« Das war keine überzeugende Antwort. »Das ist ein erster Schritt.«

»Bekomme ich eine Belohnung? Weil ich es versucht habe?« Ich vergaß praktischerweise, dass wir nur zufällig so tief im Wasser gelandet waren.

»Ein Schwimmabzeichen?«

»Ich hatte etwas anderes im Sinn. Es sei denn, du möchtest mit unserer Lehrstunde fortfahren«, sagte ich mit einem schüchternen Lächeln. Dem gierigen Blick nach zu urteilen, wusste ich, was er wählen würde.

»Das war genug Schwimmunterricht für heute. Hier.« Er half mir auf seinen Rücken, was sich als schwierig erwies, da keines meiner Glieder den Klammergriff lockern wollte, mit dem ich an ihm hing. Als wir es geschafft hatten, beförderte er uns ins seichte Wasser. Jetzt, da wir dem rettenden Land wieder so nahe waren, kam ich mir ein wenig dumm vor und löste mich von ihm, entschlossen, den Rest des Wegs selbst zurückzulegen. Doch als meine Füße den Boden berührten, hob er mich schwungvoll wieder hoch. Ich wehrte mich nicht, als er mich aus dem Wasser und ins Bett trug.

Sand war in meinem Bett, und es war mir egal. Wir hatten es geschafft, unsere nackten Körper lange genug voneinander zu lösen, um mit Cassie zu Abend zu essen. Sie hatte sich mit einer lahmen Entschuldigung verabschiedet, sobald wir fertig waren. Vielleicht war sie sich ebenso bewusst, dass unser Urlaub sich dem Ende zuneigte, wie ich.

Roman rollte sich herum und rutschte nach unten, bis sein Kopf auf meinem Bauch lag. »Meine Großmutter möchte morgen Abend für dich kochen.«

»Möchte sie?« Ich war ziemlich überrascht. Mit Cassie herumzuhängen war reine Höflichkeit gewesen, da sie uns unterbrochen hatte, um zu fragen ob wir Hunger hätten. Es wäre schlechter Stil gewesen, weiter Sex zu haben, während andere etwas aßen. Aber ein Abendessen mit Romans Großmutter war eine andere Sache.

»Ich habe ihr gesagt, dass du bald wieder weg bist, und sie will dich verabschieden.« Seine Stimme hatte eine bittere Note. Vielleicht war ich nicht die Einzige, die meine bevorstehende Abreise fürchtete. Er nahm mein Zögern als Nein. »Du musst nicht. Wir könnten miteinander herumhängen. Oder du könntest den Abend mit Cassie verbringen.«

»Nein. Ich möchte … zum Abendessen kommen.« Ich hätte beinahe *bei dir sein* gesagt, aber ich hatte mich gerade noch so daran gehindert. Ein Abschiedsessen war eine Erinnerung daran, dass unsere kleine Affäre sich dem Ende zuneigte. Ich wollte nicht, dass er sich sorgte, ich könnte die Sache in die Länge ziehen wollen, wenn wir nach Washington zurückkehrten. Egal wie sehr ich das auch wollte.

»Ich verspreche, dass es keine Jalapeños gibt.« Er küsste meinen Bauchnabel und begann, sich nach oben vorzuküssen, bis ich vollständig unter ihm lag.

»Das ist eine Schande. Jalapeños sind mein Leibgericht.« Er lachte und küsste mich, bevor er sich so weit aufrichtete, dass ich nicht unter seinem durchtrainierten Körper erstickte.

»Habe ich dir jemals gesagt, dass ich in dich verknallt war?«

»Während ich in deinem Kurs war?« Ich heuchelte Entsetzen. »Das ist skandalös, Professor Markson.«

»Ich konnte nicht anders. Du hattest keinen Grund, den Kurs ernst zu nehmen, aber da warst du, jeden Tag vorbereitet. Das war unglaublich sexy.«

»Tatsächlich hatte ich gleich zwei gute Gründe«, informierte ich ihn nüchtern.

»Ja, hattest du die?« Er senkte seinen Kopf und strich mit den Lippen über meinen Kiefer.

»Ja.« Ich musste mich bemühen, damit mir die beiden Gründe einfielen, wenn er mich so küsste. »Ich will in der Lage sein, mit meinen Patienten zu kommunizieren, wenn ich Ärztin bin.«

»Das ist ein sehr verantwortungsvoller Grund.« Er fand mein Ohrläppchen und zupfte mit den Zähnen daran. Mir stockte der Atem, und ich erschauderte. »Und der zweite?«

»Ich war heiß auf den Prof«, flüsterte ich.

»Was für ein Zufall. Heißt das, die ganze Zeit über, die ich dich wollte, wolltest du mich?«

»Mmmmh«, stöhnte ich. Es fühlte sich gut an, das zuzugeben – durchtrieben und schmutzig und leichtsinnig. »Es ist gut, dass du mir nie gesagt hast, dass du mich mochtest.«

»Warum, Jessica?« Sein Atem war warm an meinem Ohr, und meine Haut kribbelte, als unsere Körper sich in ihrem eigenen Rhythmus bewegten. Er legte sich zwischen meine Beine, und seine Hüften stießen gegen mich, bis ich aufkeuchte.

»Weil es falsch gewesen wäre.« Ich zwang die Worte über meine Lippen, während der Druck in meinem Inneren anstieg.

»Ist das hier falsch?« Er bewegte sich schneller, und es raubte mir den Atem. Ich konnte ihm keine Antwort geben. Es gab keine Worte. Waren wir getrennt, sagte ich mir, dass es gegen die Regeln war. Aber wenn ich bei ihm war, schien das nichts zu bedeuten. In diesem Augenblick hätte es mich nicht weniger kümmern können.

Als wir ein paar Minuten später in die Kissen sanken, schnappte ich immer noch nach Luft. Roman schob den Arm unter meine Schultern und zog mich näher an sich.

»Erzähl mir ein anderes Geheimnis«, flüsterte ich.

Eine Pause entstand, dann küsste er meine Stirn und sagte: »Ich will, dass diese Nacht niemals endet.«

Kapitel 15

Unter den funkelnden Lichterketten, die über Abas Veranda hingen, konnte ich mich völlig entspannen. Langsam trank ich einen Schluck Weißwein. Ich war für mein Angebot, beim Kochen zu helfen, von ihr getadelt worden. Heute Abend war ich der Ehrengast bei dem Abschiedsessen. Die Zufriedenheit, mit Roman hier zu sein, erfüllte mich mit Glück, aber sie löste sich langsam auf und wurde durch Anspannung ersetzt. Es war Tag sechs, und ich konnte den Kalender in meinem Kopf nicht ausblenden. In ein paar Stunden würde ich ihn abhaken. Ich fühlte mich betrogen. Wochen waren nun mal nur sieben Tage lang, morgen würde ich in ein Flugzeug zurück in die nasse, graue Realität von Washington steigen. Hier in Mexiko fühlte es sich an, als wäre alles möglich, aber ich wusste, dass dieses Gefühl verschwinden würde, sobald ich den Flieger betrat. Wie sollte ich die Erinnerungen an die Tage, die ich mit ihm am Strand verbracht hatte, und die Nächte im Bett, in denen wir geflüstert, uns geküsst und gelacht hatten, auslöschen?

Lachen drang in meine Gedanken, und ich drehte mich um und sah Roman und Aba, die große Schüsseln zu dem Tisch draußen trugen. Sie sprachen in schnellem Spanisch miteinander, zu schnell, als dass ich ihnen folgen konnte. Aber den freudigen Blicken nach schienen sie so glücklich zu sein wie auch ich noch vor wenigen Augenblicken. Ein Kloß bildete sich in meinem Hals, und ich stellte das Weißweinglas ab.

»Kann ich euch bei irgendetwas helfen?«, fragte ich wieder, um mich abzulenken.

»Nein, nein, nein!« Aba gestikulierte wild und schüttelte den Kopf. »Du bleibst sitzen.«

»Aba lässt ihre Gäste keinen Finger krümmen«, fügte Roman mit einem Lächeln hinzu. »Ich bin überrascht, dass ich ihr helfen durfte.«

»Du bist jetzt ein Mann. Du solltest dich um deine Dame kümmern«, sagte sie zu ihm.

Ich wurde rot. Der Begriff fühlte sich altbacken und ein wenig unpassend an, bedachte man, dass wir den Nachmittag ineinander verschlungen im Bett verbracht hatten. Seit unserer Vereinbarung war ich alles andere als eine Dame gewesen. Ein Teil von mir würde sogar diese vollkommene Hemmungslosigkeit vermissen, die ich hier verspürte – bei ihm. In Olympic Falls würde ich wieder Jess Stone sein – ein braves Mädchen, angehende Medizinstudentin und beste Freundin. Bei diesem Gedanken gähnte ich.

Romans Finger strichen sanft über meinen bloßen Arm und lenkten so meine Aufmerksamkeit wieder auf ihn. »Müde?«

»Heute hatte ich ein ziemliches Sportprogramm«, flüsterte ich.

»Ich hatte gehofft, dass du später noch Lust auf eine kleine private Party hast«, sagte er und grinste dabei.

Ich tat mein Bestes, sein Lächeln zu erwidern, aber es misslang mir gründlich. Warum musste er ansprechen, dass heute Abend alles endete, was wir hier begonnen hatten? Zum Glück häufte Aba mir jetzt Essen auf einen Teller, bevor ich noch anfing zu weinen. Reis und Huhn. Bohnen und Paprika. Ich hatte keine Ahnung, wie irgendwas davon auf Spanisch hieß, aber es roch unfassbar gut.

Ich aß, bis ich dachte, ich müsste platzen, und lachte, bis ich beinahe weinte, als Aba mir von Romans Heldentaten als Kind erzählte. Über eine Geschichte, bei der es um eine Qualle ging, heulte ich praktisch.

»Lachst du über meine Schmerzen? Das verletzt mich!« Roman griff sich theatralisch an die Brust.

»Ich werde Ärztin, ich muss den Schmerz weglachen können«, sagte ich und riss die Augen in gespielter Unschuld auf.

»Ich stelle deine Seriosität infrage«, sagte er und verflocht seine Finger mit meinen.

Ich hob eine Augenbraue, und er wandte sich ab, weil er grinsen musste.

»Du!« Aba zeigte mit dem Finger auf ihren Enkel. Die Royals könnten ein paar Unterrichtsstunden bei ihr nehmen, was Herrschergesten betraf. »Bring das Geschirr in die Küche und lass uns Frauen reden.«

»Sie lässt dich schuften, mh?«

»Aba ist mehr an dir interessiert. Und ich kann nicht behaupten, dass ich ihr das vorwerfe.« Er ließ meine Hand los und drückte rasch einen Kuss darauf, bevor er aufstand und unsere Teller einsammelte.

»Frauen sollten sich nicht um alle Bedürfnisse eines Mannes kümmern«, flüsterte Aba mir verschwörerisch zu, und ihr Akzent rollte schwer über ihre Zunge. »Dann werden sie weich.«

Wie es der Zufall so wollte, hatte ich gerade einen Schluck Wein genommen und erstickte nun beinahe, als ich versuchte, nicht zu lachen.

»Nur im Haus«, fuhr Aba mit durchtriebenem Grinsen hinzu und tätschelte meine Hand. »Ansonsten wird ein spanischer Mann niemals weich.«

Ich öffnete den Mund und dachte nach, was ich erwidern könnte, aber es hatte mir die Sprache verschlagen.

»Arme amerikanische Mädchen. Ich vergesse, dass man in eurem Land nicht über Sex spricht.«

»Wir reden darüber«, gab ich zu. »Nur nicht mit Leuten …«

»Die so alt sind wie ich?« Aba winkte ab und lachte. »Aber wir alten Leute wissen so viel darüber. Die meisten von uns haben es öfter gemacht.«

»Daran zweifle ich nicht.«

Aba beugte sich vor und legte ihre Hand auf meine. Ihre Haut war so dünn wie Papier, aber das Gewicht war besänftigend. »Roman – ist er dein Freund?«

»Ich … er ist …« Ich schluckte, aber der Kloß, der sich in meinem Hals gebildet hatte, saß dort fest. Mein Herz schlug schneller, als ich über die Frage nachdachte, doch mein Kopf war ratlos. Es war unmöglich. Wir hatten Spaß gehabt, und wir beide wussten, dass diese Beziehung enden musste. Warum kümmerte all das mein Herz nur nicht? »Ich weiß es nicht.«

Abas dunkle Augen blickten mich an, und die Weisheit ihres Alters spiegelte sich darin wider. Das war etwas, das mir fehlte, besonders in dieser Woche, in der jede Entscheidung, die ich traf, sich so falsch und gleichzeitig so richtig anfühlte. »Doch, du weißt es.«

»Es ist komplizierter«, sagte ich rasch. »Roman und ich – wir können nicht zusammen sein. Das ist nicht erlaubt.«

»Von wem?«, fragte sie mit einem Schnauben. »Liebe ist Liebe. Man erlaubt sie nicht. Sie passiert einfach.«

Die Sache war nicht so weit gegangen. Noch nicht. Aber wir waren gefährlich nah dran.

»Ich wünschte, wir könnten zusammen sein. Wirklich, aber ich bin Studentin, und er ist Professor.«

»Er ist nicht *dein* Professor«, sagte sie. Ganz offensichtlich hatten sie darüber in meiner Abwesenheit gesprochen.

»Nicht mehr«, sagte ich langsam, doch ich schüttelte den Kopf. »Trotzdem. Es ist gegen die Regeln.«

»Das Herz schert sich nicht um Regeln.« Sie faltete die Hände im Schoß und sah mich herausfordernd an, als wartete sie nur darauf, dass ich das infrage stellte.

»Nein, das stimmt«, flüsterte ich. Ich wusste ja, dass sie recht hatte. Egal wie sehr ich auch versuchte, diese Tatsache zu leugnen, ich hatte mich in Roman Markson verliebt.

Sie stand auf und sammelte die restlichen Schüsseln vom Tisch ein. »Ihr werdet zusammen sein.«

Mit dieser Feststellung und einem Wirbeln ihrer bunten Röcke verschwand sie zurück in die Küche, bevor ich etwas erwidern konnte. Bevor ich ihr sagen konnte, dass es unmöglich war.

Kapitel 16

Der Strand war still, so als gehörte er in dieser Nacht nur uns. Mondlicht tanzte über dem Wasser, als wir unsere Schuhe abstreiften. Meine Zehen sanken in den weichen Sand, der immer noch warm war von der längst untergegangenen Sonne. Romans Hand schloss sich um meine, und er zog mich auf die Wellen zu, die sanft an den Strand schlugen. Ich folgte ihm bereitwillig. Er würde mich nicht zu weit mit hinausnehmen, und er konnte für uns beide schwimmen. Außerdem war ich zu abgelenkt, um nervös zu sein. Der drohende Abschied lastete schwer auf mir, und das verdarb mir das bisschen Zeit, das uns noch blieb.

Abas Rat hallte in meinem Kopf wieder. Romantische Beziehungen waren wichtig. Es war jedoch sehr viel einfacher, das jemandem zu sagen, als es dann umzusetzen. Sie konnten auch eine Ablenkung darstellen. Im Geiste stellte ich eine Liste auf mit all den Dingen, die ich diese Woche nicht erledigt hatte, weil ich bei Roman gewesen war. Hatte ich nicht vorgehabt zu lernen? Und zu überlegen, an welchen Unis ich mich im kommenden Herbst bewerben wollte? Und in meinem Leben gab es doch jede Menge Menschen, die dafür sorgten, dass ich die Balance behielt. Wie viele Male hatten Cassie und Jillian mir durch eine schwere Zeit geholfen? Oder mich aus der Bibliothek geholt? Ich brauchte keinen Freund.

Aba wollte, dass ich es mit Roman versuchte. So viel war klar, aber sie hatte keine Ahnung, wie kompliziert das für uns beide sein würde. In Mexiko passten wir zusammen, und so sah sie uns natürlich auch. In Olympic Falls hatten wir jedoch ganz verschiedene Leben. Getrennte Leben.

Roman ließ meine Hand los, und ich richtete meine Aufmerksamkeit wieder auf die Gegenwart. Ich hatte nur noch einen Abend mit ihm. Den sollte ich nicht verschwenden. Er watete ein paar Schritt ins Wasser und rief dann: »Vertraust du mir?«

Meine Lippen verzogen sich zu einem Lächeln. Der Schwimmunterricht, den er mir versprochen hatte, hatte aus wenigen Versuchen mit langen Pausen dazwischen bestanden, aber vielleicht lag es heute an der relativen Ruhe des Meeres. Oder daran, dass ich nicht mehr das gleiche Mädchen war, das vor weniger als einer Woche nach Mexiko geflogen war.

Oder vielleicht, weil er hier bei mir war.

Ich zog an dem Knoten, der mein Wickelkleid zusammenhielt, und öffnete es. Ich konnte Romans Augen in der Dunkelheit nicht richtig sehen, aber ich wusste, dass er plötzlich ganz still dastand. Ich ließ das Kleid betont langsam über meine Schultern hinabgleiten und in den Sand fallen. Dank meiner hedonistischen Seite, die ich unerwarteter Weise an mir entdeckt hatte, trug ich keinen BH. Ich hakte die Daumen unter das Band meines Slips und rief dann: »Reicht das als Antwort?«

»Komm rein. Das Wasser ist warm.« Ich hörte das Lächeln in seiner Stimme.

»Ich dachte, wir würden schwimmen gehen.« Ich zog den Slip herunter, aber zog ihn nicht aus.

Roman riss sich das Hemd in Sekundenschnelle über den Kopf und enthüllte sein Sixpack. Er kam auf mich zu und nahm mich bei der Taille. »Du bist dran.«

»Du hast mehr für dein Geld bekommen, würde ich sagen.« Ich hob herausfordernd die Augenbrauen und drückte mich an ihn. Mein Körper reagierte sofort, und meine Haut schien in Flammen zu stehen, wo er mich berührte. Mir stockte der Atem, mein Hals wurde rau, und Druck breitete sich in meiner Brust aus. Ich schluckte die Tränen hinunter. Meine Erinnerungen an den heutigen Abend sollten keine Tränen einschließen. Roman tippte mit dem Finger gegen mein Kinn, und ich sah auf und begegnete seinem Blick. Wir sagten nichts. Das mussten wir nicht. Wir spürten beide diese Freude und den Schmerz.

Vielleicht sprachen wir auch nicht, weil wir beide spürten, wie die wenigen kostbaren Momente, die wir noch hatten, verrannen. Wir hatten uns auf diese eine Woche geeinigt, aber das war vorher gewesen – bevor ich diese unwiderrufliche Verbindung zu ihm gespürt hatte.

Etwas, das ich nie zuvor gespürt hatte.

Alle Argumente dafür, dass ich ihn nicht brauchte – ihn

nicht brauchen durfte – lösten sich auf. In diesem Augenblick war er die Luft in meiner Lunge. Er war mein Herzschlag. Romans Finger lag noch immer unter meinem Kinn, und er beugte sich herab und legte seine Lippen in einem sanften Kuss auf meine. Der Wind strich über uns, und die Flut umspülte unsere Füße, und Roman Markson küsste mich zum ersten Mal.

Es war nicht mein erster Kuss. Es war nicht unser erster Kuss.

Aber es war der erste Kuss, der von Bedeutung war.

Ich hatte mich tausend Meilen von meinem Leben entfernt, um endlich mein Zuhause in den Armen desjenigen zu finden, den ich nicht haben durfte.

Doch was zwischen uns geschah, war so viel mehr. Das war nicht nur eine Affäre. Aus der Zeit mit Roman würde keine Geschichte darüber werden, wie ich mich in Mexiko mal richtig ausgetobt hatte. Und das hier war auch nicht wie mit den anderen Jungs, mit denen ich geschlafen hatte. Ich konnte mir nicht vorstellen, dass ich auf dem Campus beschämt wegsehen würde oder ihn bloß lässig grüßte. Der Gedanke, ihn hier zurückzulassen – uns hier zurückzulassen – schmerzte mich bis ins Mark.

Roman löste sich von mir und sah mir ins Gesicht. »Ich möchte nicht, dass du gehst.«

Ich öffnete den Mund, fand aber nicht die richtigen Worte. Ich hatte keine Wahl, und das wussten wir beide. Ich holte tief Luft und schüttelte den Kopf. »Lass uns darüber nicht jetzt reden.«

Ein Teil von mir wollte darüber reden. Ich konnte nicht

anders, als mir zu wünschen, dass wir eine Möglichkeit fanden. Wir könnten für immer hierbleiben, unser Leben in Washington hinter uns lassen, uns am Strand lieben und zusammen alt werden. Ein Lächeln stahl sich auf meine Lippen bei dem Gedanken, aber es war so flüchtig wie das Fantasiegebilde.

»Jessica, niemand hat jemals so in mein Leben gepasst wie du. Ich habe mich die ganze Woche gefühlt, als hätte ich ein Stück von mir gefunden, von dem ich nicht einmal gewusst hatte, dass es fehlte. Ich weiß, was wir vereinbart haben, und ich weiß, dass es eine Million Gründe gibt, morgen alles zu beenden, aber …«, setzte Roman an.

Ich legte den Finger auf seine Lippen. »Nicht.«

Wir hatten eingewilligt, die Woche miteinander zu verbringen. Ich würde diese Woche niemals bereuen. Ich wollte Roman niemals bereuen. Sagte er jetzt mehr – sagte er etwas, das er nicht zurücknehmen konnte, das ich nicht ungehört machen konnte, würde das den Abschied nur noch viel schwerer machen.

Er schob eine Haarsträhne hinter mein Ohr und küsste mich sanft. So wollte ich die Dinge zwischen uns nicht lassen. Ich wollte nicht, dass unsere letzten Erinnerungen voller Traurigkeit waren. Mit Roman fühlte ich mich lebendig, und ich sehnte mich jetzt schon nach dem elektrischen Knistern, wenn sich unsere Haut berührte. Das gemeinsame Lachen vermisste ich bereits. Morgen würde ich wieder Jess Stone sein, verantwortungsbewusste zukünftige Medizinstudentin. Heute Abend wollte ich unbekümmert sein, leidenschaftlich, rebellisch und ohne Sorgen.

All das, was ich morgen beim Durchschreiten der Sicherheitskontrolle würde zurücklassen müssen.

Doch der heutige Abend gehörte Roman, und daran musste ich ihn erinnern. Ich streifte meinen Slip herunter und warf ihn triumphierend zur Seite, dann watete ich rückwärts ins Wasser, bis ich knietief darin stand. Ich lockte ihn mit dem Finger zu mir, wohl wissend, dass er mir nicht widerstehen konnte. Er blickte kurz weg, aber als er mich wieder ansah, breitete sich ein Lächeln auf seinem Gesicht aus.

»Du wirst ganz schön wagemutig«, sagte er. Er ließ seine Shorts zu Boden fallen, und wir blickten einander an. Hier waren wir – beide nackt, beide verletzlich –, und ich hatte mich nie wohler gefühlt. Mein Blick glitt an seinem muskulösen Körper herab, und ich pfiff anerkennend.

»Du solltest das nicht unter Pullundern verstecken«, sagte ich.

Er nahm seinen Schwanz in die Hand und zwinkerte. »Das hier?«

»Definitiv nicht das«, sagte ich.

»Ich werde eine Professur in Berkley brauchen, wenn du willst, dass ich im Adamskostüm unterrichte«, sagte er trocken.

»Warte, bis die Verwaltung die Anmeldungen für deine Kurse sieht.« Ich leckte mir über die Lippen, als er langsam auf mich zukam. »Dann werden sie wollen, dass alle Tutoren sich so wie du kleiden.«

»Das könnte zum Problem werden«, sagte Roman und nahm mich bei der Taille, um mich herumzuwirbeln und dann fest an sich zu drücken. Ich kicherte und gab mich schließlich der Ekstase hin, die einfach nur daher rührte, dass wir zusammen waren. Ich wehrte mich nicht einmal, als er mich weiter hinaus ins Wasser trug.

»Ich halte dich fest«, versprach er mir mit leiser Stimme, und ein freudiger Schauder durchzuckte mich.

Sanft leckten die Wellen an unserer nackten Haut, und in seinen Augen spiegelte sich das Mondlicht. Der Drang, ihn zu küssen, war überwältigend, aber das war auch der Drang, ihn zu berühren – und wir saßen mitten im Meer fest.

»Was denkst du?«, fragte er.

»Dass unsere Köpfe immer noch über Wasser sind«, flüsterte ich, und dann war mein Mund auf seinem. Er antwortete mit der gleichen, gierigen Verzweiflung, und der Kuss wurde drängender, er saugte meine Zunge ein, und mir wurde schwindlig. Romans Hand glitt unter meinen Po, während die andere weiter um meine Taille lag und er mich festhielt. Er hob mich aus dem Wasser, und ich umschlang mit den Beinen seine Hüften, spürte, wie er hart gegen meinen Bauch drückte. Ich legte die Arme um seine Schultern und schob mich dann so weit hoch, dass ich über ihm schwebte.

»Sollen wir?« Er ließ die Frage in der Luft hängen.

Jess Stone hätte eine eindeutige Meinung dazu, die Reiterstellung mitten im verdammten Pazifischen Ozean auszuprobieren, aber sie war im Urlaub. Und Jessica hatte keine Hemmungen mehr.

»So oft wie möglich«, antwortete ich.

Roman widersprach mir nicht. Meine Zähne bissen in seine Unterlippe, und er glitt in mich. Wir mussten ein wenig probieren, da wir uns in Salzwasser befanden, aber bald bewegte ich meine Hüften an seinen. Unsere Lippen trafen aufeinander, bis Roman seine Aufmerksamkeit meinem Kiefer zuwandte. Seine Zunge fuhr über mein Kinn und an der zarten Haut meines Halses herab. Als er bei meinem Schlüsselbein ankam, biss er mir spielerisch in die Schulter. Ich keuchte und drängte mich enger an ihn, während er mich neckte und quälte.

Er zog sich ein wenig zurück und schüttelte den Kopf. »Ich muss dich sehen. Dich ganz sehen.«

Ich protestierte nicht, als er mich aus dem Wasser trug. Obwohl ich ernsthaft beeindruckt war, dass er trotzdem nicht den *Kontakt* abbrach. Das tat er erst, als er mich auf den Strand bettete. Das Wasser floss um uns herum, doch es war warm und der Sand feucht. Roman kniete neben mir und fuhr mit der Hand über meine Schenkel. »Mi bella, du bist perfekt.« Sein Zeigefinger fuhr meine Hüfte nach, bis hinauf zu meinem Nabel und verharrte dann zwischen meinen Brüsten. »Ich bin mir ziemlich sicher, dass ich jede Fantasie auslebe, die ich jemals hatte.«

Ich spreizte die Beine weiter und warf ihm einen Kuss zu. »Bei dem Spiel mache ich nur zu gern mit.«

Er grinste und senkte den Mund auf meinen Nabel. Seine Zunge folgte dem Pfad, den sein Finger gerade erst gezogen hatte, aber umgekehrt. Und in diesem Moment war ich sicher, dass es einen Gott und einen Himmel gab, denn er presste seine Lippen zwischen meine Beine und massierte mich sanft und doch bestimmt mit der Zunge, und in diesem Moment war ich im Himmel. Am Strand gab es nichts, an dem ich mich festhalten konnte, deshalb griff ich mir seine Haare. Ich vergrub meine Finger darin und hielt mich, während er seinen oralen Angriff weiterverfolgte. Meine Hüften hoben sich seinem Mund entgegen, als er in mich eindrang. Ich hoffte, dass er eines Tages ein Gedicht hierüber schreiben würde, denn das hier war es wert, für die Ewigkeit festgehalten zu werden.

Meine Muskeln spannten sich an, als die Lust in mir aufwallte, dann zersprang ich in eine Million Stücke. Ich zog ihn an den Haaren zu mir hoch und umschlang ihn. Roman hielt mich im Arm, während die letzten Schauder durch mich hindurchfuhren. Unsere Blick begegneten sich, und ohne ein Wort drang er mit einem mächtigen Stoß in mich ein. Es war beinahe zu viel. Aber ich hielt ihn nicht auf. Ich brauchte mehr, trotz des wahnsinnigen Orgasmus, den er mir gerade beschert hatte. Mehr Kontakt. Mehr Verbindung.

Wieder drang Roman in mich ein. Er nahm sich Zeit, feuerte meinen Körper mit langsamen, festen Stößen an, bis ich spürte, dass ich mich nicht länger halten konnte, dass ich in seinen Armen vergehen würde. Ich kniff die Augen zu und biss mir auf die Lippe.

»Jessica.« Sein Tonfall drängte mich, zu ihm aufzusehen. »Es gibt etwas, das ich dir sagen muss. Etwas, das ich bereuen werde.«

Doch ich wusste es bereits. Ich legte meinen Arm um seinen Nacken und zog ihn rasch zu meinen Lippen herab, um ihn aufzuhalten, bevor er es aussprach. Unsere Körper prallten im Rhythmus aneinander. Haut an Haut. Mund an Mund. Herz an Herz. Seine Arme umschlangen mich fester, und dann war da nur noch Roman. Sein Geschmack in meinem Mund, seine Haut an meiner – wir waren eins, ein Körper und eine Seele in einer Erinnerung, die ein ganzes Leben ausfüllen konnte.

Und ich hoffte, dass sie das tat.

Kapitel 17

Verglichen mit der Villa war meine Wohnung eine Schuhschachtel. Cassie belegte die Couch, bis die Schlafsäle wieder öffneten, und sie bestand darauf, ein Weihnachtsfest für beste Freundinnen zu veranstalten, obwohl die Feiertage bereits seit einer Woche vorbei waren. Alles war an seinem angestammten Platz. Selbst Jillian und Liam würden bald von Jillians Eltern aus Kalifornien zurückkehren. Doch obwohl das Leben erfüllt war, schmerzte mein Herz. Falls Roman recht gehabt hatte – falls ich das fehlende Stück in seinem Leben gewesen war –, dann war er jetzt mein fehlendes Stück. Das bedeutete nicht, dass ich nicht versuchte, ihn zu ersetzen, aber Bücher, Fernsehen und sogar meine Freundinnen trösteten mich nicht. Aus mangelnder Ablenkung ging ich sogar so weit, die Wäsche zu machen, als Jillian in mein Schlafzimmer platzte. »Fröhliche Weihnachten! Ich weiß, wie sehr du Bücher liebst«, sagte sie und legte mit einem Zwinkern ein Taschenbuch auf mein Bett. »Ich wette, du hast nichts getan, außer zu lesen.«

Ich schüttelte den Kopf und versuchte, mir ein Grinsen zu verkneifen – doch ich versagte, als ich den Titel sah: *Wie man einen Überfall verarbeitet.*

»Wo in aller Welt hast du das aufgetan?«, fragte ich und blätterte es durch.

Jillian sank aufs Bett. »Online. Dank der digitalen Revolution kann man Bücher über einfach alles kriegen.«

»Danke.« Ich legte das Buch auf den Stapel neben dem Bett. »Das werde ich auf jeden Fall lesen, falls ich eine posttraumatische Belastungsstörung an mir diagnostiziere.«

»Du bist nicht lustig, wenn du einen auf Ärztin machst!«

»Wo wir gerade dabei sind, wie geht es dir?«, fragte ich und setzte mich neben sie. »Medikamente? Liam? Tara?«

»Vielversprechend. Noch vielversprechender. Hoffnungslos.«

»Zwei Positivmeldungen von dreien, das ist doch nicht übel.« Ich legte den Arm um ihre Schulter.

»Wie war Mexiko?« Irgendwie gelang es ihr, die Frage unschuldig klingen zu lassen, doch ich wusste Bescheid. Cassie und Jillian hatten die ganze Zeit über alle Einzelheiten zwischen Roman und mir getextet.

»Es war lustig«, sagte ich. »Solange wir dort waren.«

Jillian rümpfte die Nase und warf mir ein Kissen an den Kopf. »Dann hab es jetzt hier lustig. Es sei denn …«

»Es sei denn?«, hakte ich nach.

»Du verträgst dich mit Brett.« Sie klang, als würde sie über ihre eigene Zunge stolpern.

»Weißt du, er ist keine Krankheit. Du und Cassie hättet vorher mal erwähnen können, dass ihr ihn hasst.«

»Es ist nicht so, dass wir ihn hassen. Wir nichtsen ihn«, erklärte sie. »Es ist unmöglich, Brett gegenüber etwas zu fühlen, weil er so *langweilig* ist.«

Ich seufzte, und zeigte ihr die fünf verpassten Anrufe auf meinem Telefon. »Ich habe nicht vor, wieder mit ihm zusammenzukommen.«

»Weiß er, dass du dich von ihm getrennt hast?«, fragte sie, schnappte sich mein Telefon und drückte auf die Voicemail. Normalerweise hätte ich sie davon abgehalten, sich meine Nachrichten anzuhören, aber ich hatte mich nicht überwinden können, mir anzuhören, was Brett zu sagen hatte. Das hier war also eine gute Gelegenheit. Vielleicht hatte er eine tödliche Krankheit. Das würde seine hartnäckige Weigerung erklären, endlich zu begreifen, dass ich nichts mehr von ihm wollte.

Jillian löschte die Nachrichten und verzog das Gesicht. »Er begreift es definitiv nicht.«

»Er leugnet es«, sagte ich. »Ich war sehr deutlich. Ich habe ihm nichts vorgemacht. Es war …«

»Mach dich locker«, sagte sie. »Ich urteile nicht, obwohl es sich anhört, als würdest du dich wegen *etwas* schuldig fühlen.«

»Und schon explodiert sie, die Bombe«, sagte ich und sank auf mein Bett zurück. Sie hatte mir fünf Minuten gegönnt, bevor sie nach Roman fragte.

»Komm schon!« Sie ließ sich auf die Knie sinken und rang die gefalteten Hände. »Bitte!«

»Ich frage dich auch nicht über dein Sexleben aus.«

»Erstens, das stimmt nicht. Dich hatte ich am Arsch

kleben, sobald Liam und ich begonnen hatten zu daten. Zweitens, du schuldest mir immer noch etwas, weil du ihn nicht rausgeschmissen hast, als ich dich darum bat …«

»Moment. Ich denke, das war doch wohl wirklich gut so.«

»Wie auch immer. Sister vor Mister!«, sagte sie. »Und drittens, kannst du alles über mein Sexleben hören. Es ist fantastisch, das weißt du. Willst du den Schweinkram? Ich habe mein Geschenk vorzeitig unter dem Weihnachtsbaum ausgepackt. Dreimal.«

»Na, fröhliche Weihnachten«, erwiderte ich.

»Und ein gutes neues Jahr!«

»Ich schätze, das bedeutet, dass ihr beiden nächste Woche hier feiern werdet«, sagte ich.

Jillian sah mich an und drohte mir mit dem Finger. »Auf keinen Fall, Jess. So leicht kommst du mir nicht davon. Ich will die Einzelheiten.«

»Schon gut!« Ich hob die Hände. »Wir hatten eine Affäre, und jetzt ist es vorbei. Keine große Sache.« Doch mein Herz zerbrach in noch kleinere Teile, als ich das aussprach.

»Mir kannst du nichts vormachen«, sagte sie und nahm meine Hand fest in ihre.

Cassie kam ins Zimmer gefegt, sie hatte mehrere Beutel mit Baumschmuck dabei.

»Der Baum ist im Auto. Er ist unecht, seine Schönheit soll niemals vergehen, so wie meine, und der Schmuck war um fünfundsiebzig Prozent heruntergesetzt. Lang lebe der Baumarkt.« Sie blieb stehen, als sie sah, dass Jillian und ich immer noch Händchen hielten. »Wer ist gestorben?«

»Niemand«, sagte ich und zwang mich zu einem Lächeln. »Wir haben uns nur auf den neusten Stand gebracht. Wusstest du, dass Jills und Liam es unter dem Weihnachtsbaum getrieben haben?«

»Wusste ich«, sagte Cassie. »Ich hatte während unserer Reise mehr Zeit zu texten als du. Deshalb habe ich den unechten Baum gekauft. Ich hoffe, dass mir Santa meinen eigenen Toyboy bringt, und dann möchte ich es gern mit ihm darunter treiben, ohne einen Ausschlag zu bekommen.«

Ich stemmte die Hände in die Hüften und warf Jillian meinen besten wtf-Blick zu. Wenigstens war der Drang zu weinen, von meiner Neugier besiegt worden.

»Tannennadeln sind spitz, besonders wenn man nackt ist und dazwischen gevögelt wird«, erklärte sie mit unschuldigem Tonfall.

»Igitt!«, rief ich und streckte ihr die Zunge raus. »Geht's dir gut?«

»Mir geht's hervorragend!«, sagte Jillian. »Glaub mir, ich beschwere mich absolut nicht.«

Ich dachte an Roman und die Jalapeños.

»Was ist das für ein Grinsen?«, fragte Jillian. »Ich muss es wissen, Jess.«

»Ein Insider.« Doch obwohl ich es versuchte, konnte ich das dämliche Grinsen nicht aus dem Gesicht kriegen. Diese Geschichte würde unter uns beiden bleiben. Es hätte meine Freundinnen zum Lachen gebracht, aber sie war viel zu persönlich, um sie zu erzählen.

»Na gut. Dann erzählst du mir halt nichts. Aber eins muss ich wissen: Benutzt er auch im Bett Ich-Botschaften?«

Meine Wangen röteten sich. Ich war nicht der Typ, der Einzelheiten darüber ausplauderte, was hinter geschlossenen Türen geschah, vor allem weil er für sie beide eine Autoritätsperson war.

»Er versohlt sie«, sagte Cassie.

Mein Blick ging zu Boden, und ich errötete noch heftiger. Ich war mir ziemlich sicher, dass es niemals mehr aufhören würde. So viel zu Respekt und Autorität. Jetzt würde ich wochenlang Schulmädchen-Memes bekommen. Monatelang. Vermutlich für den Rest meines Lebens.

»Nicht dein Ernst.« Jillian klatschte in die Hände und hüpfte auf und ab.

»Oder sie versohlt ihm den Hintern. Ich weiß nur, dass einer von beiden den Hintern versohlt bekommt.«

»Ich würde niemals weitertratschen, was ich aus euren Schlafzimmern so höre.« Die Worte verließen zittrig meinen Mund.

Sie erstarrten und warfen einander einen kurzen Blick zu.

Jillian griff meine Hand. »Es tut mir leid. Es fällt mir nur wirklich schwer, mich zu beherrschen. Ich meine, du hast mit Markson geschlafen!«

»Für mich ist er nicht Markson, und es war keine Eroberung«, sagte ich und sah Cassie an. »Und ich dachte, du wüsstest das.«

»Lasst uns den Baum schmücken«, schlug Jillian vor.

»Nein, danke. Ich bin nicht in Feststimmung. Und ich hab noch Wäsche in der Maschine.« Ich rannte zur Waschmaschine, bevor sie mich aufhalten konnten.

So einfach ließ Jillian sich nicht abhängen. Sie folgte mir und setzte sich auf den Trockner. Ich fragte mich, ob sie Strohhalme gezogen hatten, wer die Pflege der trübseligen Freundin übernehmen sollte. »Möchtest du darüber reden?«

»Was gibt's schon zu reden«, sagte ich und packte die zusammengelegte Wäsche in den Korb. »Es war eine Affäre. Das ist alles. Du kennst die Regeln: Angeln und wieder freilassen. Wir haben herumgealbert, aber ich kann mich jetzt nicht fest auf jemanden einlassen.«

Ihre Lippen formten ein grimmiges Lächeln. Jillian hatte diese Begriffe eingeführt, was der Grund gewesen sein könnte, dass sie die Erste von uns gewesen war, die das Opfer ihres eigenen Spiels geworden war. Cassie und ich hatten niemals wirklich gespielt. Ich hatte die Sicherheit der Monogamie vorgezogen, und Cassie hatte den Einen gesucht. Doch genau das hatte ich mit Roman gemacht. Ich hatte die ganze Zeit über gewusst, dass ich ihn aufgeben musste.

»Eine Woche, mh? Das ist mehr als genug Zeit, um am Haken zu hängen.«

»Ich hänge nicht am Haken!« Das war selbst für meine eigenen Ohren ein wenig zu hysterisch geraten, um wirklich überzeugend zu klingen. Was in aller Welt war los mit mir? Oh ja, ich wollte einen Mann, der absolut tabu war. Wer immer gesagt hatte, dass es besser war, geliebt und verloren zu haben, als niemals geliebt, der war entweder ein Masochist oder hatte ein Herz aus Eisen.

»Du magst ihn«, sagte sie sanft. Sie schob ihre welligen

schwarzen Haare zurück, stand auf und kam zu mir. »So etwas fügt sich für gewöhnlich von selbst.«

Ich biss die Zähne zusammen und versuchte, die Tränen zurückzuhalten, genau wie den Drang, etwas Gemeines zu meiner besten Freundin zu sagen. Für sie und Liam hatte sich alles gefügt, aber das hier waren völlig andere Umstände. Er war frei gewesen. Jillian ebenso. Wir waren das nicht. Ich wusste nicht, warum sie das nicht begriff.

»Ich möchte nur alleine sein«, sagte ich.

Jillian widersprach mir nicht, aber sie blieb noch einmal stehen und sah mich nachdenklich an. »Das ist das Problem. Du willst nicht alleine sein. Du willst mit ihm zusammen sein.«

Kapitel 18

Acht Wochen, drei Tage und etwa drei Stunden und zwanzig Minuten später hatte ich die Vermeidungstaktik zu einer Kunst erhoben. Ich hatte aber auch jede Menge zu tun, um mich abzulenken – Studiengruppen, Studienführer und meine To-do-Listen. Die Mädchen hatten begriffen, dass Roman tabu war. Cassie hatte sogar damit aufgehört, mich mit all den Peinlichkeiten aufzuziehen, die mir in Mexiko passiert waren. Doch trotz sorgfältiger Planung und Vorsicht gab es etwas, das sich nicht von mir beeinflussen ließ: die Geografie.

Besonders was meine Freundinnen betraf. Ich konnte nicht kontrollieren, wo Jillian und Cassie in Olympic Falls hingingen, in welchen Gebäuden sie Kurse hatten oder wann sie zum Fachbereich für Kommunikation gehen mussten. Und doch fühlte es sich wie ein Schlag in die Magengrube an, wenn Cassie hereinkam und erzählte, dass sie Roman begegnet war. Es verschlug mir den Atem, auch wenn ich versuchte, es zu verbergen.

Cassie hob die Augenbraue, als sie sah, wie sehr es mich traf. Sie warf ihre Tasche auf meine Couch und fragte: »Möchtest du wissen, was er gesagt hat?«

Ich nickte. Dann schüttelte ich den Kopf. Dann nickte ich wieder.

»Du siehst wie ein verdammter Wackeldackel aus«, sagte sie und sank auf einen Barhocker.

Ich nickte erneut.

»Das war eine… weise Entscheidung«, sagte sie und spielte mit einem gehäkelten Topflappen. »Er hat gefragt, wo du bist.«

Ich wartete ab, aber sie sagte nichts mehr. »Und?«

»Und was?«, sie runzelte die Stirn. »Er hat nach dir gefragt.«

»Das ist kaum bemerkenswert.« Ich kämpfte gegen die Enttäuschung an, die in mir aufstieg. Was hatte ich erwartet? In meiner Fantasie malte ich mir aus, wie ich ihm selbst über den Weg lief. Ich stellte mir vor, wie er vor meiner Tür stand. Ich stellte mir vor, dass ich niemals in den Flieger gestiegen wäre. Ich stellte mir viel vor, wenn es um Roman ging.

»Na, das ist alles, was er *gesagt* hat. Aber wie er aussah, das ist eine ganz andere Sache.«

Ich hob frustriert die Hände. Die ganze Geschichte aus Cassie herauszubekommen war in etwa so einfach, wie ein eingeseiftes Schwein zu fangen. »Macht dir das Spaß?«

»Ja, tut es. Danke, dass du fragst.« Sie warf mir ein durchtriebenes Lächeln zu.

»Erzähl schon.«

»Er sah zugleich hoffnungsvoll und traurig aus, und dann wollte er noch etwas sagen, *zögerte* aber.«

»Das war's?«

»Aber ich weiß, was er sagen wollte«, sagte sie mit einem Schulterzucken.

»Oh, jetzt bist du schon eine Hellseherin. Wir sollten dir eine Hotline einrichten. Wie klingt dein jamaikanischer Akzent?« Ich kreuzte die Hände vor der Brust. Dann ließ ich sie wieder sinken und zog eine To-do-Liste unter einem Stapel hervor, der auf dem Couchtisch lag.

»Mach dich locker, honey, na los«, sagte sie mit dem schrecklichsten Fake-Akzent überhaupt. »Du lenkst ab.«

»Hast du das in Psychologie für Anfänger gelernt?«

»Ich habe Psychologie im Nebenfach«, sagte sie. »Er vermisst dich. Er wollte sagen, dass er dich vermisst.«

»Okay.« Ich tat so, als würde ich die Liste durchgehen, aber ich konnte nicht ignorieren, wie mein Herz bei diesen Worten hüpfte. Plötzlich erschien mir Olympic Falls nicht mehr so groß oder sicher. Roman vermisste mich, und ich vermisste ihn.

Ich wusste nicht genau, warum ich am nächsten Tag plötzlich im Flur des Fachbereichs für Kommunikation stand. Ich hatte essen gehen wollen. Jetzt war ich hungrig, nervös und am falschen Ort. Ich blickte auf die glänzenden Bodenfliesen, und da traf es mich. Roman war hier. Er war in diesem Gebäude. Der Gedanke ließ mich zwischen Freude und Angst schwanken. Freude, dass ich ihm vielleicht wirklich über den Weg laufen könnte. Und Angst, dass ich ihm vielleicht wirklich über den Weg laufen könnte. Freude darüber, dass er so nah war. Angst davor, dass ich die Grenze überschritten hatte und mich auf Stalkerinnen-Terrain befand.

Ging ich den Gang hinunter und bog nach links ab, würde ich vor seinem Büro stehen.

Das tat ich nicht.

Vor allem, um mir selbst zu beweisen, dass ich keine Stalkerin war.

Und weil ich ein Angsthase war.

Ich musste gehen, bevor ich erwischt wurde. Was hatte ich geglaubt, was geschehen würde? Ich würde in sein Büro gehen, und er würde mich an sich drücken? Er hatte Cassie nach mir gefragt. Das war höflich. Das war Etikette, man tat so, als interessiere man sich dafür, was jemand tat, mit dem man mal geschlafen hatte. Falls ich Bretts Freunden begegnete, würde ich sie auch nach ihm fragen. Das wurde so erwartet. Das gestern hatte nichts zu bedeuten.

»Jess?« Eine vertraute Stimme erklang hinter mir, und ich bekam eine Gänsehaut.

Ich drehte mich langsam zu ihm um, und mir stockte der Atem. Ich hatte erwartet, einem glattrasierten Roman gegenüberzustehen, der einen seiner Pullunder trug, aber er sah ganz anders aus. Auf seinem kantigen Kiefer zeigten sich Bartstoppeln, die ich beinahe an meinen Schenkel zu spüren meinte. Normalerweise trug er das Haar zurückgegelt, wenn er unterrichtete, doch heute fiel es ihm in die Stirn und die Augen. Er trug ein schwarzes Hemd, dessen Schnitt seinen muskulösen Oberkörper betonte, und eine

Jeans, die erregend tief auf seiner Hüfte saß. Wenigstens war das für mich erregend – doch wem machte ich etwas vor, für mich war alles an ihm erregend.

»Hi«, hauchte ich, weil mir nichts Interessantes oder Tiefgreifendes einfiel – oder auch nur etwas Zusammenhängendes.

»Jedes Mal, wenn ich eine Blondine im Flur sehe, halte ich die Luft an und wünsche mir, dass du es bist«, gestand er. »Aber du bist es nie.«

Das Geständnis ermutigte mich, es ließ Feuer in meinen Adern lodern und erweckte einen Teil von mir, von dem ich geglaubt hatte, ihn in Mexiko zurückgelassen zu haben. »Ich hoffe, du rufst nicht jedes Mal meinen Namen. Das könnte peinlich werden.«

»Das mache ich nicht«, sagte er. »Ich spüre jedes Mal sofort, dass du es nicht bist.«

»Und heute?« So viel hing von seiner Antwort ab. Die Spannung zwischen uns war greifbar. Es fiel mir schwer zu atmen.

»Heute wusste ich es«, antwortete er einfach. Er bedeutete mir, ihm in sein Büro zu folgen, und ich ignorierte die winzige Stimme in meinem Kopf, die sagte, dass das keine gute Idee war. Doch die Stimme gehörte zu Jess, und gerade jetzt musste ich Jessica sein. Seine Jessica.

»Wie ist es dir ergangen?«, fragte ich und fühlte mich plötzlich ungeschickt, als er die Bürotür hinter uns schloss. Dieser Mann hatte mich nackt gesehen, warum fühlte ich mich jetzt wie ein kichernder Teenager, der zum ersten Mal versuchte, mit einem Jungen zu reden? Ich befahl mir, mich zusammenzureißen. Ich war eine erwachsene Frau. Eines Tages würde ich Ärztin sein. Ich musste nur die nächsten fünf Minuten überstehen.

»War beschäftigt«, sagte er und fuhr sich mit den Fingern durch die dunklen Locken.

Die einfache Geste schickte brennende Sehnsucht durch mich hindurch. Den Bruchteil einer Sekunde stellte ich mir vor, wie ich ihn an mich zog, ihn küsste und meine Hände in seinem Haar vergrub. Ich vermisste das Gefühl unter meinen Händen.

Ich zwang mich dazu, etwas zu sagen – irgendetwas. »Die Studenten sind schwierig?«

Zu bemüht. Ich hörte mich an, als hielte ich uns für Kollegen, aber das waren wir nicht, und genau das war das Problem.

»Immer, aber tatsächlich war ich damit beschäftigt gewesen, meine Dissertation abzuschließen. Die Verteidigung findet Ende des Semesters statt.«

»Das ist wundervoll. Dann wirst du doch noch Professor.« Das brachte ein echtes Lächeln auf meine Lippen, und er erwiderte es, sodass sein ganzes Gesicht leuchtete – was mir das Herz brach.

»Ich muss mich nach einem Job umsehen.«

»Du bleibst nicht hier?«, fragte ich, zu schnell. *Schalt einen Gang runter, Mädchen.*

»Vermutlich nicht. Das ist das Problem dabei, wenn man Professor wird. Man muss dahin gehen, wo die Jobs sind.« Die Freude, die sein Gesicht einen Augenblick zuvor erhellt hatte, verschwand.

»Oh.« Das war alles, was ich an dem Kloß in meinem Hals vorbeizwängen konnte. Die letzten beiden Monate hatte ich damit zugebracht, ihm um jeden Preis aus dem Weg zu gehen, aber ich hatte immer gewusst, dass er hier war. Das war beruhigend gewesen. Der Gedanke, dass er in ein paar Monaten weg sein und sein Leben woanders fortsetzen würde, hatte mir die Sprache verschlagen. Ich fühlte mich leer, so als würde ein Windhauch ausreichen, um mich umzuwerfen.

Da erkannte ich, dass ich niemals wirklich akzeptiert hatte, dass Roman für immer aus meinem Leben verschwunden war. Hätte ich das akzeptiert, würde mich diese Erkenntnis nicht beinahe umbringen. Und dann schloss er die Tür ab. Mein Herz setzte einen Schlag aus.

»Jessica.« Er drehte sich zu mir um, und mein Name lag wie eine Frage auf seinen Lippen, und die Sehnsucht, die ich bis jetzt auf Abstand gehalten hatte, füllte mich ganz und gar aus.

Ich nickte und gab ihm die Antwort, auf die er wartete. Die Antwort würde alles zwischen uns ändern. Seine Hand glitt um meine Taille, langsam, aber bestimmt, und mein ganzer Körper sehnte sich danach, ihn zu berühren. Ich vermisste ihn. Ich brauchte ihn. Jetzt. Wir hatten vereinbart, das nicht zu tun, aber das war vorher gewesen.

Bevor wir versucht hatten, ohne einander zu leben.

Roman zog mich an sich, und ich schloss die Augen und genoss die köstliche Qual des Augenblicks, bevor seine Lippen sich auf meine senkten. Sein Mund bewegte sich sanft, und er teilte meine Lippen und strich mit seiner Zunge über meine. In seinem Kuss spürte ich den Schmerz über unsere Trennung, das verzweifelte Verlangen und die Unausweichlichkeit dieses Moments.

»Ich möchte mich nicht länger von dir fernhalten«, flüsterte er an meinen Lippen.

»Nicht.« Ich strich mit dem Finger über seine Bartstoppeln. »Ich möchte dich spüren.«

»Das sollten wir nicht tun«, hauchte er, und mein Herz fühlte sich an wie in einem Schraubstock, als er mich losließ und einen Schritt zurücktrat. »Nicht hier.«

Ich schüttelte den Kopf und öffnete meine Jeans. »Ich habe die letzten acht Wochen damit verbracht, meine Listen abzuarbeiten, weil ich nichts mehr fühlte. Dich zu sehen hat mir gezeigt, dass ich so nicht leben möchte.«

Ich schob die Jeans herunter und zog mir den Pulli über den Kopf, wobei ich das Zittern meiner Hände ignorierte. Ich hatte keine Angst, erwischt zu werden. Ich hatte nur Angst, dass er mich noch länger warten lassen würde. Ich zog mich weiter aus, bis ich nackt vor ihm stand. Er versuchte nicht, mich aufzuhalten, und als ich vortrat und sein Hemd aufknöpfte, schloss er die Augen. Ich fuhr mit den Händen über seine Brust und verharrte über seinem Herzen. Als er die Augen öffnete, stand in seinem Blick ein Hunger, der einen Schauder der Vorfreude durch meinen Körper sandte.

Er hob mich hoch, seine Hände unter meinem Po, schlang ich die Beine um seine Taille. Seine Lippen waren auf meinen, auf meinem Kinn, an meinem Hals und zwickten mich ins Ohr. Ich war seiner Berührung ausgeliefert, löste mich auf, während wir uns selbstvergessen küssten. Ich tastete nach seiner Hose und zerrte an dem Knopf herum. Romans Finger schoben meine beiseite, und er öffnete ihn mit einer raschen Bewegung. Ich schob die Jeans mit den Fersen über seine Hüften hinab, und er glitt in mich, sodass ich aufkeuchte. Ich klammerte mich an ihn und drängte mich an ihn, während er in mich stieß. Er flüsterte mir Verse ins Ohr. Ich verstand sie nicht, aber ihre Bedeutung entfaltete sich in meiner Seele.

Ich löste mich ein wenig von ihm und begegnete seinem Blick, während wir uns weiter in unermüdlichem Takt bewegten. »Ich möchte dich nicht verlieren.«

Roman stöhnte bei diesen Worten auf, und einen Moment glaubte ich, er wäre gekommen, doch dann legte er mich auf seinen Schreibtisch, schob Papiere zur Seite und fegte Bücher zu Boden. Er hörte nicht auf, doch er wurde langsam, seine Stöße beinahe träge. »Du hast mir zuvor nicht erlaubt, das zu sagen.«

»Ich weiß«, stöhnte ich. »Ich dachte …«

»Du denkst zu viel, mi bella.« Er stieß fester zu, als wollte er seine Worte unterstreichen.

Er beugte sich über mich und fuhr mit den Lippen meinen Hals bis zu meinen Lippen hinauf, dann nahm er meine Hüften und rieb sich an mir. »Ich werde dich niemals mehr gehen lassen.«

Das Versprechen schwappte über mich hinweg, meine Glieder spannten sich an, und die Lust spülte mich fort. Romans Hand glitt unter meine Schultern, und er zog mich fest an sich.

»Das wird nicht leicht werden«, flüsterte ich.

Er zog sich zurück und schüttelte den Kopf, als würde ich etwas Offensichtliches übersehen. »Ich will es nicht leicht. Ich will dich.«

Doch eine halbe Stunde später, als ich meinen Slip von seinem Schreibtisch nahm, fiel mein Blick auf ein Essay am Boden. Ich erkannte den Namen – ein Mädchen aus meiner Wissenschaftsklasse. Roman war Tutor. Ich war Studentin. Es gab einen Grund, dass ich ihn seit Puerto Vallarta gemieden hatte. Zusammen zu sein war ein Risiko, und wir trafen eine dumme Entscheidung. Was würde die Fakultät sagen, wenn sie erfuhr, dass ein Tutor eine Studentin vögelte, besonders eine seiner ehemaligen Studentinnen, und das in seinem Büro? Er würde gefeuert. Ich könnte ihn ruinieren.

Sein Blick folgte meinem zu dem Essay, und ein Muskel an seinem Kiefer zuckte. Er hob die Papiere auf, und ich beeilte mich, mich anzuziehen.

»Es t-t-tut mir leid«, stammelte ich, als ich meinen Pulli wieder anzog. »Das war ein Fehler. Wir sollten das nicht tun.«

»Jess …«, fing er an, und Schmerz blitzte in seinen braunen Augen, aber ich hob eine Hand.

»Bitte nicht«, flehte ich. »Mach es nicht noch schwerer.«

Ich ging rückwärts zur Tür, bis meine Finger den Griff fanden, dann schloss ich auf. Roman sagte nichts, als ich die Tür öffnete. Er beugte sich über seinen Schreibtisch, und die Muskeln an Brust und Armen spannten sich an, als er mir hinterherblickte, wie ich ging.

Wieder.

Kapitel 19

»Seit einem Monat bist du nicht mehr mit uns ausgegangen«, rief Jillian, stemmte die Hände in die Hüften und starrte mich böse von der Tür meines Zimmers her an. Sie trug Skinny Jeans und ein enges Samtoberteil, hatte Make-up aufgetragen und sich die Haare gelockt. Neben ihr sah ich wie eine Obdachlose aus. »Geh entweder ins Kloster, oder zieh dich an.«

Normalerweise konnte Jillian mich mit ihren großen Rehaugen und dem Versprechen auf ein bisschen Spaß immer dazu überreden, ins Garretts zu gehen. Aber mir war nicht danach. Mir war nicht mehr danach gewesen, seit ich in Romans Büro gewesen war, wo mein Herz erneut in tausend Stücke zerbrochen war.

»Er wird nicht dort sein«, versicherte sie mir.

Ich starrte sie an und fragte mich, wie sie erraten hatte, an wen ich dachte. Ich hatte ihr oder Cassie nichts von dem kleinen Fehltritt hinter geschlossenen Türen im Gebäude für Kommunikation erzählt.

»Was?«, fragte ich.

»Brett wird nicht dort sein«, sagte sie. »Er geht nie dahin. Du hast bei der Trennung das Garretts abbekommen.«

Natürlich meinte sie Brett. Warum sollte ich mir Sorgen machen, dass ich Roman in einer Bar über den Weg laufen könnte? Dort hatte ich ihn noch nie getroffen – zumindest nicht innerhalb der kontinentalen Vereinigten Staaten. Er schien eine sehr klare Linie zwischen seinen beruflichen Pflichten und seinem Sozialleben in Olympic Falls zu ziehen – mit einer Ausnahme.

»Ehrlich, mir ist nicht danach zumute, dir und Liam dabei zuzusehen, wie ihr die ganze Nacht lang am Gesicht zusammengeklebt seid. Sei mir nicht böse.« Die beiden waren seit Weihnachten praktisch unzertrennlich gewesen, hatten aneinandergeklebt, als würde das Ende der Welt bevorstehen.

Unglücklicherweise war es so für sie.

»Du weißt, dass er im Juni nach Schottland zurückgeht. Wir haben nicht mehr viel Zeit zusammen.« Jillian verbarg den Schmerz in ihrer Stimme gut, aber ich kannte sie besser.

Ich seufzte und klappte den Studienführer zu. »Es tut mir leid. Ich bin dieser Tage eine blöde Bitch. Schieb es auf den Stress.«

»Und das gebrochene Herz«, setzte Jillian leise hinzu.

»Und … das.«

»Fühlt es sich besser an, wenn du es zugibst?«, fragte sie.

»Ich schätze ja.« Ich zuckte mit den Schultern, aber es fühlte sich wirklich gut an, ehrlich zu sein, auch wenn ich ihr noch nicht alles erzählt hatte.

»Ich verspreche dir, dass es heute Abend wenig bis gar keine Knutscherei gibt.« Sie ließ sich auf mein Bett fallen und legte den Kopf in meinen Schoß, sodass ich nicht mehr an mein Buch herankam. Dann legte sie die Hände auf den Bauch und verzog das Gesicht. »Das Schicksal hat mich verflucht. Eine unerwünschte Angehörige ist zu Besuch: die fiese alte rote Tante.«

»Was? Liam hat Angst vor deiner Periode?«, fragte ich und hob eine Augenbraue. Das überraschte mich – nichts schien ihm etwas auszumachen, wenn es um Jillian ging.

»Ein Mädchen braucht seine Grenzen«, sagte sie, und ich lachte. »Lach nicht! Das stimmt. Ich habe Grenzen.«

Ich schüttelte den Kopf. »Nein, hast du nicht.«

»Nimm das zurück«, verlangte sie und streckte die Hand aus, um mir in den Bauch zu kneifen. »Ich bin eine Dame!«

»Mehr eine Madame«, verbesserte ich sie. Sie zwickte fester zu, und ich keuchte auf.

»Siehst du, was du im Leben verpasst?« Kichernd sprang sie vom Bett. »Wir gehen um neun Uhr los. Kein Aber!«

Ich wollte sie gerade daran erinnern, dass ich nicht zugestimmt hatte, als sie ihren Kopf noch einmal ins Zimmer streckte. »Hör auf, das zu Tode zu analysieren. Du kommt heute Abend mit«, sagte sie. »Oh, und hast du Tampons?«

»Vielleicht. Vielleicht habe ich keine mehr. Ich erinnere mich nicht, welche gekauft zu haben, aber es könnten welche im Bad in meinem Korb sein.«

»Danke!« Sie verschwand wieder, dann rief sie. »Jackpot! Eine ganze Schachtel!«

»Gern geschehen!«, rief ich zurück. Ich schlug den Studienführer auf und begann mit dem nächsten Test. Mir blieben noch zwei Stunden, da konnte ich einen Test beenden und mir sogar noch etwas anderes als das olle T-Shirt und die Jeans anziehen, die ich trug. Nachdem ich fünf Fragen beantwortet hatte, gefror mir plötzlich das Blut in den Adern, was rein technisch gesehen nicht möglich war. Ich studierte Medizin, ich wusste das. Und doch fühlte es sich an, als würde Eis durch meine Adern kriechen.

Eine volle Schachtel Tampons.

Eine volle Schachtel Tampons, von denen ich nicht mehr wusste, wann ich sie gekauft hatte.

Frage Nummer 5: In welcher Phase des Fortpflanzungszyklus der Frau geschieht die Einpflanzung?

Normalerweise notierte ich es mir im Kalender, aber in den letzten paar Monaten war ich beim Anblick der verfliegenden Tage depressiv geworden. Ich hatte zu einem Notizbuch mit Deadlines und To-do-Listen gewechselt. Das hatte ich seit Mexiko, und dann war da nur das eine Mal in seinem Büro gewesen. Doch selbst ohne Kalender wusste ich, was eine volle Schachtel Tampons, an deren Kauf ich mich nicht erinnerte, bedeutete. Es hatte nur eine einfache Frage in meinem Studienführer gebraucht, um mich daran zu erinnern.

Wir gingen nicht aus. Vermutlich würden wir das nie wieder tun. Wenigstens was mich anging. Mir war schwindelig, als ich versuchte zu begreifen, was da geschah. Ich war leichtsinnig gewesen. Das wusste ich. Das machte es aber nicht weniger surreal, im Gang einer Drogerie zu stehen und die Rückseiten der Schwangerschaftstests durchzulesen.

»Ich verstehe einfach nicht, wie das passiert ist«, sagte Jillian, die neben mir stand. Sie hatte vier unterschiedliche Packungen in den Händen und warf sie alle in den Korb.

»Ich glaube nicht, dass wir so viele brauchen«, sagte ich tonlos.

»Möchtest du den Beweis? Oder möchtest du den *Beweis*?«

Noch nie zuvor hatte ich einen solchen Test machen müssen, aber ich wusste dennoch, dass jeder einzelne dieser Tests mir eine definitive Antwort liefern würde, deshalb stellte ich drei Schachteln zurück ins Regal. Ich würde nicht die ganze Nacht damit zubringen, auf Teststreifen zu pinkeln. »Der reicht.«

»Also hast du deine Periode seit Mexiko nicht mehr gehabt?« Sie machte sich nicht die Mühe, ihr Erstaunen zu verbergen, und ich zuckte zusammen.

»Vielleicht«, sagte ich, um Zeit zu schinden. Es gab keinen Grund, es jetzt noch vor ihr zu verbergen, aber ich wollte ihr auch nicht alles erzählen.

Jillian stellte sich mit verschränkten Armen vor mich und versperrte mir so den Weg aus dem Gang hinaus. »Gestehe, oder ich spüre ihn auf und hol es aus ihm raus.«

Ich seufzte und machte mich für die Standpauke bereit. »Ich bin vor ein paar Wochen Roman begegnet. Dinge passierten.«

Sie musste wirklich nicht mehr erfahren. Ich hatte keinen Zweifel, dass Jillian die Grundlagen bekannt waren, wie man schwanger wurde. Vielleicht hatte sie ja sogar zugehört, als man ihr die Wichtigkeit von Kondomen und der Antibabypille und Vorsichtsmaßnahmen eingebläut hatte, und so stand sie mir gegenüber und starrte mich an, als wäre mir ein zweiter Kopf gewachsen.

»*Dinge* sind passiert?« Ihre Stimme wurde eine Oktave höher. »Wie zur Hölle hast du schwanger werden können?«

»Na, wenn zwei Menschen einander sehr lieb haben, dann steckt der Mann manchmal seinen Penis in …«

»Erspar mir die Sexualkundestunde. Klingt eher, als bräuchtest *du* die Auffrischung.« Sie verdrehte die Augen, typisch Jillian. »Du hast nicht gemerkt, dass du spät dran bist?«

Ganz offensichtlich nicht. Vor lauter Kursen und Stress wusste ich kaum noch, welcher Tag heute war. Mein Leben war zum Uhrwerk geworden, und genau deshalb hätte ich es bemerken sollen. Vielleicht hatte ich es einfach vergessen, weil ich den letzten Monat damit zugebracht hatte, meine Vagina zu vergessen, die ich zur Frührente gezwungen hatte. »Habe ich nicht.«

»Oh mein Gott, du wirst eine von den Frauen sein, die ins Bad gehen und dann fällt einfach so ein Baby aus ihnen raus.«

»Ich bin sicher, das würde meine zukünftigen Patienten sehr beruhigen.« Falls ich jemals Patienten haben würde. Falls ich jemals Medizin studierte. Mein Magen krampfte sich bei diesem Gedanken zusammen. Vielleicht war es besser, wenn ich keine Ärztin wurde, da ich nicht einmal in der Lage war zu verhüten.

»Nimmst du nicht die Pille?«

»Nein«, gestand ich. »Weißt du, wie schrecklich das für deinen Körper ist? Die Risiken, die mit der hormonellen Verhütung einhergehen, schließen …« Ich ratterte eine Liste von bekannten Nebenwirkungen herunter, aber Jillian gab nicht nach.

»Ich nehme die Pille«, sagte sie. »Und du hast niemals deine Besorgnis darüber zum Ausdruck gebracht.«

»Und du schläfst seit wann ungeschützt mit Liam?« Diesmal verdrehte ich die Augen. Ich fühlte mich kindisch dabei, was eine seltsame Mischung ergab, bedachte man die sehr erwachsene Sorge, der ich mich gerade gegenübersah. Diese Information hatte sie mir im Vertrauen gegeben, und ich hatte sie ihr als Verteidigung ins Gesicht geschleudert.

»Weil ich die Pille nehme!«

Tränen stiegen mir in die Augen, und ich gab mein Bestes, sie zurückzudrängen. Jillians steinerne Miene erweichte sich, und sie legte einen Arm um meine Schultern. »Alles wird gut.«

»Wird es das?«, fragte ich. Nicht, weil ich eine Antwort darauf wollte, sondern weil ich mir nicht vorstellen konnte, wie das gehen sollte. Ich steckte mitten in den Vorbereitungen für den Eignungstest für das Medizinstudium und wog meine Möglichkeiten an den verschiedenen Unis ab. Ein Baby war nicht Teil dieses Plans. Ganz zu schweigen davon, dass ich dem Vater davongelaufen war, der auch noch ein verdammter Tutor an meinem verdammten College war. Es würde definitiv nicht alles gut werden.

»Wir machen uns jetzt keine Sorgen, bis du den Test gemacht hast«, schlug sie sanft vor.

Das war unmöglich. Und ich konnte mir auch nicht vorstellen, wie der zu meinen Gunsten ausfallen sollte. Ich hatte dieses Mal wirklich einen riesengroßen Fehler gemacht. Das würde Konsequenzen haben. Entscheidungen, denen ich mich nicht stellen wollte. Nicht allein.

Jillian kaufte den Test, weil ich zu betäubt war, um ihn selbst zu bezahlen. Es war, als ob ich über mir schwebte und das Leben einer anderen beobachtete. Das hier war nicht Jess Stone. Sie hatte in der Campus-Klinik für kostenlose Kondome gekämpft. Sie hatte immer eins benutzt, und sie hatte ihre Freunde immer gedrängt, welche bei sich zu haben. Wer war ich, und wo war Jess hin? Drei Jahre an der Uni, und keine von uns hatte jemals Sorge wegen einer Schwangerschaft gehabt, und ich hätte Geld darauf gesetzt, dass ich sicher nicht die Erste von uns wäre.

Die Chancen standen wohl wirklich nicht gut für mich.

Aber als ich die Stufen zu unserer Wohnung hinaufstieg, sah ich, dass mein Zustand nicht die einzige Überraschung war, die der Abend für mich bereithielt.

Roman stand vor unserer Tür.

Kapitel 20

Ich zog Jillian beiseite und tat so, als würde ich nicht zittern. Das konnte kein Zufall sein, dass er ausgerechnet heute Abend hier war.

»Was hat er hier zu suchen?«, verlangte ich leise zu erfahren, und hoffte dabei, dass er mich nicht hören konnte.

»Ich habe ihm geschrieben«, gab sie zu. In ihrem Blick stand kein Funken Reue.

»Ich wusste ja gar nicht, dass ihr beiden so dicke seid.« Ich wollte sie nicht anblaffen, aber ich konnte nicht glauben, dass er hier war. Nicht gerade jetzt. Ich hatte ihn wegen eines Essays sitzen lassen, und er war beim ersten Anzeichen von Schwierigkeiten aufgetaucht. Roman spielte außerhalb meiner Liga. Ich verdiente ihn nicht.

Jillian packte meine Schultern, als glaubte sie, ich wollte weglaufen. »Ich habe ihm von deinem Telefon aus geschrieben.«

»Du hattest kein Recht ...«

»Das ist nur fair«, sagte sie mit einem Schulterzucken.

Verdammt. Damit hatte sie mich. Ich war diejenige gewesen, die ihre Mutter angerufen hatte, als sie im Krankenhaus gelandet war, und ich hatte mich mehr als einmal in ihre Beziehung mit Liam eingemischt. Aber das hier fühlte sich nicht genauso an. »Das hier ist anders. Du warst krank.«

»Ich finde nicht, dass das anders ist. Er sollte hier sein, falls …«

»Das hier …« Ich hielt die Tasche von der Drogerie hoch. »Hat nichts mit ihm zu tun!«

»Erklär mir doch noch mal, wie eine Frau schwanger wird«, erwiderte sie trocken.

Setzte ich diese Unterhaltung mit ihr fort, würde ich schreien, also holte ich tief Luft und drehte mich um, bereit, mich der Spanischen Inquisition zu stellen. Roman sah mich vorsichtig an, und sein Blick huschte zwischen mir und Jillian hin und her. Er hatte die Hände in die Taschen seiner ausgebleichten Jeans geschoben, aber er sah alles andere als locker aus. Er bebte vor Wut. Auf mich? In dieser Situation? Ich wusste es nicht.

Jillian nickte zum Gruß, dann schloss sie die Tür auf und bedeutete ihm einzutreten. Er folgte ihr hinein und ließ mich draußen in der kühlen Nachtluft stehen. Der Märzwind ging mir bis ins Mark. Morgen könnte es sonnig und wunderschön sein – oder grau und trostlos. Ich dachte, dass das Wetter vom Ablauf des heutigen Abends abhing. Da ich im Gang fror, zwang ich mich, einen Schritt auf die Wohnung zuzumachen. Ich konnte das hier nicht länger hinauszögern. Egal, was geschehen war, die Sonne würde am

Morgen ja doch wieder aufgehen. Da konnte ich mich genauso gut den Tatsachen stellen. Ich konnte seinem Blick nicht begegnen, als ich langsam die Wohnung betrat. Meine beste Freundin hatte mich allein mit ihm gelassen, und er schien nicht gerade erfreut, mich zu sehen. Der Schwangerschaftstest wog eine Million Kilo. Jillian tauchte wieder auf und band ihr braunes Haar zu einem Pferdeschwanz.

»Ich bin bei Liam, damit ihr zwei ein wenig Zeit für euch habt.« Sie warf mir einen fragenden Blick zu, aber ich konnte nur zustimmend etwas vor mich hinmurmeln.

Als sie auf die Tür zuging, griff ich ihren Arm und flüsterte: »Hast du ihm gesagt, warum er hier ist?«

Sie nickte, und mir sank das Herz. Ein Teil von mir hatte lügen und ihn so schnell wie möglich wieder loswerden wollen. Aber wenn er wusste, warum Jillian ihm geschrieben hatte, würde das nicht passieren. Der andere Teil von mir wollte nicht, dass er ging. Glücklicherweise hatte ich keine Wahl. Ich vermutete, dass er nicht gehen würde, aber das half auch nicht, meine Verwirrung zu mindern.

Mit einem Klicken fiel die Tür hinter ihr zu, und ich schloss die Augen, versuchte, mich zu beruhigen.

»Wann wolltest du es mir sagen?«, fragte Roman leise.

Ich fuhr zu ihm herum und verlor dabei die Beherrschung, die ich gerade noch gesucht hatte. »Ich weiß es ja selbst erst seit praktisch zwei Sekunden!«

»Wie weit bist du?«

Mir stand der Mund offen. Er dachte, dass ich schwanger war. Wie in: auf jeden Fall. Wie in: bestätigt. Fan-verfickt-noch-mal-tastisch. »Ich bin nicht schwanger.«

Romans Stirn runzelte sich vor Verwirrung. Immerhin durchlebten wir das Gefühl nun beide. »Aber Jillian sagte …«

»Ich könnte schwanger sein«, fügte ich hinzu, bevor er sich mit dem Gedanken anfreundete, dass er gerade so davongekommen war. »Ich habe den Test noch nicht gemacht.«

Ich hielt die Tüte vom Laden hoch und wedelte damit herum. Unser beider Blick folgte der Tüte, und wir wussten, dass sie die Antwort enthielt, für die wir beide vielleicht nicht bereit waren.

»Wir sollten ihn machen«, sagte er nur.

»Ich bezweifle, dass du das kannst«, blaffte ich, dann seufzte ich. Warum konnte ich meine innere Bitch nicht im Zaum halten?

»Du solltest ihn machen«, verbesserte er sich, »und ich halte deine Hand, während du wartest.«

Ein Teil der eisigen Taubheit, die ich den ganzen Abend gespürt hatte, schmolz dahin bei seinen Worten, und Tränen brannten in meinen Augen. Ich versuchte, sie wegzublinzeln, aber sie rollten meine Wangen in salzigen Strömen herab, die ich nicht mehr unter Kontrolle hatte. »Ich bin … ich bin …«

Er war sofort bei mir und nahm mich in die Arme. Er roch nach Meer und Kaffee und Sicherheit, und ich atmete den Duft ein, bis die Tränen versiegten.

Er führte mich zum Bad und lehnte sich dann davor gegen die Wand, während ich hineinging. Mein Herz pochte schneller, als ich die Folie aufriss und den Teststreifen herausholte. Meine Hände zitterten, als ich die Anweisungen las, obwohl ich mir ziemlich sicher war, dass es keinen Abschluss in Kybernetik brauchte, um einen Schwangerschaftstest zu begreifen. Nach ein paar Anläufen legte ich den Teststreifen auf das Waschbecken und öffnete die Tür.

»Wie lange?«, fragte er.

»Drei Minuten.« Meine Stimme klang fremd, leise und fern.

»Jessica …« Er hielt inne und legte die Hand unter mein Kinn, sodass ich seinem Blick begegnete. »Was immer bei dem Test herauskommt, ich will, dass du etwas weißt. Ich will mit dir zusammen sein. Du bist weggelaufen, und ich hätte dir nachlaufen sollen. Vielleicht ist das alles kompliziert zwischen uns. Vielleicht wird es auch noch komplizierter. Aber ich will keine weitere Sekunde mehr ohne dich leben. Und ich weiß, dass das hier alles schnell geht, aber ich habe den letzten Monat damit verbracht, an dich zu denken und mir zu wünschen, dass ich dich nicht hätte durch diese Tür gehen lassen. Ich sagte dir schon, dass ich es nicht leicht haben möchte. Ich will schlaflose Nächte und faule Sonntage. Ich will sehen, wie du Medizin studierst, und dich vermissen, wenn du lange arbeiten musst. Ich will dich. Immer.«

Und zum ersten Mal machte dieser Satz aus Cassies Lieblingsfilm Sinn für mich. Ich hatte erkannt, mit wem ich den Rest meines Lebens verbringen wollte, und jetzt konnte ich gar nicht erwarten, dass der Rest meines Lebens endlich begann. Mein Hals war zu wund, um zu antworten, deshalb nickte ich nur. Ich konnte diese Worte nicht erwidern. Nicht, weil ich nicht das Gleiche spürte, sondern weil er mein Herz gestohlen und durch seines ersetzt hatte. Das Gefühl war zu neu für mich. Zu gewaltig.

Er blickte mich prüfend mit seinen durchdringenden braunen Augen an, und endlich beugte er sich vor und gab mir einen sanften Kuss auf die Lippen. Dieser Kuss sagte alles, was ich hören musste und alles was er nicht zu sagen brauchte. Was zwischen uns geschehen war, war mehr als eine kleine Affäre oder eine Schwärmerei. Von diesem Tag an war er ein lebender, atmender wesentlicher Teil meines Lebens.

Er trat einen Schritt zurück und nahm meine Hand. »Sollen wir uns den Test ansehen?«

So musste es sein, wenn man zum Schafott geführt wurde, ein Gefühl, das ich hoffentlich niemals mehr erleben würde. Der Teststreifen lag auf dem Waschbecken, und er wirkte unendlich weit entfernt. Ich hob ihn auf, dann sah ich Roman an. Ich holte tief Luft und blickte darauf.

Ein Strich.

Ein Strich.

Ein Strich.

»Was heißt das?«, fragte er.

»Ich … ich bin nicht schwanger.« Die ganzen Gefühle, die ich in den letzten Stunden in mir eingesperrt hatte, fluteten durch mich hindurch. Freude. Erleichterung. Und etwas, das sich seltsamerweise nach Enttäuschung anfühlte. Ich schüttelte den Kopf, um dieses Gefühlswirrwarr zu vertreiben. Es half nicht. Die Tränen kamen wieder, und ich versuchte nicht, gegen sie anzukämpfen.

Roman sagte nichts. Er fragte mich nicht nach Einzelheiten oder drängte mich zu reden. Er hielt mich einfach nur fest. Normalerweise sandte mich seine Nähe in eine Spirale der Begierde, von der es keine Wiederkehr gab, aber diesmal genoss ich die Sicherheit in seiner Umarmung. Ich war genau da, wo ich hingehörte.

»Wegen dem, was ich vorhin gesagt habe«, flüsterte er mir ins Ohr. »Ich meinte jedes Wort davon. Sag mir, was du willst – was du brauchst.«

Ich schloss die Augen und vergrub mein Gesicht an seiner Schulter, ließ alle Logik und alle Listen fahren. »Bleib bei mir.«

Darum musste ich ihn nicht noch einmal bitten.

Kapitel 21

Ich klappte den Pizzakarton zu und schob ihn weg, dann rollte ich mich herum, um nicht auf meinem vollen Bauch zu liegen. Das war unsere neue Freitagsroutine: Pizza auf dem Boden, mit Büchern. Wir waren offiziell ein Paar, auch wenn wir nicht viel Zeit im Kino oder in Bars verbrachten. Mit Romans bevorstehender Verteidigung seiner Dissertation und meinen Tests in der nächsten Woche mussten wir uns auf Verabredungen zum Lernen beschränken, wenn wir uns überhaupt sehen wollten. Der März war wie im Flug vergangen, da wir beide versuchten, mit unseren Hausarbeiten und Kursen fertigzuwerden und noch Zeit füreinander zu finden. Mir die viralen Phasen einzuprägen, während mein Freund die Kommunikationsdynamik in Beziehungen, bezogen auf Social Media, ausarbeitete, wäre wohl für die meisten nicht gerade Inbegriff von Romantik, aber für uns funktionierte es.

Roman blickte von seinem Laptop auf und grinste mich an. »Satt?«

»Vollgestopft und glücklich«, sagte ich zufrieden und tätschelte mir den Bauch. »Ich denke, ich könnte ein Nickerchen gebrauchen.«

»Das klingt hervorragend. Ist es schlimm, dass meine eigene Forschung mich zum Gähnen bringt?«

»Ich glaube, das liegt in der Natur der Akademie.«

»An was arbeitest du?«, fragte Roman und beugte sich zu mir herüber, um in das Buch zu sehen, das bei einem Diagramm aufgeschlagen war, in dem die Bindung von Viren an Wirtszellen im Detail aufgeführt wurde.

Ich gähnte dramatisch. »Nichts, was sexy wäre. Grundlagen, die ich wissen muss.«

»Nicht sexy, mh?« Seine Hand wanderte zu meinem Bauch und glitt unter mein Shirt, dann massierte er ihn. »Du lässt es sexy aussehen.«

Ich bog den Rücken durch und kam seiner Berührung entgegen, aber dann zwang ich mich, mich von ihm zu lösen. »Ich muss mich dem hier widmen, bevor ich mich dir widmen kann.«

Romans Mund verzog sich zu einem Grinsen bei dieser Ankündigung, und er griff nach meinem Buch.

»Hey!«

Er drohte mir neckisch mit einem Finger, setzte sich auf und lehnte sich an die Wand. Sein Haar war wirr, weil er mit den Fingern hindurchfuhr, während er las, und sein Kinn war mit den Bartstoppeln übersät, die er ab Freitagmorgens beließ. Montags war er wieder der glattrasierte Markson mit Kakis und Hemd, der sein Bestes gab, nicht ungewollt die Aufmerksamkeit seiner weiblichen Studentinnen zu erregen, aber jetzt war er Roman – mein Roman – in einem dünnen weißen Shirt mit V-Ausschnitt und Jeans. Später würden die Bartstoppeln über meine Haut streichen. Ich spürte das köstliche Kribbeln schon beinahe, und das lenkte mich wirklich ab.

»Ich denke, wir sollten eine Möglichkeit finden, damit das Lernen sexy wird«, sagte er.

Ich hob eine Augenbraue, bereit für die Herausforderung. »Interessanter Plan.«

»Das dachte ich mir. Ich werde dich über die viralen Lebenszyklen ausfragen, und für jede falsche Antwort musst du ein Stück Kleidung ablegen.« Er hob die Augenbrauen, und sein Grinsen wurde breiter.

Ich kreuzte die Arme vor der Brust und starrte ihn an. »Das bedeutet also sexy lernen für dich.«

»Ich bin verletzt«, sagte Roman und fasste sich an die Brust. »Ich bin ein Feminist, Jessica. Ich bin für Gleichberechtigung.«

»Wirklich, ja?«

»Wenn die Antwort richtig ist«, sagte er. »Ziehe ich etwas aus.«

»Wie viele Fragen gibt es?«, fragte ich und mühte mich, die Seite zu sehen, die er anblickte.

»Zwanzig.«

»Also können wir keinesfalls verlieren.« Ich streckte unschuldig die Arme über den Kopf und tat so, als würde ich nicht bemerken, wie sein Blick am Ausschnitt meines Tanktops hängen blieb.

»Ich bin sicher, wir stehen am Rand einer revolutionären

Entdeckung zur Verbesserung des Lernprozesses«, sagte er. »Bereit?« Es war eine Herausforderung. Eine, die ich nur zu gerne annahm. »Eine Autoimmunkrankheit, die die Zotten des Dünndarms angreift und zerstört, würde welche der folgenden Auswirkungen auf die Verdauung hervorrufen?«

»Ineffiziente Aufnahme von Nährstoffen«, antwortete ich, ohne mit der Wimper zu zucken.

»Das klingt schrecklich.«

»Hör auf, mich hinzuhalten«, sagte ich und nahm ihm die Papiere aus der Hand. »Zieh dich aus.«

Romans Mund verzog sich zu einem Grinsen. »Du willst sicher, dass ich mit den Socken anfange?«

»Ich denke, du solltest mich mit etwas … Handfesterem belohnen.«

»Damenwahl.«

Ich sah zu, wie er die Rückseite seines Shirts nahm. Er wartete kurz auf mein Okay, das ich ihm mit begeistertem Nicken gab. Roman zog das Shirt langsam über den Kopf, sich nur zu bewusst, dass er Publikum hatte. Zentimeter für Zentimeter enthüllte er seine glatten, trainierten Bauchmuskeln. Dann griff er nach dem Papier und setzte sich mit einem selbstgefälligen Grinsen zurück auf die Fersen. Ich rieb die Hände aneinander und merkte, dass ich den Stoff in- und auswendig kannte. Das bedeutete, dass ich heute Abend eine Pause machen konnte. Und es schadete auch nicht, dass ich so bei meinem Freund angeben *und* ihn bis aufs Adamskostüm ausziehen konnte.

»Der Hauptunterschied zwischen Furanose- und Pyranoseringen ist?«

»Furanose ist ein Ring mit sechs Atomen. Pyranose mit fünf«, sagte ich und fragte mich bereits, ob ich ihm als Nächstes die Jeans abschwatzen konnte. Nach nur zwei Fragen hätte ich ihn bereits in Boxershorts dort sitzen.

Aber Roman schüttelte den Kopf.

»Was? Furanose ist ein zyklisiertes Kohlenhydrat.« Ich begann, eine Beschreibung seiner Bestimmung herzubeten, aber er hielt einen Finger hoch.

»Das stimmt wahrscheinlich alles. Aber Furanose ist ein Ring mit fünf Atomen.«

Ich sank gegen die Wand und verspürte eine Mischung aus Scham und Verärgerung. Das war ein so dummer Fehler, aber Roman schien es nichts auszumachen, dass ich falschgelegen hatte. Er wirkte sogar ziemlich glücklich darüber.

»Herrenwahl?«, sagte ich.

»Ich bin kein Gentleman«, sagte er ohne Zögern. »Zieh das Shirt aus.«

Ich nahm mir ein Beispiel an ihm und hakte die Finger in den Saum meines Tanktops, dann zog ich es mir so langsam wie nur möglich über den Kopf. Das Grinsen auf Romans Gesicht wurde breiter.

»Nächste.«

»Du kannst gleich mit dem BH weitermachen«, sagte er.

»Vergiss es. Ich will dich aus der Hose kriegen.« Jetzt kam es drauf an. Wenn er glaubte, dass er mich ausziehen könnte, bevor er selbst bis auf die Würde nackt war, lag er falsch.

»Die am verbreitetsten benutzte Färbung, um Bakterien zu differenzieren, ist?« Er wartete auf meine Antwort.

Mein Herz schlug unter seinem geduldigen Blick schneller. Da ich die letzte Frage vergeigt hatte, musste ich mich jetzt zusammenreißen und ihm beweisen – und mir selbst –, dass ich auf dieses Examen vorbereitet war. Nachdem ich gerade erst einer Schwangerschaft und damit der Aussicht entgegengeblickt hatte, das Medizinstudium vergessen zu können, war ich jetzt entschlossener denn je.

»Die Färbung nach Gram«, antwortete ich selbstsicher.

»Sagen Sie der Dame, was sie gewonnen hat«, sagte er mit bester Gameshowmoderatorenstimme.

»Oooh, ich hoffe, deine Hose!«, quietschte ich und klatschte wie eine aufgeregte Kandidatin.

»Wenn du gut bist, zeige ich dir, was hinter Tür Nummer eins ist.« Roman sprang auf und knöpfte seine Hose betont langsam auf. Ich biss mir auf die Unterlippe, als er sie über die Hüften schob und graue Boxerbriefs enthüllte, die diesen besonderen Preis wirklich nicht verhüllten. Er ließ die Hose zu Boden gleiten und stieß sie mit dem Fuß beiseite, dann warf er mir ein selbstzufriedenes Grinsen zu. Wie konnte er so heiß sein? Straffe, definierte Muskeln. Das Licht, das auf seiner Haut spielte. Diese sexy schwarzen Haare, die ihm in die Stirn fielen, und Haare auf seiner Brust – gerade genug, um die Finger darin zu vergraben, wenn ich kam.

Im Geist machte ich mir eine Notiz, ein Bild von ihm nackt mitzunehmen, wenn ich das nächste Mal eine Präsentation über die Evolution halten musste. Er war ein gutes Beispiel für natürliche Selektion.

»Ich habe eine Ahnung«, schnurrte ich und ließ mich auf die Hände nieder, um mich dann vor ihn zu knien. »Wie wäre es, wenn wir ein wenig Anatomie lernen?«

»Miss Stone«, sagte er und gab sich schockiert. »Das hört sich an, als ob Sie sich dem Lernen entziehen wollten.«

Ich spielte mit und klimperte unschuldig mit den Wimpern, setzte mich zurück und hakte den Vorderverschluss meines BHs auf. Er sprang auf, und ich streifte ihn ab.

»Das hier sind Brüste.« Ich strich leicht mit den Fingern darüber. »Das ist ein Warzenhof…« – mein Daumen kreiste um den pinkfarbenen Ring, und meine Nippel wurden erwartungsvoll steif –, »und das hier sind Nippel.«

»Das war sehr… anschaulich.« Roman schluckte und rutschte ein wenig hin und her, während der Preis hinter Tür Nummer eins sichtlich größer wurde.

»Die weibliche Brust«, fuhr ich fort, »wurde geschaffen, um daran zu saugen.« Ich streckte die Hand nach oben und strich über seinen Bauch hinab und über seinen Schaft. »Das hier ist nicht dafür gemacht, aber…«

Roman ließ den Kopf in den Nacken sinken, als ich seine Shorts herunterzog und ihn in die Hände nahm. Ich leckte an seinem Schaft entlang und nahm ihn dann in den Mund. Er stöhnte, als ich an ihm saugte, und dann bewegte er sich ein wenig, damit ich ihn noch tiefer in den Mund nehmen konnte, was ich nur zu gern tat.

»Himmel, Jessica. Weißt du, was du mit mir machst?« Er knurrte beinahe, als ich ihn weiter leckte und saugte.

Roman legte mahnend eine Hand auf mein Haar, aber ich ignorierte ihn, und meine Erregung steigerte sich noch, als er kam. Er sank auf die Knie, und ich sah erfreut, dass seine Augen begierig aufflammten. »Ich bin dran.«

Seine Hände umfassten meine Handgelenke und hielten

sie über meinem Kopf fest, während er sich hinabbeugte, um meinen Nacken zu küssen. Das hier wurde rasch zur besten Lehrstunde ever. Er drückte mich zu Boden und arbeitete sich weiter hinab und zu meinem eigenen heißen Preis vor. Er verweilte an meinem Nabel, blies sanft über meine Haut und sandte so Wellen des Begehrens durch mich hindurch. Doch er hörte dort nicht auf. Er hielt immer noch meine Handgelenke mit einer Hand fest, die andere riss mir den Slip herunter. Ich war bereit, einen Vokal zu kaufen: ooooo. Seine Zunge leckte über meinen Venushügel, und meine Hüften pressten sich gegen seinen Mund.

Er schnalzte mit der Zunge. »Geduld.«

»Brave Mädchen sind geduldig«, wimmerte ich.

»Bist du nicht brav?«, fragte er und sandte seinen warmen Atem über die empfindlichen Nerven zwischen meinen Beinen, sodass es kribbelte.

»Das war ich mal. Ich wollte das Kuscheltier des Lehrers sein.«

»Und das bist du«, versicherte er mir.

Ein Finger strich über meine sensibelste Stelle, und ich erschauderte und sehnte mich nach mehr. »Nein, bin ich auf gar keinen Fall. Ich bin der vergiftete Apfel.«

Roman ließ meine Hände los und drückte meine Beine weiter auseinander, dann ließ er sich dazwischen nieder und grinste. »Wenn das wahr ist, möchte ich ihn kosten.«

»Vorsichtig«, warnte ich ihn, während mein Atem schon schneller ging. »Ich beiße zurück.«

»Darauf verlasse ich mich.« Dann schloss sich sein Mund über meiner Klitoris, und er saugte gierig daran, während

Wellen der Lust durch meinen Körper schwappten. Ich war aufs Höchste erregt von den unartigen Spielen, aber ich riss mich zusammen, wollte es so lange wie möglich genießen. Doch obwohl ich mir Mühe gab, zogen sich meine Muskeln zusammen, und mein Körper spannte sich an, als er mich weiter leckte und von mir kostete. Ich bog mich ihm entgegen, wollte ihm näher sein, sehnte mich verzweifelt danach, dass dieser Moment nie endete und ich doch endlich den Höhenpunkt erreichte. Endlich schob Roman einen Finger in mich hinein, und ich verlor die Kontrolle, kam, an seine unermüdliche Zunge gepresst.

Meine Beine schlangen sich um seinen Kopf, doch er befreite sich mit einem Lachen aus dem Klammergriff und drückte mir noch rasch einen Kuss dort unten hin, bevor er nach oben kam und mich in die Arme nahm. Seine Haut an meiner sandte Funken durch meine Nervenenden. Ich wollte ihn schon wieder. Doch ich zügelte meine innere Nymphomanin und schmiegte mich an seine Brust.

»Hast du …« Ich ließ die Frage verklingen, und plötzlich war es mir peinlich, meine Unerfahrenheit zuzugeben.

»Was, mi bella?«, fragte er und sah mir ins Gesicht, und seine tiefbraunen Augen blickten zufrieden und gleichzeitig interessiert.

»Denkst du, Sex ist für die meisten Menschen so?« Ich zwang mich, die Frage zu stellen, obwohl sie mir so peinlich war, dass ich wegsehen musste.

»Nein«, sagte er. Ich wusste, dass er lächelte. »Ansonsten würde die Welt nicht dem Ruin anheimfallen, die meisten würden einfach niemals ihr Bett verlassen.«

»Das dachte ich mir«, gestand ich. »So war es für mich noch nie gewesen.«

»Für mich auch nicht.« Falls er wegen des Geständnisses peinlich berührt war, ließ er sich das nicht anmerken. Er wirkte offen und selbstsicher wie sonst auch. Tatsächlich sah er irgendwie sogar noch sicherer aus, als er das aussprach, als ob er diese Tatsache tröstlich fand.

Ein Teil von mir verstand das. Sex war immer mit Erwartung verbunden. Ein Meilenstein in einer Beziehung. Es war nicht so, dass mir Sex nicht gefallen hatte, bevor ich Roman begegnet war. Ganz im Gegenteil. Aber an dem Sex mit Roman war noch etwas mehr – eine Verspieltheit, die meinen früheren sexuellen Begegnungen gefehlt hatte. Das machte es leicht, mit ihm zusammen zu sein. Und deshalb wollte ich die ganze Zeit bei ihm sein.

Zu schade, dass der Rest der Welt immer noch erwartete, dass ich jeden Morgen aufstand. Oder lernte, sogar am Freitagabend.

»Wir sollten uns wieder an die Arbeit machen«, sagte Roman, als könnte er meine Gedanken lesen.

»Du hast die Verteidigung deiner Dissertation in einer Woche.«

»Und du hast einen wichtigen Test, richtig?« Als könnte irgendjemand, der mich kannte, vergessen, dass ich am Samstag meine Zulassungsprüfungen hatte. Lief alles gut, konnten wir um diese Zeit nächste Woche beide feiern. Ich wollte nicht daran denken, was war, falls wir versagten.

»Du denkst zu viel nach.« Er rollte sich herum und drückte mich zu Boden. »Du kannst den Test wiederholen,

Jess. Aber das wirst du nicht müssen. Du bist bereit dafür. Wenn ich dagegen bei der Verteidigung versage, ist das eine andere Sache.«

Ich schlug ihn, was schwer war, da sein Körper meinen praktisch erdrückte. Ich hatte seine Dissertation gelesen, und sie war genial. »Der Ausschuss wird sehen, wie brillant du bist und dir sofort eine Stelle anbieten. Ohne Frage.«

»Ich wünschte, es würde so laufen.« Er drückte mir einen flüchtigen Kuss auf die Lippen. »Sollen wir uns wieder an die Arbeit machen?«

»Oder Runde zwei?«, schlug ich vor. »Ich glaube, es würde meinem Wissen über den Mann zuträglich sein, wenn ich sehen könnte, wie seine Anatomie im Detail funktioniert.«

»Nun, alles, was dir dabei hilft, den Test mit Bravour zu bestehen.« Und damit zerflossen wir förmlich ineinander, bis wir vergaßen, dass es überhaupt noch eine Welt da draußen gab.

Kapitel 22

Samstagabend waren wir vor allen anderen im Garretts und sicherten uns eine Nische. Die Tests lagen hinter mir, und ich hatte ein gutes Gefühl. Vermutlich würde ich keine Rekorde brechen, aber meine Punktzahl würde gut genug für die Bewerbungen sein. Die echte Feier bestand darin, dass Roman die Verteidigung bestanden hatte. In ein paar Wochen würde er seinen Abschluss machen, aber das war nur noch eine Formsache. Er hatte seinen Doktortitel in der Tasche, und ich platzte beinahe vor Stolz. Ich war mehr als nur ein wenig nervös, weil ich mit Roman hier war – in der Öffentlichkeit und vor allem in einer Collegebar. Jillian hatte gebettelt und sich dafür eingesetzt. Dann hatte Cassie sich ebenfalls reingehängt. Gott mochte dem amerikanischen Rechtssystem helfen, wenn diese beiden jemals eine Anwaltskanzlei zusammen eröffneten. Ich blickte mich immer wieder um, als hätte ich einen Joint dabei. Es war nicht so, als würden sich die Leute etwas dabei denken, wenn sie uns beide zusammen sahen. Er war älter als ich und leger gekleidet, in Jeans und T-Shirt, und er sah so wie jeder andere heiße Typ in der Bar aus.

Doch ich wusste es, und ich konnte nichts dagegen machen, dass ich nervös war.

»Hör auf rumzuzappeln, mi bella«, flüsterte er und nahm meine Hand in seine, damit ich nicht an den Nägeln kauen konnte.

»Was, wenn der Dekan reinkommt oder so was?«, fragte ich.

»Ich habe gehört, dass er hier oft rumhängt«, sagte er ironisch. »Und selbst wenn, hat er keine Ahnung, wer ich bin. Ich bin kein Lehrstuhlinhaber, schon vergessen? Nur ein Tutor. Niemand vom Fachbereich wird an einem Freitagabend in einer Bar auftauchen.«

Er hatte recht, aber das beruhigte mein rasendes Herz dennoch nicht. Ohne die anderen, die mich mit Geschichten und schlechten Witzen ablenkten, hatte ich Zeit nachzudenken, und in meinem Kopf war nur ein Gedanke: Wir würden erwischt werden. Obwohl wir beide technisch gesehen Studenten waren, wusste ich, dass sich unsere Beziehung in einer Grauzone bewegte. Ich war immer der Typ gewesen, der die Regeln befolgte. Das Foto auf meinem Führerschein tauchte vermutlich bei der Definition von *braves Mädchen* im Wörterbuch auf. Das Problem war, dass der anfängliche Nervenkitzel der Rebellion von etwas Gruseligerem ersetzt worden war. Jetzt erwischt zu werden würde nicht nur Ärger bedeuten, sondern es würde uns dazu zwingen, uns zu trennen. Und daran wollte ich gar nicht erst denken.

Zum Glück wurde ich von meiner Analyse der Situation abgelenkt, als Cassie auftauchte. Sie kam zum Tisch stolziert, wie immer topmodisch zurechtgemacht, und sie stieß eine Reihe von Flüchen aus, die einen Matrosen hätten erröten lassen.

»Hast du einen guten Tag?«, fragte ich und fühlte mich bereits wohler.

»Der Computer ist gecrashed, deshalb muss ich meine Arbeit bis nächsten Freitag komplett neu schreiben.« Sie winkte Frank zu, um das Special zu bestellen: Tiefkühlpizza, in einem Tischbackofen aufgebacken. Das war keine Gourmetspeise, aber billig und Tradition.

Frank, der immer anwesende Barmann, kam herüber und kratzte sich die buschigen Augenbrauen. »Das Übliche?«

»Ihr habt ein Übliches?«, fragte Roman leise.

Frank sah Roman missbilligend an. Den Blick warf er jedem Typen zu, der es wagte, bei uns zu sitzen.

»Ja, aber heute doppelt«, sagte Cassie. »Wir haben die Jungs dabei.«

»Wo ist dein Junge?«, fragte Frank.

»Für mich keine Jungs mehr. Es sei denn, du bist verfügbar, Frank.« Sie klimperte ihn anzüglich an.

»Ich bin zu alt für dich, Liebes. Dachte, ich hätte euch gesagt, dass ihr euch dieses Jahr aus Schwierigkeiten raushalten sollt.« Die Worte waren ruppig, aber wir wussten alle, dass er ein Teddybär war unter seiner rauen Schale. Er hatte über die Jahre einige unserer Liebhaber gesehen, und er behandelte sie, wie jede Vaterfigur das tun würde: als

Deppen, bis sie ihm das Gegenteil bewiesen. Erst vor ein paar Wochen hatte er damit aufgehört, Liam »diesen Schotten« zu nennen.

Cassie schüttelte den Kopf, und ihre dunklen Locken ergossen sich über ihre Schultern. »Jungs in meinem Alter machen Ärger.«

»Das sag ich euch doch schon seit Jahren«, rief Frank über die Schulter, als er zurück an den Tresen ging.

»Hey Jungs! Doktor Markson.« Mein Kopf fuhr hoch, als ich den vertrauten schottischen Akzent hörte. Liam verneigte sich, als wäre Roman gekrönt worden.

»Jetzt fühle ich mich alt.«

»Vielleicht gibt es eines Tages zwei Doktor Marksons.« Ich trat Cassie unter dem Tisch.

»Das hört sich nach einer Sitcom an«, sagte Jillian, die aber sofort den Mund hielt, als ich ihr einen warnenden Blick zuwarf. Sie hatte sich noch nicht hingesetzt, deshalb konnte ich sie nicht treten. Doch anders als Cassie verstand sie und wechselte schnell das Thema. »Ich kann nicht glauben, dass schon Mai ist.«

Liam kapierte sofort und begann, die Pläne für den Sommer zu diskutieren. Er wollte mit Jillian zelten fahren, was eine der schlechtesten Ideen war, die ich jemals gehört hatte. Im letzten Jahr hatte ich Liam genauso lieben gelernt wie Jillian. Die beiden wirkten entspannt und glücklich. Tatsächlich hatte ich Jillian noch niemals zuvor so zufrieden gesehen, und ich konnte nur hoffen, dass es von Dauer war. Sie rutschten in die Nische neben Cassie. Es war eng, aber niemand beschwerte sich. Meine gesamte, erweiterte

Familie hierzuhaben reichte aus, mich sofort zu beruhigen. Innerhalb einer Stunde hatten wir beide Pizzen verschlungen, und die Unterhaltung floss wie das Bier.

»Irgendwelche Neuigkeiten?«, fragte ich Jillian, während die Männer über Fußball redeten.

Sie spannte sich an und nahm einen großen Schluck Bier. Das zweite für diesen Abend. Ich hatte mitgezählt, weil ich einschreiten musste, falls sie versuchte, noch eins zu trinken, oder sie riskierte, dass es zu Wechselwirkungen mit ihren Medikamenten kam.

»Keine offiziellen Neuigkeiten, aber das Studentenverbindungsbüro sagte, dass es nicht gut aussieht. Anscheinend möchte jeder Austauschstudent nach Washington.« Der Anspannung ihres Kiefers nach zu urteilen, hielt sie das für unfair. »Warum können wir nicht in Cleveland oder einer anderen langweiligen Stadt studieren? Ich meine, Liam ist schon hier. Warum lassen sie ihn nicht bleiben?«

»Du könntest ihn heiraten«, sagte ich mit einem Schulterzucken.

Jillians Gesicht wurde knallrot, aber Liam neben mir lachte auf und beugte sich zu mir herüber. »Vorsichtig, du bringst meine Pläne durcheinander.«

»Halt die Klappe«, sagte sie und wurde sogar noch röter.

»Oh, Chick. Ist in Ordnung, Liebes.« Er drückte ihr einen Kuss auf die Stirn. »Das sieht mir nach schmerzhafter Verlegenheit aus.«

Aus diesem Grund liebte ich ihn. Er zuckte mit keiner Wimper bei dem Gedanken an eine Langzeitbeziehung mit Jillian. Die chronische Krankheit hätte die meisten Jungs in die Flucht geschlagen, aber nicht Liam. Er hatte Klebekraft. Er liebte sie, und das war alles, was zählte. Mein Blick huschte zu Roman. Er ließ sich auch nicht so leicht abschrecken. Wenn wir jetzt noch einen echten Mann für Cassie finden könnten … Aber zwei von dreien war kein schlechter Schnitt, und es hatte mir gezeigt, dass das Leben einem das schickte, was man brauchte.

»Das wird schon«, sagte ich zu Jillian, und plötzlich war ich mir da vollkommen sicher.

»Wie?« Sie sah mich mit dem vertrauten, fragenden Blick an, den ich so gut kannte. So hatte sie mich seit Monaten nicht angesehen. Irgendwann hatte ich aufgehört, diejenige zu sein, an die sie sich wandte, wenn sie Trost oder Rat brauchte.

Ich blickte zu Roman hinüber und verstand plötzlich, wie subtil die Liebe all deine Beziehungen veränderte, und nicht immer auf schlechte Art. »Ich weiß es einfach.«

Etwas hatte sich in unseren Beziehungen verändert. Es hatte eine Zeit gegeben – und das war gar nicht so lange her –, als der Gedanke an eine Ehe uns beide in die Flucht geschlagen hätte. Ich hatte auch geglaubt, die Ehe wäre Frauen vorbehalten, die sehr viel älter waren als wir. Im besten Fall ging es um Gesellschaft. Im schlimmsten Fall brachte es Vorteile. Ich begriff, warum Jillian sich davor scheute, Liams Visa-Dilemma mit einem »Ja, ich will!« zu lösen. Aber ich wusste auch ohne Zweifel, dass sie Ja sagen würde, wenn er endlich vor ihr niederkniete. Mein Magen vollführte einen nervösen Salto, als ich daran dachte, wie erwachsen unsere Leben wurden.

»Oh mein Gott!«, keuchte Cassie auf, und schlug mit den Händen auf den Tisch. »Es ist nicht schlimm genug, das fünfte Rad am Wagen zu sein, wo ihr beide euch total heiße Kerle gekrallt habt, aber jetzt müsst ihr auch gerade in diesem Moment noch über all diesen ernsthaften Mist reden? Das reicht glatt aus, damit ich mich dem Zölibat zuwende.«

»Geh in ein Kloster«, rief Liam.

»Lass den Scheiß-Shakespeare«, scherzte Cassie.

Ich hob eine Augenbraue und sah sie über den Tisch hinweg an.

»Was? Ich kenne Shakespeare«, sagte sie. »Man muss kein Brite sein, um den Alten zu kennen.«

Liam lehnte sich auf dem Stuhl zurück und kreuzte die Arme hinter dem Kopf. »Ich bin kein Brite. Ich bin Schotte.«

»Das erzählst du uns immer wieder.« Cassie warf ihm ein durchtriebenes Lächeln zu. »Aber ich habe dich noch nicht im Kilt gesehen.«

»Dann müsst ihr mir das einfach glauben«, sagte Jillian und lehnte sich gegen Liams Schulter, kurz von dem Visa-Ärger abgelenkt. »Der Mann hat einen Kilt, und er sieht darin wirklich heiß aus.«

Irgendwie waren wir von Visa zur Ehe zu Shakespeare und dann zu Kilts gekommen – und deshalb liebte ich meine Freunde. Zwei Pitcher später hatte Cassie ihren nächsten Seelenpartner an der Bar getroffen. Ich sah ihr mit einem amüsierten Lächeln zu und hoffte, dass mein Ekelradar nicht kaputt war. Das Letzte, was sie jetzt brauchte, war ein weiterer Trevor in ihrem Leben.

»Wie wäre es, wenn wir zurück zu dir gehen und ein bisschen Anatomie lernen?«, flüsterte mir Roman ins Ohr.

Ein Schauder rann prickelnd über meinen Rücken, aber ich tat überrascht. »Oder wir könnten Sex haben.«

»Wenn du darauf bestehst.« Er zog bereits einen Zwanziger aus seiner Brieftasche. Dann stand er auf und streckte die Hand aus, um mir aufzuhelfen. »Jillian. Liam.«

Liam nickte auf diese typisch männliche Art. »War schön dich zu sehen, Mann.«

»Ich bin über Nacht bei Roman«, sagte ich zu Jillian.

»Unsere Nachbarn kämen nicht klar, wenn wir beide unsere Männer gleichzeitig bei uns hätten.« Ihre Lippen verzogen sich zu einem verschmitzten Lächeln.

»Ohne Zweifel«, sagte ich und schüttelte den Kopf. Die denken sonst noch, das Gebäude stürzt ein. »Behalt Cassie im Blick.«

»Ich versuch's.« Wir warfen beide einen zweifelnden Blick in ihre Richtung. Das Flirten war in Tanzen übergegangen. Mit ein wenig Glück würde es dabei bleiben.

Wir verließen das Garretts, und Roman legte seinen Arm über meine Schulter, als wir in die kühle Nachtluft traten. Der Himmel war tintenschwarz, aber bewölkt, es waren keine Sterne zu sehen.

»Ich fühle mich immer wie ein Gemüse, wenn es so regnet«, sagte ich zu Roman.

»Ein Gemüse?«, wiederholte er mit einem Lachen und zog mich näher an sich.

»Wie im Lebensmittelladen«, fuhr ich fort. »Dort haben sie diese Sprenkler, die das Gemüse frisch halten.«

»Du bist sehr viel hübscher als eine Karotte.« Er neigte den Kopf und küsste mich rasch. »Und auch süßer.«

Ich entspannte mich in seiner Umarmung, während wir zu seiner Wohnung gingen. Es machte mir nicht einmal etwas aus, dass es regnete, nicht, wenn er an meiner Seite war. Trotz des ganzen Stresses fühlte sich das Leben bereits weniger hektisch an. Roman war die Konstante geworden, auf die ich mich nach den Kursen und den Lernstunden freute. Wir konnten zusammen arbeiten und trotzdem noch die Zeit finden, miteinander herumzuhängen. Das war wirklich schön.

Wir blieben auf dem Bürgersteig nahe des Docks stehen, und ich wandte mich zu ihm um und hob einladend mein Gesicht. Er legte seine Lippen auf meine und küsste mich innig. Ich öffnete die Lippen und hieß ihn willkommen, und seine Zunge strich über meine, ließ Verlangen in mir aufflammen. Ich würde niemals genug von ihm bekommen. Hiervon. Von uns.

Er drängte sich fester an mich, als ob er meine Gedanken spürte. Unsere Körper mühten sich, einander noch näher zu kommen, wollten miteinander verschmelzen.

»Was zur Hölle soll das, Jess?« Bretts wütende Stimme zerstörte den innigen Augenblick.

Wir stolperten auseinander. Romans Hand stützte mich, als ich auf dem unebenen Pfad strauchelte. Seine Hand schwebte über meinem Kreuz, und mein Blick landete auf meinem Exfreund. Er stand da auf der Straße und hatte die Hände in die Taschen seiner Jeans geschoben. Er war lässig gekleidet, aber der hasserfüllte Blick war alles andere als lässig.

»Deshalb hast du Nein gesagt?«, spuckte Brett mir förmlich entgegen. »Hast du den da aus Mexiko mitgebracht? Ich dachte, du hättest mehr Geschmack.«

Roman versteifte sich bei dieser rassistischen Bemerkung, und ich trat rasch zwischen sie. Es war immer merkwürdig, wenn man zum ersten Mal seinem Ex über den Weg lief, aber Brett hatte keinen Anspruch auf mich. Nicht mehr. Und er brauchte wohl eine Erinnerung daran. »Mein Leben geht dich nichts mehr an, Brett.«

»Du bist Brett?«, fragte Roman und musterte meinen Exfreund von oben bis unten. »Aha.«

»Was soll das heißen?«, fragte Brett. »Hast du über mich geredet, Jess? Was hast du erzählt? Ich wette, du hast ihm erzählt, dass es ein Fehler war, mich gehen zu lassen.«

»Es ist vorbei, Brett.« Das sagte ich langsam und deutlich. »Geh nach Hause.«

»Weißt du, was witzig ist?«, fragte Brett und ignorierte meine Warnung. »Ich bin nie im Garretts, weil ich dir aus dem Weg gehe, und am einzigen Abend, an dem meine Kumpels mich dazu überreden, bist du da – mit einem Kerl.«

Ich zuckte zusammen. Wenn er nur wüsste, dass Roman nicht irgendein Typ war, aber ihm das zu erzählen würde alles nur noch schlimmer machen. Diese Begegnung war hässlich genug. Also holte ich tief Luft und beschloss, Frieden zu stiften. »Es tut mir leid. Ich wusste nicht, dass du dort sein würdest.«

In der Bar hatte ich ihn nicht gesehen, aber es war klar, dass er mich beobachtet hatte. Bei dem Gedanken wurde mir mulmig. Wieso konnte er nicht einfach über mich hinwegkommen? Der Regen hatte zugenommen. Die Tropfen trafen mein Gesicht und strömten mir kalt über die Wangen wie Tränen. Näher war ich Tränen seinetwegen bisher nicht gekommen, und das würde ich wohl auch nicht mehr.

»Von wegen.« Brett kam näher, und Roman nahm meine Hand. Er markierte nicht sein Territorium – das war nicht sein Stil –, aber ich zweifelte nicht daran, dass er Brett nicht näher an mich heranlassen würde.

Ich zog an Romans Hand, damit wir gingen, weg von der Szene, die Brett aufführte. Brett wollte uns aber nicht so einfach davonkommen lassen.

»Das Wichtige ist, dass ich dich und deinen Freund gesehen habe«, rief Brett mir hinterher. »Musste ein bisschen rumfragen, aber du kannst dir sicher vorstellen, wie überrascht ich war, als ich erfuhr, dass er Prof ist.«

Ich erstarrte mitten in der Bewegung. Natürlich trieb er es zu weit. Ich hätte begreifen müssen, dass seine obsessive Ader nach unserer Trennung nur noch ausgeprägter würde. Nachdem er aufgehört hatte, anzurufen und mir zu schreiben, war ich davon ausgegangen, dass er es endlich überwunden hätte. Jetzt wusste ich, dass diese Hoffnung vergeblich war. Ich fuhr herum. »Er ist kein Prof. Was soll ich denn sagen, deiner Meinung nach? Zwischen uns ist es aus, Brett. Und es geht dich nichts an, mit wem ich mich treffe.«

»Das College könnte da anderer Meinung sein. Vielleicht könnten wir reden, und du erklärst alles.« Brett hielt in argloser Geste die Hände hoch, aber ich kaufte ihm das nicht ab. Es passte gar nicht zum Rest seines Verhaltens.

»Darüber denke ich nach«, sagte ich. »Gute Nacht.«

Dieses Mal nahm ich nicht Romans Hand. Ich wollte nicht, dass er spürte, wie sehr meine Hand zitterte. Wir gingen los. Keiner von uns sagte etwas, und es dauerte einen Moment, bis ich merkte, dass er mich nicht mehr zu seiner Wohnung brachte. Ich widersprach nicht, als wir die Stufen zu meiner Wohnung erreichten.

»Vielleicht wäre es besser …« Roman ließ den Vorschlag verklingen, aber ich wusste, wohin er führte. Zusammen zu sein schien keine besonders gute Idee, nach Bretts Drohung. Gerade jetzt gab es eine Menge, worüber ich nachdenken musste.

Ich nickte. »Lass mich mit ihm reden.«

»Bist du sicher, dass das eine gute Idee ist?« Besorgnis glomm in seinen dunklen Augen. »Er schien mir labil.«

»Er ist nur verärgert«, versicherte ich ihm. »Glaub mir, Brett bellt viel, aber er beißt nicht.«

Roman öffnete den Mund, als wollte er etwas erwidern, aber dann küsste er mich. »Nimm eine deiner Freundinnen mit.«

Ich stimmte ihm zu und kreuzte dabei die Finger hinter meinem Rücken. Meinen Freundinnen hatte ich nie von Bretts Antrag erzählt. Ich war mir immer noch nicht sicher, warum. Zu Beginn hatte ich Rücksicht auf Cassies Gefühle genommen, aber sie war seit Monaten über Trevor hinweg. Nicht einmal Jillian hatte ich es erzählt. Ich wollte vergessen, dass es überhaupt jemals passiert war. Vielleicht wusste Brett das, und führte sich jetzt genau deshalb wie ein Arschgesicht erster Klasse auf.

Redete ich mit Brett, würde er vielleicht endlich begreifen, dass wir nicht so gut zueinanderpassten, wie er hatte glauben wollen. Seine Drohungen wegen meiner Beziehung mit Roman waren nur das Symptom seines eigenen Bedauerns. Stellten wir uns den Tatsachen, würde er das begreifen. Es sei denn, er benahm sich wie heute Nacht. Das würde es mir dann umso einfacher machen, ohne Schuldgefühle zu gehen. Hoffen durfte man ja wohl noch.

Andererseits wusste ich auch, dass man aufpassen musste, was man sich wünschte.

Kapitel 23

Brett und ich einigten uns auf das Coffee & Cream, trotz Cassies und Jillians Protesten. Zumindest trafen wir uns in der Öffentlichkeit, darauf hatten sie bestanden. Das Café im Ort war neutraler Boden und immer gut besucht. Ich hatte Brett niemals für gefährlich gehalten. Das tat ich immer noch nicht. Vor der Bar hatte er jedoch die Beherrschung verloren, und ich konnte nicht garantieren, dass er nicht wieder wütend auf mich werden würde. Sobald ich durch die Tür trat und sah, wie er auf mich wartete, schwand mein Selbstvertrauen. Ich hatte Brett versprochen, dass wir reden würden, wenn ich aus Mexiko zurück war, aber dieser Unterhaltung war ich seit Monaten ausgewichen. Er wusste das, und jetzt, da er mich mit Roman gesehen hatte, wusste er, warum.

Er schob mir ein Getränk zu, kaum dass ich mich ihm gegenüber hingesetzt hatte.

»Chai«, sagte er.

Das war mein besonderer Drink – der, den ich mir als

Muntermacher für schlechte Tage aufsparte. Natürlich wusste Brett das, nachdem wir ein Jahr lang miteinander gegangen waren, aber diese nette Geste sorgte dafür, dass ich mich nur noch mieser fühlte. Er wusste, dass ich über ihn hinweg war, doch es war ganz offensichtlich, der Chai war ganz sicher ein Hinweis.

Brett blickte nicht auf, aber seine Hände ballten sich zu Fäusten, als er sprach. »Sag mir die Wahrheit, Jess. Hast du die ganze Zeit mit ihm rumgevögelt?«

Ich wollte Nein sagen. Ich wollte eine Menge Dinge sagen, aber ich fühlte mich innerlich zerrissen. Ich hatte ihn verletzt, aber das gab ihm nicht das Recht, mich so runterzumachen. Ein Teil von mir wollte Brett sagen, dass er mich nicht besaß. Der Rest von mir sorgte sich, dass es nur noch mehr Drama geben würde, wenn ich ihn reizte.

»Ich hätte offen mit dir reden sollen«, räumte ich ein. »Roman und ich sind ein paar Monate nach unserer Trennung zusammengekommen. Ich glaube nicht, dass ich dir darüber hinaus eine Erklärung schulde.«

»Wir wollten heiraten.«

Manipulierte er die Geschichte? Es wurde immer schwerer, ihn auf die sanfte Tour gehen zu lassen. »Ich habe niemals Ja gesagt. Tatsächlich hätte ich unsere Beziehung sogar früher beendet, wenn ich gewusst hätte, wie du das siehst.«

»Ich hatte einen Fünfjahresplan, der dich mit einschloss. Du hättest mich wissen lassen können, dass ich kein Teil von deinem war.«

»Bist du verletzt, weil ich mit dir Schluss gemacht habe? Oder weil du deinen Terminplan ändern musstest?« Ich konnte nicht länger cool bleiben. Es war eine Sache, wenn er verärgert war. Aber eine ganz andere, wenn er die Realität einfach umschrieb.

»Egal. Ich hatte keine Ahnung, dass du eine bist, die die Profs fickt, um ihren Notendurchschnitt zu pimpen«, sagte Brett so laut, dass sich einige Köpfe zu uns umdrehten. »Lass mich wissen, wie das im Medizinstudium funktioniert.«

Vollkommen entsetzt über diese entsetzlichen Worte, verkrampfte ich mich. Vielleicht hatte er den Chai für mich bestellt, weil er wusste, dass ich etwas zur Aufheiterung brauchen würde, nachdem er mich heruntergeputzt hatte. Es war klar, dass ich einem wirklich großen Problem entkommen war, als ich Nein sagte. »Zwischen Roman und mir ist nichts passiert, bis wir beide Schluss gemacht hatten, also hör auf, mir zu unterstellen, dass ich eine Schlampe wäre.«

»Ich habe nie gesagt, dass du eine Schlampe bist«, warf Brett ein. »Aber du bist dumm. Wir hatten da etwas zusammen. Du wirst keinen mehr finden, dessen Karriereziele so gut zu deinen passen. Du hast noch ein Jahr vor dir. Das ist genug Zeit, um dieses kleine Durcheinander aufzuräumen und eine Hochzeit zu planen, bevor du mit dem Medizinstudium anfängst.«

Ich stand so rasch auf, dass mein Stuhl hinter mir zu Boden krachte. »Ich hätte dir schon längst sagen sollen, dass ich dich auf gar keinen Fall jemals heiraten wollte. Eigentlich hatte ich dir das auf die nette Tour beibringen wollen. Lass mich das jetzt ganz deutlich sagen. Du kannst dir den

Ring in deinen verklemmten Arsch schieben. In ein paar Jahren hat er sich vielleicht wieder in Kohle verwandelt.«

»Falsche Antwort.« Bretts Kiefer spannte sich an, und er sprang auf und beugte sich zu mir vor. »Wenn du glaubst, das würde hier jetzt enden, dann liegst du falsch. Hast du mal vom Ethikkodex gehört?«

Plötzlich wünschte ich mir, ich hätte den Stuhl nicht umgestoßen. Ich musste mich setzen. Davon hatte ich tatsächlich gehört, und Brett wusste das, weil ich im letzten Jahr im Studentenausschuss für Ethik gesessen hatte. Das war das private Rechtssystem an der Olympic State, und es deckte alles ab, von Streits unter Zimmergenossen bis zu Faustkämpfen und Plagiaten. Die ganze Zeit über, die ich dort gewesen war, hatte es nichts so Pikantes wie eine Affäre zwischen Lehrkörper und Student gegeben, und ging es nach Brett, würde er mich vor den SfE schleppen, um zu beweisen, dass er im Recht war.

»Es tut mir leid, Brett. Ich wollte nicht, dass das hier passiert. Aber wirst du wirklich aus Rache unsere Leben ruinieren?« Ich flüsterte, auch wenn ich wusste, dass es dafür ein wenig zu spät war.

»Rache?« Er lachte, aber es klang hohl und unglücklich.

»Ja.« Wenn ich ihn dazu bringen konnte, das zu verstehen, könnte er loslassen und darüber hinwegkommen. »Kannst du es nicht einfach gut sein lassen? Ich …«

»Sag nichts mehr«, sagte er. »Erzähl mir nicht, wie glücklich du bist und dass ich jemand anderen finden soll. Du hättest mich lieben sollen, Jess. Auch wenn wir eine Pause eingelegt hatten. Man wechselt nicht innerhalb einer

Woche von einer festen Beziehung zum Betrug, es sei denn, man ist ein Lügner.«

»Das war kein Betrug«, sagte ich, aber ich wusste, dass er mir nicht zuhörte.

»Das ist egal.« Brett trat von mir weg und schob die Hände in die Taschen. »Ich habe bereits den SfE kontaktiert. Anscheinend unterliegt die Fakultät nicht ihrer Zuständigkeit, sogar bei Absolventen.«

Meine Schultern sanken herab. Er hatte versucht, mir Angst einzujagen – und es hatte funktioniert. Ich konnte nicht glauben, dass er so gemein sein konnte. Sobald ich hier weg war, musste ich darüber nachdenken, wie ich Abstand zwischen uns bringen konnte. Ich wollte Brett niemals wiedersehen.

»Absolventen werden von ihrer Fakultät gemaßregelt. Sie geben meine Beschwerde an den Dekan weiter. Aber das SfE untersucht, ob es in ihren Zuständigkeitsbereich fällt, eine Studentin für eine solche Beziehung zu tadeln. Du hast mal im Ausschuss gesessen, was denkst du?«

Es fiel genau in ihren Zuständigkeitsbereich. Ihre Pflicht war es, Situationen in den Grauzonen ethisch zu erwägen. Falls der Ausschuss sich verständnisvoll gab, würde nichts geschehen. Taten sie das nicht … Ich wagte nicht, mir die Konsequenzen auszumalen.

Ich schnappte mir meine Tasche, die auf dem Boden gestanden hatte, und musste mich beherrschen, um sie Brett nicht gegen den Kopf zu werfen. »Herzlichen Glückwunsch. Jetzt hast du mich wirklich reingeritten. Fühlst du dich besser?«

»Ja. Grüß deinen Freund von mir«, sagte er, aber ich rannte schon zur Tür.

Ich zeigte ihm noch einen Vogel, während ich schon die Tür aufschob und nach meinem Telefon in meiner Tasche suchte. Ich musste Roman warnen. Ich hatte ihm nicht gesagt, dass ich mich heute mit Brett traf. Wir hatten nicht miteinander geredet, seit er mich vor ein paar Nächten nach dem Garretts nach Hause gebracht hatte. Falls er mit seinem Fakultätsleiter reden konnte, bevor die Beschwerde bei ihnen eintraf, hätten wir vielleicht eine Chance. Mein Herz sank, als ich sah, dass er mir bereits geschrieben hatte.

ROMAN: Ich muss dich sehen. Sofort.

Etwas sagte mir, dass es zu spät war, ihn zu warnen.

Der Fachbereich für Kommunikation war beinahe verlassen, als ich hineinging. Ich wappnete mich und wiederholte lautlos Cassies Mantra: Ich bin knallhart. Ich verdiene Besseres. Ich verlange mehr.

Das war leichter gedacht als wirklich geglaubt.

Ich klopfte an Romans Bürotür und wartete mit rasendem Herzen darauf, dass er öffnete. Als er die Tür aufmachte, sah er nicht erfreut darüber aus, mich zu sehen. Er winkte mich rasch herein. Dann schloss er die Tür, und ich wusste, dass es übel werden würde. Sein Büro sah übel aus. Stapel mit Papieren ohne Noten, eine Kiste mit Büchern auf dem Boden. Er war immer ein wenig unordentlich, aber das hier war anders. Seine Augenringe zeigten deutlich, dass er nicht geschlafen hatte.

»Ich komme gerade von einem Termin mit dem Dekan«, sagte er.

Oh, oh.

»Brett hat uns verpetzt«, sagte ich rasch, als ob es irgendwie das entschärfen würde, was er mir nun sagen würde. »Es ist ihm egal, dass ich bereits mit ihm Schluss gemacht hatte. Ich hätte wissen müssen, dass er ein kleinlicher Arsch ist, aber glaub mir, ich hatte keine Ahnung, wie irre er sich aufführen könnte.«

»Ich bin froh, dass er nicht mehr in deinem Leben ist. Er ist gestört.« Roman zupfte am obersten Hemdknopf, bis er aufsprang. Der besorgte Tonfall brachte mich dazu, mich noch mieser zu fühlen. Er sorgte sich um mich, obwohl er sich um sich selbst sorgen sollte.

»Was hat der Fachbereichsvorsitzende gesagt?«, fragte ich leise.

»Er hat mich daran erinnert, dass die Olympic State eine ethische Verpflichtung hat sicherzustellen, dass die Studenten eine herausragende Erziehung erhalten, und dass eine sexuelle Beziehung zu einer Studentin diese Verantwortung unterminiert.«

»Eine sexuelle Beziehung?« Das auch nur zu wiederholen ließ mich zusammenzucken. Wir konnten behaupten, dass es nicht so weit gegangen war, was die Reaktion vielleicht gemildert hätte, aber nur, wenn Roman es geleugnet hätte. Und wenn Roman gelogen hatte, könnte das seine Karriere retten. Aber wollte ich eine Beziehung führen, wegen der

ich lügen musste? Es war eine Sache gewesen, es geheim zu halten. Das hier war etwas ganz anderes.

»Die Beschreibung ist treffend genug«, sagte er.

Der Kommentar des Fachbereichsvorsitzenden traf mich, doch Romans Bemerkung war ein Schlag ins Gesicht. Ich schluckte gegen die aufsteigenden Tränen an. »Ich schätze, ich hatte geglaubt, dass wir mehr als eine sexuelle Beziehung hätten.«

»Es schien nicht der rechte Zeitpunkt zu sein, ihn zu korrigieren.« Er presste die Lippen aufeinander. Sein Blick blieb fest auf die Wand über meiner Schulter geheftet.

»Du hast das *eine treffende Beschreibung* genannt.« Meine Worte troffen vor Gift, und wenn ich ehrlich war, hoffte ich, dass es ihm genauso wehtat wie mir sein achtloser Kommentar. Wie konnte er das, was wir gehabt hatten, auf etwas reduzieren, das sich so vulgär anhörte? Am liebsten hätte ich mich übergeben.

»Es tut mir leid, Jess«, sagte er, »aber hier geht es für mich um mehr als nur um einen Job. Falls man mich als Anwärter auf den Doktortitel entlässt, werde ich an anderen Unis nicht verbergen können, woran es lag. Dann bin ich vollkommen geliefert. Dann wären vier Jahre Studium umsonst.«

»Was braucht es, um deinen Namen wieder reinzuwaschen?«, fragte ich ihn. Das Loch in meinem Magen wuchs, während ich ihn ansah und mich hilflos und ungewollt fühlte.

»Ich weiß es nicht«, sagte er leise. Er massierte sich den Nasenrücken und ließ sich dann auf seinen Bürostuhl fallen. »Wenn du keine Studentin wärst …«

Ich schluckte schwer bei seinen Worten. Wir konnten nur verhindern, dass sein Ruf zunichtegemacht wurde, indem einer von uns die Olympic State verließ. Bedachte man, dass er bereits unter Verdacht stand, wusste ich, dass es ihn verdächtig wirken lassen würde, wenn er derjenige war, der ging. »Ich wechsle«, sagte ich. »Die Universität von Washington ist nur eine Stunde entfernt, und ich bin mir sicher, dass sie mich nehmen.«

»Auf gar keinen Fall. Du wirst auf keinen Fall all das aufgegeben, wofür du gearbeitet hast, weil ich die Hose nicht zulassen konnte.«

»Was soll das?« Ich konnte meine Wut nicht länger im Zaum halten. »Wenn du solche Sachen sagst, fühle ich mich, als hättest du mich einfach nur ausgenutzt. Eilmeldung: Ich bin zweiundzwanzig. Ich habe einen Notendurchschnitt von 3.9, und ich werde meine verdammten Zulassungstests mit Bravour bestehen. Ich bin kein Kind, das du dazu überredet hast, mit dir zu schlafen. Du bist vier Jahre älter als ich.«

»Es tut mir leid.« Er streckte die Hand nach meiner aus, aber ich zog sie zurück.

Das Letzte, was ich jetzt wollte, war, dass er mich von oben herab behandelte.

»Als wir in Mexiko waren, hast du mich als Gleichberechtigte behandelt. Jetzt weiß ich nicht, was ich für dich bin.« Ich erstickte beinahe an den letzten Worten und war kaum noch in der Lage, die Tränen zurückzuhalten, die unaufhaltsam in meinem Hals aufstiegen.

»Für mich bist du gleichberechtigt, Jessica.« Er stand

auf und trat auf mich zu, aber ich machte einen Schritt rückwärts. Er gab nicht nach und kam weiter auf mich zu, bis ich mich an die Wand drücken musste. Er blickte auf mich hinab, und sein Mund schwebte über meinem. »Ich weiß, wie das für jeden anderen aussehen würde, wenn jetzt mein Fachbereichsleiter hereinkäme. Du kannst nicht abstreiten, dass andere so über uns denken. Es gab einen Grund, warum wir uns heimlich getroffen haben. Für deine Freunde ist das alles ein Witz, aber was würde deine Schwester sagen?«

»Ich bezweifle, dass es sie kümmern würde.« Ich wandte mein Gesicht ab, weil ich ihm nicht in die Augen sehen konnte. Ich hatte ihm noch nicht einmal etwas von dem Studentenausschuss für Ethik erzählt, und er gab uns bereits auf. Vielleicht hatte ich mir selbst etwas vorgelogen darüber, dass der Altersunterschied keine Rolle spielte. Für ihn spielte er ganz offensichtlich eine Rolle. »Wir hatten das hier ja schon in Mexiko beenden wollen. Vielleicht sollten wir es einfach sein lassen. Lügen. Ihnen sagen, dass nichts gewesen ist.«

»Nicht.« Er legte den Finger unter mein Kinn und hob es an, zwang mich dazu, den Schmerz in seinem Blick zu sehen. »Ja, wir haben das in Mexiko gesagt, aber die Dinge haben sich geändert.«

»Du hast recht«, sagte ich und schob mich unter seinem Arm hindurch. »Wir hätten das hier niemals anfangen sollen.«

Ich floh aus dem Zimmer, und ich schaffte es gerade so nach draußen, bevor die Tränen kamen. Cassie hatte recht – wir hatten in Mexiko eine Menge mieser Entscheidungen getroffen.

Die schlimmste, die ich getroffen hatte, war, mich zu verlieben.

Kapitel 24

Die Vorladung vors Jüngste Gericht traf am nächsten Tag ein. Unheilvoll thronte der Brief auf dem Tresen, als ich unsere Wohnung betrat. Jillian lag auf der Couch und gab vor, in ihr Psychologiebuch vertieft zu sein. Doch sie las nie im Leben wirklich. Nicht, nachdem sie den Umschlag mit dem Stempel des Studentenausschuss für Ethik gesehen hatte. Ich nahm ihn, aber meine Finger zitterten zu sehr, um ihn zu öffnen. Deshalb fächelte ich mir damit Luft zu und lehnte mich mit dem Rücken gegen den Tresen.

»Ich hab einen Brief vom SfE.« Ich zuckte mit den Schultern, als ob mein lässiger Auftritt die Spannung vertreiben könnte, die in der Luft lag.

»Ich hab's gesehen.« Jillian schloss das Buch mit einem Knall und warf mir ein schwaches Lächeln zu. »Wirst du wieder im Ausschuss sitzen?«

»Ich wünschte, es wäre so«, sagte ich tonlos, und das aufgesetzte Lächeln entglitt ihr. »Nö. Dieses Jahr brauchte ich eine Herausforderung. Vielleicht sollte ich eine Affäre mit einem Prof anfangen, hab ich mir gedacht, beinahe schwanger werden und dann vor den Ausschuss treten.«

»Interessanter Plan«, sagte sie matt. Sie wusste nicht, was sie sagen sollte, und das konnte ich ihr nicht verübeln. Dank der Erziehung ihrer Mutter fiel es ihr oft schwer, jemanden zu trösten, auch wenn sie sich bemühte. Doch was sollte sie schon sagen?

»Und es hat funktioniert!«, fuhr ich mit gespielter Begeisterung fort und wedelte mit dem Brief in der Luft herum.

»Vielleicht solltest du ihn öffnen.«

Das war das Letzte, was ich wollte, aber jetzt, da der Beweis für Romans und meinen Fehltritt vor mir lag, wuchs die Entrüstung in mir. Ich war wütend auf Brett, der gepetzt hatte, als wären wir noch in der Grundschule, und ich war wütend auf Cassie, die mich in Mexiko nicht davon abgehalten hatte, und ich war wütend auf meine beiden Freundinnen, weil sie nicht eingegriffen hatten, als ich ganz offensichtlich den Verstand verloren hatte – und ich war fuchsteufelswild wegen Roman, wegen dieser Achterbahnfahrt und weil er mich mittendrin hatte sitzen lassen. Aber vor allem war ich auf mich selbst wütend, weil ich so dumm gewesen war. Ich hatte zugelassen, dass Roman mich von der Uni und meiner Karriere ablenkte. Ich war nach Mexiko geflogen und hatte ganz genau gewusst, was ich wollte. Ich war mir so sicher gewesen, als ich Bretts Antrag abgelehnt hatte und davongelaufen war, um mich wieder auf mein Leben zu konzentrieren. Wie war ich nur hier gelandet? Die Antwort war: Dummheit – weil ich auf meine Hormone gehört hatte, statt auf meinen Kopf. Von meiner Wut aufrecht gehalten, riss ich den Umschlag auf und überflog den Brief.

»Was steht drin?«, fragte sie.

»Bla. Bla. Bla. Eine moralische Beschwerde wurde gegen Sie erhoben«, sagte ich, dann fügte ich hinzu, »von Ihrem arschgesichtigen Exfreund. Eine Anhörung wurde anberaumt, um festzustellen, ob eine Disziplinarmaßnahme verhängt werden sollte. Infolge der Ernsthaftigkeit der Behauptung« – ich verdrehte die Augen – »wird der Ausschuss auch über Ihr Verbleiben an der Olympic State University entscheiden.«

»Was bedeutet das?«

»Das bedeutet«, ich sah zu ihr auf, »dass sie mich rauswerfen wollen.«

Jillian sprang auf und ließ ihr Lehrbuch fallen, das sowieso nur Tarnung gewesen war. »Das können sie nicht tun!«

»Ich bin mir ziemlich sicher, dass sie das können.« Aus irgendeinem Grund hatte der Brief mich beruhigt, und er hatte bewirkt, dass die vernünftige Jess das Ruder übernahm. Ich hatte einigen Fällen beigewohnt, bei denen es um einen Ausschluss gegangen war. Selbst wenn er in Erwägung gezogen wurde, war es kaum jemals so weit gekommen. Tatsächlich wurde Ausschluss nur bei Sachen wie gewalttätigen Auseinandersetzungen unter Zimmergenossen empfohlen. Bisher hatten wir jedoch auch noch nie den Fall einer Beziehung zwischen Fakultätsangehörigem und Studentin verhandelt. Das war neues Terrain.

»Du musst Lil anrufen«, sagte sie.

»Ich rufe meine Schwester nicht an.«

»Sie ist Anwältin.«

»Man bringt keinen Anwalt zu einer Anhörung vor dem SfE mit«, sagte ich müde.

»Ist das gegen die Regeln?«, fragte sie.

»Verdammt noch mal, Jills, das ist keine Folge von *Law & Order*. Das ist nicht mal eine Folge von *Jugde Judy*.« Wegen dieser Sache würde ich Lil auf gar keinen Fall anrufen. Je mehr ich darüber nachdachte, desto sicherer war ich, dass der Ausschuss wohl eine Disziplinarmaßnahme oder eine Geldstrafe wegen unethischen Verhaltens verhängen würde, aber sie würden mich nicht rauswerfen, besonders nicht, wenn Roman nicht gefeuert worden war.

»Dann begleite ich dich.« Sie griff nach dem Papier, aber ich zog den Brief zurück, sodass sie das Datum der Anhörung nicht sehen konnte. Sie und Cassie hatten viel zu lange meiner Demütigung beigewohnt. Ich hatte mich selbst in diese missliche Lage gebracht, und ich würde mich den Konsequenzen stellen.

»Mir geht's gut. Ich habe immer noch Freunde im Ausschuss. Ich wette, sie tun das mit einem Lachen ab.« Das war eine Lüge. Der Großteil des Ausschusses wechselte jährlich, um sicherzustellen, dass niemandem die Macht zu Kopf stieg, wie der Studienberater uns erklärt hatte. In dieser Sache war ich auf mich gestellt.

»Okay.« Sie sank wieder auf die Couch, aber ihre Augen verengten sich ein wenig. Sie glaubte mir nicht.

»Ich muss vor der Lerngruppe noch duschen«, sagte ich und flüchtete mich in mein Zimmer. Heute Abend hatte ich keine Lerngruppe. Ich wollte nur allein sein, um das alles zu verarbeiten.

Als ich später wieder herauskam, sah ich, dass Jillian weg war und eine Nachricht auf dem Tresen lag.

Treffen um 9 im Garretts. Verbindlicher Mädelsabend. Keine Fragen. Keine Entschuldigungen.

Ein Teil von mir wollte den Zettel zerreißen oder ihn auf dem Tresen liegen lassen und so tun, als hätte ich ihn nicht gesehen, aber ein Mädelsabend war zu verlockend. Von einer Menge völlig lächerlicher Regeln, die wir im ersten Jahr etabliert hatten, war eine derjenigen, die sich gehalten hatten, die des *Mädelsabends ohne Fragen*. Wir hatten eine Menge weniger geistreiche Regeln wieder fallen gelassen – sogar die Angeltradition hatte Jillian irgendwann abgeschafft –, aber wir hatten den Mädelsabend beibehalten. Es war egal, was in unseren Leben vor sich ging, diese Abende waren dafür da, zusammen zu sein und Quatsch zu machen. Es war genau das, was ich brauchte, weil ich ansonsten in meinem Zimmer herumsitzen und mich wegen meiner Zukunft verrückt machen würde. Ich musste nur eine imaginäre Lerngruppe absagen und irgendwie die nächsten drei Stunden rumbringen.

Im Garretts herrschte die übliche Mitte-der-Woche-Flaute. Eine Handvoll Jungs nahmen einen Drink an der Bar, aber selbst die Meute, die zum Abendessen da gewesen war, war schon wieder weg. Ohne Zweifel hatte Cassie Frank wieder dazu überredet, uns die Karaokemaschine benutzen zu lassen, die eigentlich nur fürs Wochenende gedacht war. Das wäre nicht das erste Mal. Vorher würde ich allerdings mehrere Drinks brauchen.

Mein Blick suchte die Bar ab, aber die beiden waren noch nicht da. Das sah ihnen ähnlich, einen verbindlichen Mädelsabend anzusetzen und dann zu spät zu kommen. Ich ließ mich also auf einen Barhocker sinken, um zu warten, doch da schwang die Tür auf, und Lillian kam rein.

Ich tippte eine wütende Nachricht an Jillian, bevor meine Schwester mich auch nur entdeckte. Das war ein Vertrauensbruch, der nach der Todesstrafe oder so verlangte, also war es sehr gut, dass sie nicht selbst auftauchte.

Lil erblickte mich und winkte. Unter ihren Augen waren Ringe, und als sie näher kam, fielen mir die Knitterfalten in ihrem Anzug auf. Jillian hatte meine Schwester hier reingezogen, und Lil war allem Anschein nach schwer beschäftigt gewesen.

»Lange gearbeitet?«, fragte ich. Die Frage klang so matt, wie ich mich fühlte. Meine große Schwester war angerufen worden, um mich zu retten. Konnte das alles noch demütigender werden?

»Bin letzte Nacht im Büro geblieben. Großer Fall steht bevor.«

Schuld trat an Stelle der Wut, als ich sah, wie fertig sie aussah. Lil arbeitete bereits rund um die Uhr, und jetzt hatte sie auch noch bis nach Olympic Falls fahren müssen. Ich verhunzte nicht nur einfach mein Leben. Ich brachte auch ihres durcheinander.

»Jillian hat dich angerufen«, riet ich und ging mit ihr zu einem Tisch.

»Nein«, sagte sie. »Du hast mir eine Nachricht geschickt, dass du einen Notfall hast.«

»Das ist ja lustig, dass ich mich daran nicht mehr erinnere.« Ich biss die Zähne zusammen, und machte mir im Geiste eine Notiz, dass ich mir sofort eine wasserdichte Hülle für mein Telefon zulegen musste. Von jetzt an würde ich es sogar mit unter die Dusche nehmen müssen.

»Du sagtest, du bräuchtest meine Hilfe in einem Rechtsfall«, sagte Lil. »Was ist los, Jess?«

Ich dachte darüber nach, ihr etwas wegen eines nicht existenten Strafzettels wegen Geschwindigkeitsübertretung vorzulügen, aber Lil wusste, dass mein Punktekonto so blütenweiß war wie Schneewittchens Kleid. Außerdem hatte ich keinen Strafzettel zum Vorzeigen. Ich suchte immer noch nach einer Ausrede, als sie die Hand ausstreckte und meine nahm.

»Ich liebe dich, Kleines. Egal, was ist. Ich weiß, dass Jillian mir die Nachricht geschickt hat, aber ich hoffe, dass du mir trotzdem erzählst, was los ist.«

Angesichts von so viel Mitgefühl brach ich zusammen, die Vernunft, die mich gerade noch so aufrecht hielt, setzte aus, und die Geschichte sprudelte aus mir hervor. Alles. Lil schaffte es, uns Drinks zu bestellen, ohne mich zu unterbrechen. Sie nickte an den richtigen Stellen, und als ich zu dem Teil mit der vermeintlichen Schwangerschaft kam, spannte sich ihr Kiefer an, aber sie sagte nichts. Sie musste auch nichts sagen. Meine Darstellung der Ereignisse enthielt bereits ausreichend Selbstgeißelung.

»Zuerst einmal bist du nicht dumm, und du bist keine

Idiotin«, sagte sie, als ich fertig war. Sie holte tief Luft. »Wie alt ist dieser Professor?«

»Sechsundzwanzig! Er ist nicht mal Professor. Er hat letzte Woche seine Promotion abgeschlossen.« Meine Stimme brach, als ich mich an den Plan erinnerte, ihn in seiner Robe zu vögeln. Ich hatte vorgehabt, zu seinem Abschluss zu gehen. Das hatte ich mit ihm gemeinsam erleben wollen. Wie hatte das alles so schnell verloren gehen können?

»Also geht es hier vor allem um schlechtes Timing und nicht um Machtmissbrauch.« Sie legte sich bereits die Verteidigung zurecht. Ich sah es an ihrem Blick.

»Du musst nichts für mich tun.«

»Von wegen«, sagte sie. »Ich werde bei der Anhörung vor dem SfE dabei sein. Er mag ja Tutor sein, aber wenn er Doktorand war, dann ist das ganz eindeutig eine Beziehung zwischen zwei Studenten. Du warst nicht in seinem Kurs, richtig?«

Ich schluckte schwer und schüttelte den Kopf. »Nicht in diesem Semester.«

»Und du hast nicht mit ihm geschlafen, während du in seinem Kurs warst, richtig?«

»Genau.« Beinahe wartete ich auf das grelle Licht, dass mir bei einer solchen Befragung ins Gesicht scheinen müsste. Jillian witzelte immer, ich könnte von jetzt auf gleich in Arztmodus umschalten. Meine Schwester hatte einen Anwaltsmodus, ganz klar. Aber ihr Argument, dass Roman und ich eine reine Studentenbeziehung geführt hatten, beruhigte mich. Sie hatte völlig recht. Ich hatte das gewusst, bis Brett angefangen hatte, mich zu verwirren. Als ich jetzt hörte, wie meine unglaublich kluge Schwester das aussprach, kam es endlich bei mir an.

»Wäre das ein echter Fall, würde ich ihn nicht mal vor Gericht kommen lassen. Da würde ich dafür sorgen, dass die Anklage abgewiesen würde, bevor die Tinte unter diesem Brief getrocknet wäre.« Lil nahm einen Schluck Bier und verzog das Gesicht. »Es geht doch nichts über das gute alte Ethiksystem der Uni.«

»Warst du nicht in Yale im Ethikausschuss?«

»Sicher.« Sie zuckte mit den Schultern, als hätte ich gefragt, ob sie mal eine Hausarbeit geschrieben hätte. »Das machte man bei der juristischen Fakultät so. War sozusagen eine Voraussetzung, aber damals hielt ich das für dämlich. Das echte Gerichtssystem gibt es aus gutem Grund.« Lil so wütend zu sehen brachte mich zum Grinsen, aber sie deutete mit dem Finger auf mich. »Du magst ja vielleicht nichts Unrechtes getan haben, Kleines, aber das heißt nicht, dass du klug gehandelt hast.«

Jetzt hätte ich mich am liebsten unter dem Tisch verkrochen.

»Was meintest du mit: ›Ich dachte, ich wäre schwanger?‹«, hakte sie nun leider doch nach.

Gerade jetzt erschien mir die Fähigkeit, unsichtbar zu werden, wie die beste Superkraft der Welt. Unglücklicherweise verfügte ich nicht darüber, deshalb musste ich ihr die Frage beantworten. »Meine Periode war spät. Ich hatte Sex gehabt, deshalb hatte ich es angenommen.«

»Hast du einen Test gemacht?«

»Nö, ich bin angehende Medizinstudentin, aber die Idee ist mir gar nicht gekommen. Ich hatte vor, mal abzuwarten, ob irgendwann ein Baby aus mir rausplumpst.« Diesen Satz hatte ich von Jillian geklaut. Aber Lillian erlaubte mir nicht, mich hinter Sarkasmus zu verstecken. Wir wussten beide, dass dieser Fehltritt nicht so leicht zu beheben gewesen wäre.

»Halt mal den Ball flach«, sagte sie. »Dich auf eine Beziehung mit einem Doktoranden einzulassen rechtfertigt vielleicht nicht, dich rauszuschmeißen, aber wie willst du die Schule schaffen, wenn du dich schwängern lässt?«

»Das hätten wir irgendwie hingekriegt.« Trotz allem, was geschehen war, wusste ich immerhin das. Es wäre nicht leicht gewesen, aber es wäre auch nicht die Apokalypse geworden. Irgendwie war die Aussicht auf ein Baby weniger erschreckend als der Rauswurf. Und ich wusste nicht, was ich mit dieser Erkenntnis anfangen sollte.

»Wir, mh? Und dieser Roman wäre bei dir geblieben?«

»Ja.«

»Ich bin froh, dass du dir dessen so sicher bist. Ich habe viele Ehen gesehen, die nach einer ungewollten Schwangerschaft endeten, von Beziehungen ganz zu schweigen.« Sie musterte mich über den Rand ihres Bierglases. Ein Teil ihres Jobs bestand darin zu merken, wenn jemand log.

»Da ist noch etwas, das du wissen solltest«, sagte ich und raffte meinen Mut zusammen. Ich setzte mich aufrechter hin und begegnete dem Blick meiner Schwester. »Ich empfinde wirklich etwas für ihn. Im Moment ist alles verkorkst.

Vielleicht wird das auch niemals mehr was zwischen uns, aber das war nicht nur eine kleine Affäre.«

»Das dachte ich mir«, sagte sie.

Ich starrte sie an und wusste nicht, was ich sagen sollte.

»Du hast einen hellen Kopf auf den Schultern, Kleines. Ich vertraue deinen Entscheidungen, nur zum Thema Verhütung brauchst du eine Standpauke. Du bist nicht der Typ, der einfach mal mit irgendeinem Kerl ins Bett steigt.«

»Wir sind weniger gestiegen, als gefallen«, sagte ich schwach.

»Und ich wette, du hattest einen verdammt guten Grund dafür.«

Ich dachte daran, wie Roman Cassie vor dem wütenden Bodegabesitzer gerettet hatte und wie er den Dieb am Flughafen gejagt hatte. Diese Erinnerungen machten ihn zum Helden, aber andere Augenblicke blitzten ebenfalls in meinem Kopf auf. Roman, der sich letzten Herbst darauf eingelassen hatte, Jillian eine zweite Chance zu geben und ihr so zu ihrem Abschluss verhalf, und wie er mir beibrachte zu schwimmen. Ich dachte an Jalapeños und Abas Abendessen. Ich war mir nicht sicher, wann ich mich in Roman verliebt hatte, weil die Liebe jeden dieser Momente durchdrang, die ich mit Roman erlebt hatte. In diesem Moment begriff ich, dass ich nichts davon ändern wollte. Nicht, um mich selbst zu schützen.

»Ich nehme an, ihr beide seid gerade nicht zusammen«, fragte sie vorsichtig.

Mein Mund wurde trocken. Ich konnte nur den Kopf schütteln. Sie drängte mich nicht, darüber zu reden. Stattdessen bestellte sie eine neue Runde, und wir saßen schweigend da, bis der Schmerz in meinem Herzen wieder in den Hintergrund gerückt war.

»Ich muss zurück nach Seattle. Früher Termin bei Gericht.« Sie wühlte in ihrer Tasche herum und zog ihr Portemonnaie hervor. »Aber nächsten Mittwoch bin ich da.«

»Ich kann nicht glauben, dass sie den Termin auf die Woche mit den Abschlussprüfungen gelegt haben.« Bis dahin wäre ich fast fertig. Es wäre zu grausam, wenn sie mich rauswarfen, bevor ich all meine Prüfungen abgelegt hatte.

»Du wirst nicht rausgeworfen«, sagte sie, als ob sie meine Gedanken lesen könnte.

An der Tür fiel mir noch eine weitere Frage für sie ein. »Woher wusstest du, dass Jills die Nachricht geschickt hat?«

»Da waren zwei Emojis drin«, sagte sie sofort. »Keine Stone hat Zeit für ein Emoji in einer Textnachricht.«

Kapitel 25

Cassie kleidete mich blau für meine Anhörung, weil sie gelesen hatte, dass Menschen auf Blau mit Mitgefühl reagierten. Ich fragte mich, ob sie diese Weisheit aus der gleichen Quelle hatte, die Jillian einmal den Einfall bescherte, dass man einen Test betrunken mit Bestnote abschloss, wenn man schon betrunken dafür lernte. Es klang ungefähr genauso logisch, und das sagte ich Cassie auch.

»Das war eine seriöse psychologische Studie«, sagte sie und streckte mir die Zunge raus, während sie sich an meinen Haaren zu schaffen machte.

Jillian streckte den Kopf ins Bad, und ich zuckte zusammen. Sie war die vergangene Woche wie ein Geist durch unsere Wohnung gehuscht, um mir aus dem Weg zu gehen. Im Spiegel sah ich, wie sie die Miene verzog, bevor sie wieder verschwand. Meine Wut war beinahe verflogen, aber ich rief sie trotzdem nicht zurück.

»Du kannst sie nicht auf ewig mit Schweigen strafen«, flüsterte Cassie, während sie ein paar Ohrringe hochhielt.

»Ich schweige nicht.«

»Du redest aber auch nicht mit ihr«, sagte Cassie. Hin und wieder schaffte sie es, den Tonfall meiner Schwester nachzuahmen, um mir mitzuteilen, dass ich keinen Blödsinn reden sollte. Das hier war so ein Fall.

»Sie könnte sagen, dass es ihr leidtut.«

»Hast du dich dafür entschuldigt, dass du Tara angerufen hast, als sie ins Krankenhaus musste?«

»Das tut mir nicht leid. Sie war im Krankenhaus. Das war eine völlig andere Situation. Jillians Gesundheit hing davon ab. Das war ihr zweiter Anfall innerhalb kurzer Zeit gewesen, und sie hatte sich weiteren Tests unterziehen müssen.«

»Sieh mal, du kannst das vor dir selbst rechtfertigen, indem du deine Listen machst, aber denk mal daran, wie wir uns fühlen.« Cassie legte eine Hand auf ihr Herz. Ich lachte beinahe über die dramatische Geste, aber ihr Blick ließ mich verstummen. »Man könnte dich rauswerfen, und du bist bei Weitem die Verantwortungsbewussteste von uns dreien. Wir brauchen dich hier.«

Bei dieser Bemerkung entfuhr mir ein Schnauben. »Die Verantwortungsbewussteste? Ich habe Glück, wenn ich zwei meiner Kurse mit einem B+ bestehe, ich lerne weniger als je zuvor, und ich muss vor den Ethikausschuss.«

»Ernsthaft, hör endlich mit den verdammten Listen auf«, blaffte Cassie da.

»So funktioniert mein Gehirn aber nun mal.« In meiner Stimme klang sowohl Entschuldigung als auch Verärgerung mit. Manchmal fühlte es sich an, als würden sogar Cassie und Jillian mich nicht verstehen. Nur ein Mensch hatte je verstanden, warum ich Informationen auf diese Weise verarbeitete. Mein Magen schlug einen Salto, und ich zwang mich zu lächeln. Wenn ich nicht aufpasste, würde ich in Tränen ausbrechen, was sicher den Mascara ruinieren würde, den Cassie so sorgfältig aufgetragen hatte.

»Wie sieht das Make-up aus?«, fragte ich, um endlich das Thema zu wechseln.

»Du siehst weder krank aus noch wie eine Prostituierte, das würde ich als Sieg verbuchen«, sagte Cassie.

Es war typisch Cassie, einen so farbenfrohen Vergleich anzustellen. Sie legte mir die Hände auf die Schultern und schob mich ins Wohnzimmer. Jillian sprang von der Couch hoch und sah sich nach einem Fluchtweg um, den Cassie ihr aber verstellte.

»Halt«, sagte sie. »Ihr zwei redet jetzt.« Cassie stemmte die Hände in die Hüften und nahm im Türrahmen so viel Platz ein, wie sie nur konnte. Ihre Größe hätte ihr nie einen Job als Türsteher verschafft, aber ihre Haltung sehr wohl.

»Sieh mal, Jill …«

»Es tut mir leid«, unterbrach sie mich sofort. »Ich wusste, dass es richtig fies war, deine Schwester anzurufen, aber ich konnte nicht zulassen, dass du rausgeworfen wirst. Ich brauche dich im nächsten Jahr mehr denn je.« In ihrem Blick stand echtes Bedauern, aber das war von Angst durchsetzt »Du bist mein Fels«, fuhr sie fort und fing an zu weinen.

Da begriff ich, dass Liams Visum nicht verlängert worden war. In der letzten Woche war ich so in meinem eigenen Elend gefangen gewesen, dass ich vergessen hatte, sie danach zu fragen, und sogar jetzt kämpfte Jillian darum, es nicht zu erwähnen. Ich stürzte zu ihr und schlang die Arme um sie, und nun weinten wir beide. Als ich aufsah, merkte ich, dass Cassie ihr Bestes gab, unbewegt auszusehen. »Verdammt, dein Mascara. Jetzt siehst du doch wie eine Prostituierte aus.«

Nachdem wir meine Pandaaugen in Ordnung gebracht hatten, gingen wir untergehakt zum Gebäude der Studentenverbindung. Ich versuchte, ihnen auszureden, mich zu begleiten. Immerhin könnte das hier ziemlich hässlich werden, besonders falls Brett auftauchte, aber sie wollten nicht von meiner Seite weichen. Insgeheim war ich froh, weil ich spürte, dass es uns immer noch nur zusammen gab.

Die Studentenverbindung war in einem Gebäude aus Backstein und Glas untergebracht, und es hatte nie einschüchternd auf mich gewirkt. Es war nicht besonders schnörkelig und bei Weitem nicht das größte auf dem Campus. Heute jedoch ragte es vor mir auf wie das Schloss des Bösewichts in einem Märchen. Studenten eilten durch den Haupteingang hinein und hinaus, etliche standen auf den Stufen herum, und niemand schien das Mädchen wahrzunehmen, das den Weg zum Schafott zurücklegte.

Liam begegnete uns an der Tür und öffnete sie so weit, dass wir gemeinsam hindurchgehen konnten.

»Du hättest nicht kommen brauchen«, sagte ich, als er die Hand ausstreckte und mich ungeschickt umarmte. Ungeschickt deshalb, weil weder Cassie noch Jillian mich dafür losließen.

»Von wegen«, sagte er. »Familie, oder?«

Sein Blick huschte zu Jillian, die nickte, aber ich sah, wie ihr Kiefer zuckte. Sie würde gleich wieder die Fassung verlieren, was man ihr nicht verübeln konnte. Sie hatte es geschafft, einen Guten zu finden, und das Auswärtige Amt nahm ihn ihr weg.

»Sollen wir diesen Idioten mal zeigen, wo sie sich das hinschieben können?«, unterbrach Cassie uns und durchbrach so die Spannung.

Sie holte tief Luft, und ich ließ mich von ihnen in die Eingeweide des Verbindungsgebäudes führen, in dem der Studentenausschuss für Ethik zusammenkam. Sie nannten es ihren Gerichtssaal, aber es war eher ein glorifizierter Versammlungsraum. Immerhin hatte die Uni ihnen eine schick gravierte Plakette spendiert, die an der Tür befestigt war.

Der Ausschuss war bereits da, aber ich musste draußen warten, bis ich für meine Anhörung hereingerufen wurde. Soweit ich nach den beinahe leeren Stühlen im Wartebereich sagen konnte, hatten sie für diesen Tag einen ziemlich luftigen Terminplan.

»Miss Stone?«, zwitscherte ein junges Mädchen von der Tür her.

Ich stand auf und gab mein Bestes, sie nicht böse anzustarren. Das akademische Jahr war beinahe zu Ende, und sie sah nicht ermattet aus, also musste sie eine der neu Gewählten sein. Von Schlägereien, Diebstahl und praktisch jedem verkorksten Quatsch zu hören, den Mitstudenten so veranstalteten, zog einen ziemlich herunter. Als ich mit meiner Zeit hier durch gewesen war, war ich über den Punkt im Lebenslauf dankbar, aber das war es auch gewesen. Ich hatte mich für die Stelle nur beworben, weil ich kurz darüber nachgedacht hatte, an die juristische Fakultät zu gehen, doch ich brauchte keinen Monat im Ausschuss, um zu erkennen, dass ich für einen echten Gerichtssaal nicht geschaffen war. Ich fragte mich, wie sie sich in einem Jahr fühlen würde.

Jillian und Cassie standen auf, um mit mir zu kommen, aber das neue Mädchen schüttelte den Kopf. »Wegen der sensiblen Natur dieser Angelegenheit sind drinnen nur die Parteien und ihre Repräsentanten gestattet.«

Jetzt hätte ich ihr gern den dürren Hals umgedreht, aber ich presste die Lippen aufeinander. Dann gab ich meinen beiden Freundinnen rasch je einen Kuss auf die Wange, drehte mich auf dem Absatz um und folgte dem Mädchen nach drinnen. Lillian schob sich an der Gruppe meiner Anhänger vorbei.

»Ich bin ihre Repräsentantin«, verkündete sie. Sie nahm mich am Ellbogen und steuerte mich an dem Frischling vorbei, die sie anstarrte, als wäre sie ein Rockstar. Das SfE war voller Möchtegern-Anwälte, und obwohl es erlaubt war, dass Studenten ihre eigenen Repräsentanten mitbrachten, tat das niemals jemand. So wie die Augen des Mädchens aufleuchteten, erkannte ich, dass sie sich darauf freute, eine Expertin in Aktion zu erleben. Hoffentlich würde Lillian auch den Rest des Ausschusses so beeindrucken.

Der Vorstand saß an einem langen Tisch und tat sein Bestes, um klug und kompetent rüberzukommen.

»Miss Stone«, sagte das Mädchen, das in der Mitte des Tischs saß, und ich erkannte mit Entsetzen, dass es Lauren Buckley war, eine der Studentinnen, die ich damals ausgebildet hatte. Lauren hatte ihr Training sehr ernst genommen – zu ernst, wenn man die meisten anderen von uns fragte –, und jetzt verhandelte sie meinen Fall.

Das würde nicht gut gehen.

Brett starrte mich vom anderen Podium aus an, aber ich bemühte mich nach Kräften, ihn zu ignorieren, damit mein Kopf nicht vor Wut explodierte. Ich konnte nicht glauben, dass er tatsächlich gekommen war. Es könnte sich jedoch positiv für mich auswirken, wenn die Leute begriffen, dass dies hier ein Fall von zu hoch hängenden Weintrauben war.

»Sind alle anwesend? Die Beschuldigte?«, fragte sie den Jungen zu ihrer Rechten, von dem ich wusste, dass er Brad hieß.

»Die *Beschuldigte* und ihre Repräsentantin scheinen anwesend zu sein«, antwortete er trocken. Ich sah das leichte Zucken seiner Unterlippe. Er nahm das hier nicht annähernd so ernst wie Lauren. Den meisten ging um diese Zeit des Jahres die Puste aus.

»Sind beide Parteien anwesend?«, fragte sie.

»Das sind sie.« Der Junge sah zur Seite des Sitzungsraums.

Beide? Ich hoffte, dass sie über Brett redeten, aber ich wusste es besser. Er war kein Beschuldigter. Er hatte die Beschwerde eingereicht. Doch ich sollte die Einzige sein, die hier vor Gericht stand. Es sei denn … So sehr ich auch versuchte, nicht hinzusehen, drehte ich doch gegen meinen Willen den Kopf und fand meinen schlimmsten Albtraum bestätigt. Roman saß in der Ecke. Sein Blick war auf mich gerichtet, aber er zuckte nicht mit der Wimper. Er lächelte nicht einmal. Wäre ein winziges Zeichen des Erkennens ein Eingeständnis der Schuld, oder verabscheute er es, in das Drama seiner Freundin hineingezogen zu werden?

»Warum ist er hier?«, rutschte es mir heraus. Lillians Finger gruben sich in meinen Unterarm, damit ich die Klappe hielt. Aber ich musste wissen, warum er gekommen war. Er war kein Student, und Roman hatte mir selbst gesagt, dass er bereits vom Fachbereich für Kommunikation gerügt worden war.

»Er ist hier, um die Aussage als Zeuge zu bestätigen, die wir von Mr. …«

»Er ist hier, um für Brett auszusagen?« Die Frage kam über meine Lippen, und die Fingernägel meiner Schwester gruben sich tiefer in meinen Arm. Ich war mir ziemlich sicher, dass sie mir die Hand auf den Mund gedrückt hätte, wenn sie geglaubt hätte, dass ich dann endlich die Klappe hielt.

»Was meine Klientin sagen möchte«, warf sie jetzt ein, »ist, dass wir nicht darüber informiert wurden, dass Zeugen vonnöten sein würden.«

»Ja, ich habe Zeugen, die ich aufrufen könnte«, sagte ich. Mir gefiel es gar nicht, zahlenmäßig unterlegen zu sein – oder verraten zu werden.

Dieses Mal trat mir Lillian auf den Fuß, was mich laut aufkeuchen ließ, und es hoben sich mehr als nur ein paar

Augenbrauen. Endlich begriff ich, dass es eine ganz dumme Idee wäre, Cassie oder Jillian darum zu bitten, über meine Beziehung zu Roman auszusagen. Jillian würde nicht wissen, was sie sagen sollte, und Cassie würde vermutlich wegen Verletzung der Moral vor den Ausschuss zitiert, weil sie das f-Wort ausstieß.

»Das wird wohl nicht nötig sein«, sagte Lauren. »Wenn Sie so weit sind, können wir beginnen.«

Wir standen vor dem Ausschuss, weil für uns keine Stühle oder Tische vorgesehen waren. Da die meisten Fälle in weniger als zehn Minuten entschieden wurden, hielt man das nicht für notwendig. Es machte mich jedoch nervös, so vor ihnen zu stehen. Ich fühlte mich, als würde ich wegen eines Verbrechens verurteilt, ohne mich angemessen verteidigen zu können. Ich wollte mich setzen, sodass ich das nervöse Zucken meines Fußes verbergen konnte. Es half auch nicht, dass ich Romans Blick spürte, der sich in meinen Rücken bohrte. Seine Anwesenheit ließ mich schuldig wirken. Da war ich mir sicher. Ich versuchte, mich an Lillians Argument zu erinnern. Wir waren beide Studenten. Wir hatten nichts falsch gemacht, aber es war schwer, das im Kopf zu behalten, während mich eine Jury anstarrte.

»Miss Stone, Sie sind hier, weil ein Mitstudent die Beschwerde eingereicht hat, dass sie sich auf unangemessene Weise mit einem Mitglied der Fakultät eingelassen haben.« Lauren hielt inne, als ob ich meine Schuld eingestehen und mich ihrer Gnade ausliefern sollte. Was ich nicht tat.

»Meine Klientin hat sich nicht auf eine Beziehung mit einem Fakultätsmitglied eingelassen.« Es fühlte sich seltsam an, dass meine Schwester mich ihre Klientin nannte. Dieser Begriff klang kriminell, und irgendwie wurde es noch schlimmer dadurch, dass meine Schwester ihn aussprach.

»Hat sie nicht?«, fragte Lauren. Ein paar Mitglieder des Ausschusses richteten sich angesichts der Feindseligkeit, die in diesen Worten mitschwang, gerader auf. Dieses Mädchen hatte eine Zukunft in der Politik.

»Das hat sie nicht.« Wie Lillian das sagte, klang es herrlich herablassend. Niemand war ihr im Gerichtssaal gewachsen, und sie würde es einer besserwisserischen Zwanzigjährigen gewiss nicht leicht machen. »Mr. Markson ist aktuell kein Mitglied der Fakultät. Er ist ein Doktorand, der an seiner Promotion arbeitet. Ich nehme an, dass romantische Beziehungen zwischen zwei Studenten zulässig sind an der Olympic State. Ansonsten haben Sie vielleicht noch ein paar Studenten mehr auf Ihrem Plan heute.«

Mehr als ein paar nervöse Lacher erklangen im Ausschuss, aber Lauren verengte die Augen. »Meine Notizen sagen mir, dass Mr. Markson sein Doktoratsprogramm vor zwei Wochen abgeschlossen hat.«

»Ich nehme an, nächste Woche werden einige Studenten ihren Abschluss machen, die Beziehungen mit Studenten aus dem ersten oder zweiten Jahr führen. Werden Sie die auch alle hierher zitieren? Es scheint mir eine Verschwendung von Universitätsressourcen. Dennoch war Mr. Markson während der Zeit dieser Beziehung Student«, sagte Lillian. Das war ein wirklich offensichtliches Argument, und doch klang es mutig und selbstbewusst, wie meine Schwester das sagte – und vor allem wahr.

»Er war zwar Student, aber währenddessen unterrichtete er Kurse, und in einem von diesen war Ihre *Klientin*« – Lauren sagte das Wort voller Abscheu – »eingeschrieben.«

Darauf hatte Lillian sich vorbereitet. Das war das stärkste Argument, das sie gegen mich hatten. Ich hatte Romans Kurs besucht. So hatten wir uns kennengelernt. »Miss Stone pflegte während dieser Zeit keine romantische Beziehung mit ihm.«

»Brett Andrews ist sich da nicht sicher.« Lauren tippte auf den Ordner, der vor ihr lag.

»Das ist amüsant, bedenkt man, dass Miss Stone eine monogame Beziehung mit Mr. Andrews pflegte, während sie Mr. Marksons Kurs besuchte.«

»Brett hat die Beschwerde nur eingereicht, weil ich mich von ihm getrennt habe«, sagte ich. Lillian versteifte sich neben mir, aber dieses Mal fügte sie mir keine körperlichen Schmerzen zu.

»Hast du mit ihm wegen Mr. Markson Schluss gemacht?«, fragte Lauren und klang dabei, als ginge es ihr mehr um saftigen Klatsch und Tratsch als um Gerechtigkeit.

»Nein«, sagte ich. »Ich trennte mich von ihm, bevor etwas zwischen Roman, mh, Mr. Markson und mir, passierte.«

»Warum reicht er dann die Beschwerde ein?«, fragte Lauren. Die Frage war so hohl, wie ihr Kopf sein musste. Dann mal viel Glück bei dem Versuch, mit einer solch beeindruckenden Kombinationsgabe an die juristische Fakultät zugelassen zu werden, dachte ich.

»Offensichtlich«, antwortete Lillian für mich, vermutlich weil sie erkannte, dass ich diese Frage mit mehr Biss beantworten würde, als es für eine Anhörung angemessen war. »Führt Mr. Andrews eine Vendetta gegen meine Klientin. Ich bedaure es, Sie darüber informieren zu müssen, dass diese ganze Anhörung das Resultat seiner Eifersucht ist. Es gibt dafür keine Grundlage, außer seinem verletzten Stolz. Es scheint mir, man könnte gegen ihn eine Gegenklage wegen Belästigung anstrengen.«

Bei diesen Worten wurde Brett blass, aber Lauren winkte ab. »Es steht Ihnen frei, eine solche Beschwerde zu verfolgen. Jedoch *nach* dieser Anhörung.«

»Ich werde es in Erwägung ziehen.« Lillians Blick wanderte vom Ausschuss weg zu Brett. Er wusste, dass meine Schwester es ernst meinte, und klappte den Mund zu. Falls er klug war, würde er das hier fallen lassen und sich verstecken, bevor sie ihn fand und bluten ließ.

»Mr. Markson, möchten Sie irgendetwas hinzufügen?«, fragte Lauren.

Roman trat vor, und sein Blick huschte zu mir, bevor er sich dem Ausschuss stellte. »Mein Fachbereich wurde über die Situation informiert und hat kein Anzeichen eines ethischen Verstoßes gefunden. Es steht Ihnen frei, Dekan Howard wegen einer offiziellen Stellungnahme in dieser Angelegenheit zu kontaktieren.«

»Wir befassen uns nicht mit der Politik des Fachbereichs für Kommunikation«, sagte Lauren. Mir kam der Begriff *trunken vor Macht* in den Sinn.

Brad stützte sich auf den Tisch und schüttelte den Kopf.

»Es scheint mir, wenn der Dekan der Kommunikation diese Beziehung als koscher ansieht, dann ist sie es vermutlich auch.«

»Das ist eine Frage der Moral«, schnappte Lauren.

»Ja, und es wäre vielleicht ein echtes moralisches Dilemma, falls Mr. Markson fünfundsechzig wäre und seine Amtszeit missbraucht.« Brad wandte sich an Roman. »Wie alt sind Sie, Mann?«

Laurens Augen wirkten, als würden sie ihr gleich aus dem Kopf fallen, aber Roman lächelte nur. »Ich bin sechsundzwanzig.«

»Und du?«, fragte Brad mich.

»Zweiundzwanzig.«

»Ernsthaft?« Brad sah den Rest des Ausschusses an. »Warum sind wir überhaupt hier? Hätten sie sich vor vier Jahren kennengelernt, wären sie Erstsemester gewesen. Das hier klingt nach einer einvernehmlichen Beziehung zwischen zwei Erwachsenen.«

Köpfe nickten, man stimmte ihm zu. Ich hatte kaum Erinnerungen an diesen Brad. Er schien nicht besonders herausragend gewesen zu sein, aber gerade jetzt wollte ich ihn am liebsten küssen. Es war beruhigend zu wissen, dass jemand im Ausschuss immer noch einen Funken Verstand besaß.

»Ich schätze, dass Mr. Andrews' Beschwerde jeglicher Grundlage entbehrt«, sagte Lauren mit zusammengebissenen Zähnen. Sie hatte vermutlich darauf gehofft, dass ich öffentlich gehängt würde.

»Das ist mal ein Fall von Trauben, die zu hoch hängen«,

fügte Brad hinzu und warf Brett einen bösen Blick zu. »Wenn ihr eine Gegenklage …«

»Nein!« Ich hob die Hand. »Möchte ich nicht.«

Brett mochte es vielleicht verdienen, weil er ein Arsch gewesen war, aber für mich fühlte es sich an, als hätte ich eine Du-kommst-aus-dem-Gefängnis-frei-Karte bekommen. Bretts Beschwerde wurde nicht nur abgelehnt, ich war auch der Kugel ausgewichen, die direkt auf mein Herz gezielt hatte. Wäre ich nicht mit Cassie nach Mexiko gereist, wäre ich jetzt vielleicht mit Brett verlobt, und wer weiß, wann er mir endlich sein wahres Gesicht gezeigt hätte. Das hätte sogar nach unserer Hochzeit sein können, begriff ich. Bei dem Gedanken wurde mir schlecht. Doch obwohl ich dem entronnen war, war ich dennoch verletzt worden.

»Sie sind entlassen«, sagte Lauren. Sie hielt es nicht für nötig, von ihren Notizen aufzusehen, die sie in ihrem Ordner machte. Sie war viel zu beschäftigt damit, den Ausgang der Verhandlung zu notieren.

Lillian führte mich an Brett und Roman vorbei zur Tür. Brett starrte finster vor sich hin. In diesem Moment erkannte ich, dass er vielleicht sogar wirklich gewollt hatte, dass man mich der Uni verwies. Ich konnte mich nicht überwinden, in Romans Richtung zu sehen. Auch wenn das hier zu unseren Gunsten ausgegangen war, hatte unser letztes Gespräch mir das Herz gebrochen.

Vor der Tür warteten meine Freunde, und als wir hinaustraten, zwinkerte ich ihnen zu. Jillian schrie auf und warf sich mir an den Hals.

»Ich hätte nicht ohne dich leben können«, flüsterte sie

mir ins Ohr. Sie umarmte mich lange, und ich versuchte, Kraft daraus zu ziehen. Jetzt, da ich frei war, begriff ich, dass meine Beziehung zu Roman echt gewesen war. Sie war niemals unangemessen oder falsch gewesen, aber wir waren zu sehr damit beschäftigt gewesen, was andere darüber denken mochten, um das zu begreifen. Wir hatten erlaubt, dass dies unsere gemeinsame Zeit viel zu sehr belastet hatte.

Als Jillian mich endlich aus ihrem Klammergriff entließ, zog Liam sie wieder an sich und nickte jemandem zu, der hinter mir stand.

»Komm, wir geben ihnen einen Moment«, schlug Liam vor und zog Jillian weg. Sie protestierte, aber er hörte nicht auf sie.

»Wenn du möchtest, dass ich bleibe, ich bin hier«, bot Cassie an, aber ich schüttelte den Kopf. Ich schaffte es schon, allein mit meiner Schwester zu reden. Sie hatte mich hier herausgepaukt, und sie wusste alles. Das war kein Sieg, der ihr eine Partnerschaft in ihrer Anwaltskanzlei einbringen würde oder Ansehen, aber ich musste ihr unbedingt sagen, was es mir bedeutete.

»Danke«, sagte ich, drehte mich um und umarmte sie. Sie drückte mir die Schultern und lächelte mir aufmunternd zu.

»Du musst dich noch jemandem stellen«, flüsterte sie. Dann schloss sie sich meinen Freunden an, und ließ mich mit Roman allein.

Kapitel 26

Meine Freunde hatten mich verlassen. Ich dachte darüber nach wegzulaufen, aber das letzte Mal, als ich das versucht hatte, war ich in Mexiko gelandet. Ich musste hierbleiben und mich dem Problem stellen. Beziehungsweise ich musste mich Roman stellen, besonders, wenn ich jemals über ihn hinwegkommen wollte. Doch sobald ich mich zu ihm umdrehte, bereute ich meine Tapferkeit. Meine Knie wurden weich, und mein Magen vollführte einen Salto. Doch wir hatten einen wichtigen Test nicht bestanden, und leider gab es für uns keine zweite Chance. Roman sah nicht besonders durcheinander aus – sehr zu meinem Leidwesen. Er sah perfekt aus. Sicher, er hatte dunkle Ringe unter den Augen, aber die hatte er vermutlich, weil er lange aufgeblieben war, um zu lernen, und er sah immer besser aus, wenn er diesen sexy Dreitagebart trug. Wäre ich nicht so erstarrt gewesen, hätte ich ihn am liebsten gefressen. Aber so stand ich da und fühlte mich dumm und mädchenhaft, während ich darauf wartete, dass er etwas zu mir sagte.

»Ich nehme an, das war Lillian«, sagte Roman.

Das war das letzte Thema, mit dem ich gerechnet hätte, aber es war auf jeden Fall ein unverfängliches. Ich würde nicht Gefahr laufen, weinend zusammenzubrechen, wenn wir uns über meine Schwester unterhielten. Ich lächelte, als ich ihm antwortete. »Die einzig wahre.«

»Warum ist uns beiden nicht eingefallen, dass wir beide Studenten waren?«, fragte er.

»Weil das zu einfach war. Lillian verdient ihren Lebensunterhalt damit, die einfachsten Argumente zu finden, um sie vor Gericht zu präsentieren und die Leute damit einzuschüchtern«, erklärte ich. Der Rest von uns analysiert alles zu Tode, zerbricht sich über alles den Kopf, aber Menschen wie Jillian sehen die einfache Antwort, die direkt vor unserer Nase liegt.

»Ich schätze, da hast du recht.« Roman hielt inne, und lud mich damit ein, das Thema zu wechseln, aber mir fiel immer noch nichts ein, also fuhr er fort. »Aber vielleicht lag ein Teil der Anziehungskraft darin, dass wir glaubten, etwas Falsches zu tun.«

Die Schmetterlinge in meinem Bauch verwandelten sich in wütende Hornissen. Meine Wut musste förmlich zu sehen sein. Ich hatte nicht erwartet, dass wir uns wieder vertragen würden, aber musste er es noch schlimmer machen? »War es das? Hat es sich schmutzig für dich angefühlt, eine Studentin flachzulegen?«

»Jess«, mahnte mich Roman leise. »Du weißt, was ich gemeint habe.«

»Nein, eigentlich weiß ich das nicht. Nicht mehr. Falls

du wirklich geglaubt hast, dass es falsch war, dass wir miteinander …« Ich versuchte, die rechten Worte zu finden, um zu beschreiben, was zwischen uns passiert war, aber es gelang mir nicht. »… dann hast du recht, ich schätze, dann war das Teil der Anziehungskraft.«

»Vielleicht war es das am Anfang«, sagte er. »Das verdienst du zu erfahren. Der Kopf eines Mannes ist nicht der ritterlichste Ort im ganzen Land. Aber wir beide wissen, dass es jetzt mehr ist als das.«

»Wieder falsch«, sagte ich. Mir war nicht einmal nach Weinen zumute, als ich ihn jetzt damit konfrontierte. Ich wollte ihn lieber anschreien oder ihm eine runterhauen oder fluchen oder mit Schuhen nach ihm werfen.

Hervorragend, ich hatte mich in Cassie verwandelt, nur leider ohne ihren fabelhaften Sinn für Mode.

»Du weißt, was ich für dich empfinde!« Seine Worte waren wütend, leidenschaftlich und ohne Zurückhaltung, und in seinen Augen spiegelte sich sein aufgewühltes Inneres wider, das er sonst nur selten an die Oberfläche dringen ließ. Einmal hatte ich es schon kurz zu sehen bekommen.

»Tue ich das?«

»Mich von dir fernzuhalten und dich das allein durchmachen zu lassen hat mich beinahe umgebracht. Aber ich musste dich beschützen. Ich konnte nicht zulassen, dass du einfach alles aufgibst, für das du hier gearbeitet hattest, Jess. Ich konnte nicht zulassen, dass du das tust, damit ich keinen Ärger bekomme. Wenn ich dich hätte verlieren müssen – wenn ich alles hätte verlieren müssen –, um dich zu beschützen, dann hätte ich das in Kauf genommen.«

Romans Hand schoss vor, und er ergriff mein Handgelenk, aber ich versuchte, mich loszureißen. Meine Wut verwandelte sich in Verwirrung, ich wollte weg, solange ich noch konnte, aber Roman ließ mich nicht los.

»Du hast mich gehen lassen«, sagte ich mit kalter Stimme.

»Das wollte ich nicht.« Seine Worte waren ein geflüstertes Versprechen. Die Wahrheit darin war nicht zu verkennen.

»Warum hast du es dann zugelassen?«

»Ich hatte mich schon einmal dem Gedanken stellen müssen, dass ich deine Träume ruiniert hätte. Das war einmal zu viel für mich. Ich konnte nicht zulassen, dass das wirklich geschah. Du wirst das College abschließen, und du wirst Medizin studieren und weiter ganz wunderbar sein. Aber das kannst du nur, weil ich dich an diesem Tag gehen ließ.«

»Ich hätte wechseln können. Das wollte ich.«

Roman schüttelte den Kopf. »Das konnte ich nicht zulassen. Tatsächlich hatte ich mich bereits darauf vorbereitet zu wechseln, falls der Ausschuss dich für schuldig befunden hätte.«

Er schob mir einen Umschlag in die Hand. Ich drehte ihn um, doch es war nur das Siegel der Uni darauf.

»Das ist eine Rücktrittserklärung. Ich wollte mich für dieses Semester von den Kursen zurückziehen. Wenn es darauf hinausgelaufen wäre, ob ich an der Olympic State bleibe oder du, wusste ich genau, wer hätte bleiben sollen.«

»Aber du hast gerade erst deine Dissertation verteidigt.«

»Ja«, sagte er. »Und das ist eine Ansammlung von Seiten.

Das ist nichts, verglichen mit dir. Ich würde mich immer für dich entscheiden.«

Er war bereit gewesen, seine Karriere zu opfern, für mich. Diese Erkenntnis ließ einen Kloß in meinem Hals entstehen, und ich konnte kaum schlucken. Wäre es heute anders gelaufen, hätte er all das für mich aufgegeben. Diesem Schicksal waren wir entgangen, aber ich konnte nicht zulassen, dass er noch einmal alles für mich riskierte. Es war nicht seine Aufgabe, mich zu retten.

»Ich denke, dafür ist es jetzt zu spät«, sagte ich und zwang mich dazu, stark zu bleiben.

»Ich weiß, dass du verletzt bist, und ich weiß, dass ich es vermasselt habe, aber ich werde dennoch den Rest meines Lebens damit verbringen, es wiedergutzumachen.«

Meine Lippen bebten, aber ich biss mir darauf, damit er nicht sah, wie nahe ich den Tränen war. »Es tut mir leid, Roman. Ich kann das nicht.«

Vielleicht hatte unsere Beziehung nicht sein sollen. Vielleicht war es nicht zu spät, sich dieser Tatsache zu stellen. Seit wir zusammengekommen waren, war ich ein wandelnder Quell des Dramas gewesen. Er verdiente eine Bessere.

»Du kannst was nicht, Jessica?«, rief er mir hinterher, als ich vor ihm floh. »Kannst du mir nicht vergeben oder das Risiko eingehen?«

Es ging nicht darum, was ich nicht konnte. Es ging um das, was ich tun musste, und das begann damit, ihn gehen zu lassen.

Kapitel 27

Niemand fragte, was geschehen war, als ich zurück in die Wohnung kam. Jillian beschäftigte uns mit der Auswahl der Outfits für unsere offizielle Semesterabschlussparty im Garretts, was noch dazu ein spontaner Mädelsabend sein würde. Niemand fragte mich, wie es mit Roman gelaufen war. Das brauchten sie nicht. Cassie würde jede Minute hier sein, und mit ein wenig Glück wäre ich bald zu betrunken, um mich an meinen eigenen Namen zu erinnern – geschweige denn an seinen.

»Du solltest Liam mitbringen«, sagte ich zu Jillian, als sie mir ein Tanktop zuwarf.

»Auf keinen Fall.« Sie winkte ab, als wäre das für sie kein großes Opfer. Ich wusste es besser.

»Er fliegt nächste Woche nach Schottland«, sagte ich.

Jillian sah mich mit strahlendem Lächeln an, das ein wenig zu barbiemäßig war, um glaubhaft zu wirken. »Umso mehr Grund habe ich, mich daran zu gewöhnen, dass er nicht da ist.«

Mir fiel nichts ein, was ich darauf erwidern konnte. Jillian liebte ihn, und er liebte sie, und sie würden einander verlieren, weil sie das Pech hatten, auf unterschiedlichen Kontinenten geboren worden zu sein. Aber der Rest von uns hatte ja auch keine Chance auf ein Happy End.

»Wir wollen, dass du eine Feier hast«, sagte Jillian. »Ich dachte, wir könnten vielleicht um der guten alten Zeiten willen Jungs angeln. Ich kümmere mich um die Köder.«

Sie lachte über diesen Vorschlag und stupste mich mit der Hüfte an, aber der Gedanke, irgendeinen Typen mit nach Hause zu nehmen, stach mir mitten ins Herz. »Mir ist gerade nicht so wirklich danach.«

»Vielleicht brauchst du einen Lückenbüßer«, sagte Jillian.

»Das letzte Mal, als ich einen Lückenbüßer hatte, ging das nicht besonders gut aus«, sagte ich.

»Vielleicht ein wenig Kleingeld? Die Kerle, die eigentlich in die Sofaritze gehören? Ich meine, da gibt's immer ein paar heiße im Garretts, die man sehen aber nicht hören sollte.«

Ich bemühte mich wirklich, mir ein Lachen abzuringen. An jedem anderen Abend hätte der Spruch mich definitiv zum Lachen gebracht, aber gerade jetzt fühlte es sich an, als wäre ich einmal durch die Mangel gedreht worden. Ich war nicht ich selbst.

»Wir wollen, dass du glücklich bist – was immer es dafür braucht«, versprach sie mir.

»Tanzt einfach mit mir und bringt mich zum Lachen und zum Vergessen ...«

»Was vergessen?«, forderte sie mich heraus. Wahrscheinlich dachte sie, dass ich nur über Roman hinwegkommen würde, wenn ich zugab, dass mein Herz gebrochen war. Doch so leicht würde ich es ihr nicht machen.

»Dass ich einen Fehler gemacht habe.«

»Hast du denn einen Fehler gemacht?«, fragte sie.

»Ich dachte, du willst, dass ich drüber hinwegkomme.« Ich beäugte sie misstrauisch. Sie war immer tiefgründiger geworden in diesem Jahr, und ich musste zugeben, dass sie mittlerweile mehr über die Liebe wusste als ich.

»Ich versuche nur, dich wütend zu machen«, gab sie zu, »damit du siehst, dass du Quatsch machst. Du willst mit Roman zusammen sein. Warum kämpfst du gegen deine Gefühle für ihn an? Mir kommt es vor, als hätten wir diese Unterhaltung bereits geführt.«

Mir ebenfalls. Ich ließ den Kopf gegen die Wand sinken und seufzte. »So einfach ist das nicht. Er war bereit, alles für mich aufzugeben. Er hätte die Schule verlassen und seinen Doktortitel verloren. Das ist nicht gesund.«

»Das ist Liebe.« Jillian starrte mich wütend an, als weigerte ich mich, das Offensichtliche zu begreifen. »Sich um das Glück einer anderen Person mehr als um sein eigenes zu sorgen? Die Bedürfnisse eines anderen vor seine eigenen zu stellen? Das ist die Lehrbuchbeschreibung von Liebe.«

»Ja, nun, dann musste ich eben seine Bedürfnisse vor meine stellen.« Näher hatte ich mich bisher nicht herangewagt, meine wahren Gefühle für ihn zuzugeben.

Jillian öffnete den Mund, aber da schlug die Haustür mit einem Knall zu, und wir zuckten zusammen. Cassie stürmte einen Augenblick später ins Zimmer.

»Okay, ihr müsst mir zuhören, bevor ich ausflippe«, sagte sie, den Blick auf mich gerichtet. Diese Worte aus Cassies Mund zu hören war niemals ein gutes Zeichen.

»Ich musste vorhin noch schnell mein Paper für Kommunikation abgeben.«

Ich nickte, obwohl ich mich bereits davor fürchtete, wohin die Geschichte führen würde. Roman hatte diesen Zweig für mich verdorben. Es würde ein langes hartes Leben werden, ohne Ich-Botschaften benutzen zu können, aber damit war ich durch.

»Gut, also«, fuhr Cassie fort. »Als ich es in Professor Whites Briefkasten warf, hörte ich, wie eine Sekretärin einem anderen Tutor erzählte, dass Markson sofort nach Puerto Vallarta aufgebrochen wäre.«

»Und?«, fragte ich. »Er rennt vor seinen Problemen nach Mexiko davon.« Das war kaum das erste Mal, dass einer von uns das getan hatte, aber Schmerz durchzuckte mich dennoch. Es war gleich, dass ich wusste, dass es so am besten war – für mein Herz war es das nicht.

»Nein«, sagte Cassie. »Anscheinend gibt es einen Notfall in der Familie.«

Das Blut rauschte in meinem Kopf, und mir wurde so schwindlig, dass ich mich setzen musste, während ich darauf wartete, dass Cassie den Rest erzählte.

»Weiter hat sie es nicht ausgeführt«, sagte sie nur.

»Aber du weißt mehr, richtig?«, fragte Jillian.

Ich kaute an den Nägeln, während ich darauf wartete, dass Cassie bestätigte, was ich bereits wusste. Sie wären restlos abgenagt, wenn sie sich nicht beeilte.

»Natürlich. Wir reden hier immerhin über mich«, sagte sie. »Ich hab die liebe, besorgte Superstudentin gegeben und gefragt, ob es Markson gut geht. Es könnte sein, dass ich erwähnte, dass er mein Lieblingsprof ist und dass ich mir sooooolche Sorgen mache.«

»Reizend«, sagte Jillian.

»Jess, es geht um seine Großmutter«, gestand Cassie flüsternd.

Das wusste ich natürlich. Ich hatte es in dem Moment gewusst, in dem sie gesagt hatte, dass er zurück nach Puerto Vallarta geflogen war, denn Roman hatte mir erzählt, dass er nur einmal im Jahr dort war, falls er Glück hatte. Flog er so bald schon zurück, stimmte etwas nicht. Der Gedanke, dass Aba etwas zugestoßen war …

»Wusste sie, wie schlimm es ist?«, fragte ich Cassie.

»Sie sagte mir, er wird wohl unten bleiben, bis die letzten Vorkehrungen getroffen wurden.«

Mir entrang sich ein Würgen, und ich schlug mir vor die Brust. »Sie ist tot?«

»Ich glaube nicht«, sagte Cassie, »aber es klingt, als würde es nicht mehr lange dauern. Sie sagte, Roman hätte Glück, wenn er es rechtzeitig schafft.«

Ich dachte nicht mehr nach. Ich sprang auf und war an meiner Kommodenschublade, bevor Jillian mich umarmen oder Cassie mir noch irgendetwas erzählen konnte.

»Was machst du da?«, fragte Jillian, die mir nachgekommen war und jetzt neben mir stand, während ich meine Schublade durchwühlte und Unterwäsche zu Boden warf, bis meine Finger sich um das schlossen, was ich gesucht hatte.

Ich zeigte ihr als Antwort meinen Reisepass.

»Ich dachte, du wolltest ihn gehen lassen«, sagte sie.

»Das wollte ich!«, erwiderte ich. »Aber ich mache es nicht. Er … er ist meine Familie. Ich muss dort sein.«

Jillian und Cassie sagten nichts mehr, sie halfen mir einfach nur zu packen. Sie wussten, dass ich ihre Hilfe brauchte, und das genügte ihnen. Sie mussten nicht verstehen, wie groß meine Verwirrung wegen Roman war. Sie hatten so etwas bereits selbst erlebt. Außerdem war es genau das, weshalb ich mich immer auf sie verlassen konnte. Am Ende gab es keine Fragen. Sie waren für mich da. Bedingungslos.

Cassie suchte Flüge raus.

»Ist mir egal, welcher«, sagte ich und warf ihr meine Kreditkarte zu. Ein Flug dort runter würde den letzten Rest darauf verschlingen, aber ich wusste mit absoluter Sicherheit, dass ich dorthin musste. Roman brauchte mich. Das hatte er mir heute Nachmittag versucht zu sagen, und ich hatte es ignoriert.

»Verdammt!« Ich hörte auf zu packen und schlug mit der Faust gegen die Kommode. »Ich habe mein Auto zur Wartung gebracht. Das müssen wir holen.«

»Es ist zu spät. Die werden geschlossen haben«, sagte Cassie. »Ich sehe mir den Fahrplan der Fähre und der Züge an.«

Ich schluckte einen frustrierten Schrei hinunter. »Ich kann mir ein Taxi rufen.«

»Das kostet ein kleines Vermögen«, sagte Cassie. »Wenn ich nur immer noch Trevors Kreditkarte hätte.«

»Die Welt würde bereits unter einer weiteren Finanzkrise leiden, wenn du noch seine Kreditkarte hättest«, sagte Jillian und schloss den Reißverschluss meines Koffers. Ich schnappte ihn ihr aus der Hand und schleppte ihn hinüber ins Wohnzimmer, wo ich mein Telefon liegen gelassen hatte.

»Das nennt man, die Wirtschaft unterstützen«, erwiderte Cassie, während die beiden mir ins Wohnzimmer folgten.

»Warte!«, sagte Jillian da. »Lillian!«

»Ich rufe nicht meine Schwester an«, sagte ich energisch. Sie war vermutlich schon auf halbem Weg nach Seattle.

»Sie kann noch nicht weit sein«, sagte Jillian und zog ihr Telefon aus der Tasche. »Und glücklicherweise habe ich ja ihre Nummer.«

»Wag es ja nicht, Jillian Nichols!«

Sie wich mir tänzelnd aus und hielt das Telefon außer Reichweite, als sie anrief. Ich stürzte mich auf sie, aber Cassie blockierte mir den Weg.

»Lass zu, dass wir dir helfen«, wies sie mich an.

Ich trat einen Schritt zurück und schaffte es irgendwie, den Mund zu halten, während Jillian Lillian davon überzeugte, mein persönliches Taxi zu spielen.

»Erledigt! Sie ist auf dem Weg!«, rief Jillian und wedelte mit ihrem Telefon herum.

»Sie wird ausflippen, wenn sie herausfindet, wo ich hinwill«, jammerte ich.

»Ich schätze, das weiß sie bereits«, sagte Cassie und legte mir einen Arm um die Schultern.

»Und woher sollte sie das wissen?«

»Weil Lillian Stone keine Idiotin ist, genauso wenig wie meine beste Freundin Jessica Stone.«

Kapitel 28

Lillian Stone mochte keine Idiotin sein, aber sie würde mich zahlen lassen für diese Fahrt. Das stellte sie klar, sobald ich auf der Beifahrerseite ihres Lexus eingestiegen war. Sie war immer noch in ihren maßgeschneiderten schwarzen Anzug für die Anhörung gekleidet, aber sie hatte dem jetzt ein Bluetooth-Headset hinzugefügt. Statt mir eine zwei Stunden lange Standpauke darüber zu halten, dass ich Roman nach Mexiko folgte, verbrachte sie die Fahrt größtenteils damit, Anrufe zu erledigen und Termine auszumachen. Dann war es so weit: Als sie das Headset abzog, starrte sie mich mindestens eine ganze Minute lang an, ohne dabei von der Spur abzukommen.

»Muss ich mich wiederholen, was Verhütung betrifft?«

»Diese Lektion habe ich gelernt«, versicherte ich ihr. »Ich fliege nur als moralische Unterstützung. Aba ist wie eine Mutter für Roman, und sie wird erwarten, dass ich bei ihm bin.«

»Hat er dich gebeten zu kommen?«, fragte Lillian.

Ich schüttelte den Kopf. Ich brachte es nicht über mich, ihr zu sagen, dass er nicht einmal wusste, dass ich kam.

»Warum machst du das dann?«

»Sagte ich dir schon. Zur moralischen Unterstützung«, wiederholte ich.

»Als die Großmutter von meinem Ex starb, habe ich ihm eine Karte geschickt – mit der Post«, sagte sie. »Du brennst nach Mexiko durch.«

Ich biss mir praktisch die Zunge ab, um nicht das zu sagen, was ich dazu gerne sagen wollte. Die Betonung in Lillians Beispiel lag auf Ex. Ich sagte nichts, weil es nicht an mir war, voreingenommen wegen der Beziehung meiner Schwester zu ihrem Exfreund zu sein. Nicht im Moment. Meine eigene Beziehung war ein Chaos. Sie existierte vielleicht nicht einmal. Aber ich wusste genau, wo ich hingehörte.

»Du willst nicht, dass ich fliege.«

»Was ich will, ist egal. Ich kann dich nicht aufhalten. Würde ich das wollen, hätte ich nie zugestimmt, dich abzuholen und zum Flughafen zu bringen. Du musst deine eigenen Entscheidungen treffen.«

Das wusste ich. Genauso wie ich wusste, dass es verrückt klang, in den Flieger zu springen, um bei meinem, möglicherweise Ex-, Freund zu sein, wenn seine Aba starb. Hätte ich das von jemand anderem gehört, hätte ich vermutlich die Augen verdreht. Wäre es Jillian oder Cassie gewesen, hätte ich versucht, es ihr auszureden, aber das hier machte auf eine Art Sinn, die ich nicht erklären konnte.

»Du bist erwachsen, Jess«, sagte meine Schwester. Ihre

Finger trommelten auf das Leder des Lenkrads. Sie war ungewöhnlich nervös für ihre Verhältnisse. »Ich versuche wirklich, das im Kopf zu behalten, weil ein Teil von mir dir das verbieten und dich in die Ecke schicken will.«

»Aber das kannst du nicht.«

»Nein, das kann ich nicht.« Sie holte tief Luft. »Versprich mir eins, ja?«

Langsam nickte ich, weil ich nicht wusste, worauf ich mich da einließ, und ich hoffte, dass sie mir nicht wieder einen Vortrag über Sex halten würde.

»Hör auf dein Herz.« Ihre Stimme brach.

Das war das Letzte, was ich von ihr erwartet hätte. Lillian war nicht gerade der Folge-deinem-Herzen-Typ. »Nicht schuldig« in einem Gerichtssaal ließ vermutlich ihr Herz höher schlagen, okay, aber selbst dann, es schien sie nicht besonders glücklich zu machen, als Anwältin tätig zu sein. Sie war einfach gut darin.

»Das wird sich jetzt ein bisschen wie der Beginn einer traurigen Schnulze anhören«, sagte sie, »aber ich habe die Liebe für meine Karriere aufgegeben.«

»Du bist erst sechsundzwanzig«, rief ich ihr in Erinnerung. Das klang ja, als würde sie niemals mehr eine weitere Chance bekommen. Das glaubte ich nicht, aber sie schien es zu glauben.

Sie zuckte mit den Schultern, und ihr Blick war jetzt fest auf die Straße gerichtet, als wagte sie nicht, mich anzusehen. »Glaub mir, ich habe meine eine Chance auf die Liebe weggeworfen. Auf eine Familie. Wenn dein Herz dir sagt, dass du Roman folgen sollst, dann will ich, dass du dir selbst vertraust. Ansonsten wirst du jeden Augenblick deines Lebens, in dem du nicht schläfst, mit deiner Arbeit verbringen, um der Einsamkeit zu entkommen.«

Mir fehlten die Worte. Diesen Teil ihres Lebens hatte sie mir gegenüber nie erwähnt. Menschen zu trösten sollte eigentlich meine Spezialität sein. Immerhin war ich diejenige, die den Umgang mit Kranken beherrschte. Aber wenn es um meine große Schwester ging, machte mir der Gedanke, dass sie ihr Leben nicht liebte, zu große Angst. Ich hatte schon Witze darüber gemacht, dass Lillian mit ihrer Arbeit verheiratet war, aber ich hatte niemals darüber nachgedacht, warum.

»Möchtest du darüber reden?«, brachte ich heraus, trotz des unangenehmen Schweigens, das zwischen uns herrschte.

»Du brauchst dir meine traurige Geschichte nicht anzuhören«, sagte sie und zwang sich ein Lächeln auf die fest zusammengepressten Lippen. »Mach einfach nicht den gleichen Fehler wie ich. Du hast Roman gern. Die große Schwester in mir will dich davor beschützen, dass du verletzt wirst, aber als Frau weiß ich, was du aufgeben könntest, wenn du nicht zu ihm gehst.«

Sie nahm meine Hand und drückte sie. »Vertrau dir.«

»Das werde ich«, sagte ich. »Ich weiß nicht, ob es klappt. Ich hatte mir gesagt, dass ich darüber hinwegkommen sollte, aber …«

»Über manche Männer kommt man niemals hinweg«, sagte sie. »Wenn du eine zweite Chance bekommst, ergreife sie.«

»Ich habe eine Liste mit allen Gründen gemacht, aus denen ich mich von ihm fernhalten sollte.«

»Dein Herz schert sich nicht um Listen.«

»Ich schätze, deshalb fliege ich nach Mexiko.« Dieser Plan machte mir Angst. Roman hatte alles Recht der Welt, mich zurückzuweisen. Ich könnte den ganzen Weg nach Puerto Vallarta zurücklegen, und er könnte mich dennoch zurückweisen. Das Leben gab mir keine zweite Chance, nein, ich nahm sie mir.

Lillian nickte, ließ meine Hand los und legte ihre Hand wieder aufs Lenkrad. »Viva el amor.«

Als wir zur Rushhour am Flughafen ankamen, blieben mir nur noch fünfundvierzig Minuten, um durch die Sicherheitskontrolle zu rasen und meinen Flug zu erwischen. Glücklicherweise hatte Cassie mein Handgepäck mit einer Präzision gepackt, die nur eine Fashionverrückte mit Zwangsneurose aufbringen konnte. Als ich meine Tasche öffnete, fand ich darin sauber gefaltete Stapel Kleidung, eine kleine Auswahl Socken, zwei Paar Schuhe und in einer vom Sicherheitsdienst genehmigten Plastiktüte meine Flüssigkeiten. Sie würde auf jeden Fall wieder für mich packen müssen, falls ich mal wieder in ein fremdes Land abhaute. Natürlich verbrachte ich die Wartezeit in der Schlange damit, mir Gedanken zu machen, wie ich Roman erreichen sollte. Ich hatte beschlossen, dass ich ihn in diesem Fall nicht überraschen wollte. Er musste wissen, dass ich unterwegs war. Die Voicemail ging allerdings direkt ran, was bedeutete, dass er vermutlich in der Luft war. Ich konnte nur hoffen, dass ich rechtzeitig ankam. Mir gefiel der Gedanke ganz und gar nicht, dass er sich Abas Tod allein stellen musste.

Hinter mir traten die Leute zur Seite, um jemanden vorbeizulassen. Ich hätte am liebsten geschrien. Wir alle mussten da durch, und da glaubte wohl jemand, er wäre wichtiger als wir anderen. Ich wandte den Kopf, bevor der Fremde mich auch bitten konnte, an mir vorbeizugehen, und stand genau in der Mitte der Schlange.

»Entschuldigen Sie … Jessica?«

Falls es biologisch möglich war, dass das Herz einen Schlag aussetzte, ohne dass man eine medizinische Grunderkrankung hatte – was nicht möglich war –, so tat meines das dennoch. Ich drehte mich um und fand mich Roman gegenüber und hoffte, dass all die schönen Sätze, die ich mir während der Wartezeit zurechtgelegt hatte, jetzt nicht versagten. Aber das taten sie. Statt ruhig und vernünftig zu klingen, platzte ich mit allem heraus. »Ich weiß das von Aba. Ich fliege nach Mexiko. Meine Flüssigkeiten sind in einem Beutel, und ich habe jede Menge Slips dabei. Ich will mit dir dort sein, und es tut mir leid wegen … na wegen allem. Ich weiß, dass du an mich gedacht hast.«

»Jess …«

Aber ich konnte nicht aufhören. »Und ich werde mich auch immer für dich entscheiden.«

Roman ließ seinen Koffer fallen und hob mich hoch, bevor ich auch nur begreifen konnte, dass ich ihm vor einer Menge Reisender mein Herz ausgeschüttet hatte.

»Ich liebe dich, Jessica Stone«, sagte er und schlang die Arme fest um meine Taille.

»Ich liebe dich auch.« Ich strampelte vor Freude mit den Füßen, eine unwillkürliche Reaktion auf die romantischste Geste in meinem Leben. Mein Herz schlug vollkommen irre und aus dem Takt vor sich hin, als ich ihn jetzt küsste. Ich war mir vage des Beifalls und des Jubels um uns herum bewusst, aber die Zuschauer rückten in den Hintergrund, als sich unsere Lippen trafen. Etwas machte Klick, etwas, von dem ich nicht einmal gewusst hatte, dass es noch kaputt gewesen war. Freude breitete sich mit solcher Macht in mir aus, dass es körperlich wehtat. Wie konnte ich gedacht haben, dass ich ohne ihn leben könnte?

Wir wurden von einem höflichen Husten unterbrochen. Ich sah mich um und erkannte, dass die Schlange sich weiterbewegt hatte, und wir den gesamten Schalter aufhielten. Das schien niemandem etwas auszumachen. Es war ein Flughafenwunder. Roman stellte mich wieder auf die Füße, und wir sammelten hastig unsere Sachen ein. Diesmal wurde ich nicht vom Sicherheitsdienst aufgehalten, weil ich zitterte. Es schien, dass sie alle an unserer Wiedervereinigung teilgenommen hatten. Sie warfen uns nur amüsierte Blicke zu, und sogar der Beamte am Körperscanner zwinkerte Roman zu.

»Welchen Flug nehmen Sie?« Er sah über meine Schulter auf meinen Boarding Pass. »Gleicher Flug.«

»Gate S. Wir müssen die Hufe schwingen.« Plötzlich war ich Jillian wirklich dankbar, dass sie mich überredet hatte, meine Toms anzuziehen. Meine Füße trommelten nervös auf den Boden, während Roman stehen blieb, um die Schnürsenkel seiner Sneakers wieder zuzubinden.

»Und du bist auch wirklich eloquent.« Roman drückte mir einen flüchtigen Kuss auf die Lippen und nahm meine Hand, dann rannten wir los.

»Ich … muss … mehr … Cardio machen«, keuchte ich beim Laufen.

»Dabei kann ich dir helfen«, sagte Roman, ohne auch nur einmal nach Luft zu schnappen. Falls er mich auf Zack bringen wollte, würde ich ihn nicht aufhalten. Nicht, falls wir die gleichen Herz-Kreislauf-Übungen im Sinn hatten.

Wir stolperten gerade so in den Südzug, als sich die Türen schlossen. Ich war noch nie so dankbar für einen Zubringer gewesen. Roman hielt sich an einer Stange fest, schlang den freien Arm um meine Taille und zog mich an sich.

»Warum bist du hier?« Das war nicht wirklich die Frage, die er stellen wollte. Diese hatte ich bereits beantwortet.

»Weil ich hierhergehöre«, flüsterte ich.

»Dem Himmel sei Dank, dass du das begriffen hast«, sagte er leise.

Ich wandte ihm das Gesicht zu, sehnte mich danach, das Kratzen seines Dreitagebartes auf meiner Wange zu spüren und ihn auf meinen Lippen zu schmecken, aber der Zug kam mit einem Ruck zum Stehen. Wir fuhren auseinander und rannten wieder los. Gnädigerweise lag das Gate an unserem Ende des Terminals. Ich kam schlitternd neben Roman zum Stehen, gerade als er loslachte.

»Verspätung«, sagte er. »Wir haben mindestens zwanzig Minuten.«

Ich blickte zum Bildschirm hoch. Er hatte recht. »Dann bin ich umsonst gerannt.«

»Und du hast überlebt«, sagte er.

»Ich verdiene einen Drink.«

»Mi bella, du verdienst viel mehr als das, und ich werde von jetzt an immer dafür sorgen, dass du bekommst, was du verdienst.«

Ich streckte die Hand aus und hakte meine Finger in seinen Hosenbund, um ihn an mich zu ziehen. »Das klingt wie eine Drohung.«

»Keine Drohung«, sagte er und hob die Hände. »Das ist ein Versprechen.«

Kapitel 29

Der Flug war ausgebucht, deshalb verbrachten wir ihn auf getrennten Plätzen. Ich versuchte mich mit den Zeitschriften abzulenken, die Cassie mir fürsorglicherweise in die Tasche gesteckt hatte, aber die meiste Zeit dachte ich an Roman: Wie fühlte er sich? Wollte er mich wirklich hier bei sich haben? Wann würde ich mit ihm allein sein können? Und dann bekam ich sofort ein schlechtes Gewissen, weil ich mehr an unsere Beziehung dachte als an Abas Zustand.

All meine Zweifel und Unsicherheiten verschwanden jedoch, als ich ihn sah, wie er am Ende der Gangway auf mich wartete. Seine Miene sagte mir alles, was ich wissen musste, um meine Ängste zu vergessen. Wir saßen in einem Boot, und wir hatten es beide endlich begriffen.

Es blieb keine Zeit, um bei dem Hotel anzuhalten, das Cassie für mich reserviert hatte. Stattdessen fuhren wir direkt zum Krankenhaus. Roman hatte keine weiteren Nachrichten von dem Arzt erhalten, deshalb konnten wir nur hoffen, dass es ihr nicht schlechter ging. Unsere Schuhe quietschten auf den Krankenhausfluren, und der schwache Geruch nach Bleiche hing in der Luft. Die meisten Menschen fühlten sich unwohl in Krankenhäusern, aber ich nicht. Und doch war ich zum ersten Mal, seit mein Dad gestorben war, nervös, als ein Mann in einem weißen Laborkittel auf uns zukam. Immerhin verstand ich Bruchstücke von dem, was er sagte, einschließlich der Tatsache, dass zu dieser Abteilung nur Familie zugelassen war.

Ich zog meine Hand aus Romans und schenkte ihm ein zuversichtliches Lächeln. Er musste jetzt bei Aba sein, und ich würde nicht weit weg gehen. »Ich warte draußen. Direkt hier.«

Roman schüttelte den Kopf, nahm meine Hand und schloss sie fest in seine, dann sagte er etwas zu dem Arzt. Der andere Mann nickte und bedeutete uns, ins Zimmer zu gehen. Ich hatte keine Zeit, ihn zu fragen, was er gesagt hatte, und es schien auch kaum wichtig, als ich Abas zerbrechliche Gestalt in dem Krankenbett erblickte.

»Er sagt, ihr Zustand ist kritisch. Der Schaden an ihrem Herzen war sehr ernst«, flüsterte er mir zu. »Sie ist nicht immer bei Bewusstsein.«

Ich musste ihm nicht erklären, was das bedeutete. Wir hatten Glück, dass wir jetzt hier waren, sie würde vermutlich nicht viel länger durchhalten. Roman ließ sich vorsichtig auf das Bett sinken, nahm ihre Hand und wartete. In diesem Moment hätte ich alles darum gegeben, damit sie aufwachte, da der Gedanke, er könnte sich womöglich nicht von ihr verabschieden, unerträglich war.

»Aba«, sagte er, aber sie gab keine Antwort.

Ich legte eine Hand auf seine Schulter, sagte aber nichts.

»Du musst aufwachen«, sagte er, und seine Stimme brach. »Jess ist hier. Wir sind zusammen hier.«

Tränen stiegen mir in die Augen, ein Kloß bildete sich in meinem Hals, und ich schluckte dagegen an. Ich hatte Aba erst vor ein paar Monaten kennengelernt, aber sie hatte den Mann großgezogen, den ich liebte, und ich wollte sie länger kennenlernen dürfen.

»Du hattest recht«, fuhr Roman fort. »Wegen ihr und mir. Man kann sich der Liebe nicht entziehen. Ich hätte es gar nicht erst versuchen sollen, aber ich will nicht, dass du dir Sorgen machst. Ich werde sie nicht noch einmal verlieren.«

Er hob die Hand und verflocht seine Finger mit meinen, und da war es. Der elektrische Stoß, den ich immer bei seiner Berührung spürte, doch ein wenig verändert. Er war zu mehr geworden – zu etwas tieferem. Es durchdrang meine Haut und ging mir ins Blut über und ließ sich in meinen Knochen nieder. So etwas hatte ich noch nie zuvor gespürt, und damit einher ging eine unerschütterliche Gewissheit – ein purer, unleugbarer Moment der Klarheit. Das hier war es.

Roman war der Eine.

Es war irgendwie wahrer, als einfach nur verliebt zu sein, und die Erkenntnis raubte mir den Atem.

»Bien.« Abas Segen war schwer und klang wattig, und obwohl sie nicht die Augen öffnete, stürzte ich los, um ihr einen Becher Wasser zu besorgen.

Die Kanne im Zimmer war leer, also fing ich Romans

Blick auf und zeigte darauf. Er nickte und beugte sich vor, um mit seiner Großmutter zu sprechen.

Der Flur war leer, deshalb lief ich auf gut Glück los in der Hoffnung, dass ich eine Schwester oder ein Badezimmer oder zur Not einen Gartenschlauch finden würde. Alles, was Roman mehr Zeit mit seiner Großmutter verschaffte. Ich lief um eine Ecke und einer Schwester in die Arme. Die Kanne fiel zu Boden, und sie beugte sich hinab und hob sie auf, dann streckte sie sie mir entgegen.

»Agua?«, sagte ich und zeigte darauf.

»Para?«

»Zimmer siebenundzwanzig.« Ich hielt eine Hand hoch, dann korrigierte ich mich. »No, ciento veintisiete.« Ich hatte das vermutlich ziemlich verkorkst, aber ich hoffte, dass meine neuerlichen Versuche mit der Lernapp für Spanisch sich auszahlten.

Sie nickte und nahm die Kanne. Ich schlich zurück zu Abas Zimmer, blieb dann aber an der Tür stehen. Roman und Aba sprachen leise miteinander, während er ihre Hand streichelte. So sehr ich gerade jetzt für ihn da sein wollte, so sehr wollte ich auch, dass er mit ihr allein war. Ich würde bei ihm sein, aber ich wollte die wenige verbleibende Zeit nicht stören, die ihm noch mit ihr blieb.

»Señora Markson?«

Ich drehte mich um und stellte fest, dass die Schwester mit mir sprach. Sie hielt mir die Kanne hin.

»Oh, nein, ich bin nicht…« Ich wurde rot.

Esposa. Ich hatte das Wort niemals gelernt, aber es schien ziemlich offensichtlich.

Bevor ich antworten konnte, ging ein Alarm am anderen Ende des Flurs los, und sie lief davon und ließ mich mit der vollen Kanne Wasser und rotem Gesicht stehen. Es war völlig normal anzunehmen, dass ich Romans Frau war, da ich hier bei ihm war, aber ein Teil von mir war froh, dass Roman das nicht gehört hatte. Nicht, während unsere Versöhnung noch auf so wackligen Beinen stand.

Als ich die Kanne nach drinnen brachte, war Aba wach und lächelte mich an, und sogar jetzt erhellte sie damit den ganzen Raum. Es war schwer, sich vorzustellen, dass sie in so schlechtem Zustand war, aber Herzleiden waren tückisch. Ich konnte nicht anders, ich hoffte, dass es ihr wieder besser gehen würde.

»Ich bin froh, dass du gekommen bist«, sagte sie zu mir, als ich neben Roman stand. Und dann begann sie, so schnell spanisch zu reden, dass ich mit meinen minimalen Kenntnissen nicht folgen konnte. Roman nickte, und ein Grinsen machte sich auf seinem Gesicht breit, als sie meinen Namen aussprach, eines der wenigen Worte, das ich verstand. Er streckte die Hand aus, zog mich neben sich aufs Bett, und ich saß vorsichtig da, damit ich nicht abrutschte oder sie störte. Alles an diesem Moment war seltsam und unangenehm und schmerzhaft, aber ich war an seiner Seite, und das bedeutete, alles würde gut werden.

Als wir an diesem Abend am Hotel ankamen, waren wir gleichermaßen traurig und aufgedreht. Dieses Mal hatte Cassie uns ein vernünftiges Zimmer im Haupthaus des Hotels gebucht, in dem wir im Dezember gewesen waren. Ich ging ins Badezimmer und nutzte die Gelegenheit, mir die Haare zu kämmen, die vom Flug völlig zerzaust waren, und mir die Zähne zu putzen. Trotz der Reise und der Gefühlsachterbahn, die ich heute erlebt hatte, war ich hellwach. Mein Körper war beinahe taub vor Müdigkeit, aber mein Gehirn war munter. Ich war nicht sicher, ob ich insgeheim auf die nächste Hiobsbotschaft wartete, oder ob ich nur von all dem, was sich innerhalb weniger Stunden ereignet hatte, überwältigt war.

Als Roman ins Bad ging, trat ich auf den Balkon, um frische Luft zu schnappen. Unser Zimmer mochte ja durchschnittlich sein, aber der Ausblick war es nicht. Ich konnte nicht mal eben von hier zum Sandstrand laufen, aber der salzige Duft des Meeres durchtränkte die Luft. Der Geruch erinnerte mich daran, wie ich mit Roman im Wasser herumgeplantscht hatte. Wir hatten uns in diesem Meer geliebt, hatten Versprechen zurückgehalten, von denen wir gewusst hatten, dass wir sie nicht machen durften. Jetzt war ich bereit dafür.

Die Tür hinter mir glitt auf, und dann war er da, und seine Wärme steigerte die Ruhe noch, die ich beim Anblick des Meeres gefunden hatte.

»Wie geht es dir?«, fragte ich leise.

»Ich war noch nie so glücklich und hatte gleichzeitig ein so gebrochenes Herz«, sagte er. »Erzähl mir was Lustiges, damit ich diese schreckliche Last nicht mehr spüre.«

»Die Krankenschwester dachte, ich wäre deine Frau«, sagte ich und lachte, als ich mich auf dem Balkon gegen ihn lehnte.

Die Brise blies mir die Haare ins Gesicht, und Roman strich es zurück und gab mir einen Kuss auf den Nacken.

»Weil ich ihnen gesagt habe, dass du meine Frau bist«, flüsterte er. »Sie wollten dich nicht in ihr Zimmer lassen, da du keine Verwandte bist.«

Mein Puls beschleunigte sich, und mein Kopf wurde leer, während mein Herz in meiner Brust hämmerte.

»Das ist lustig«, fuhr er fort und strich mit dem Mund über meine bloße Haut, um schließlich an meinem Ohr innezuhalten. »Die Lüge kam so glatt heraus, dass ich es beinahe selbst geglaubt hätte, und dann saß ich da und habe mit Aba über dich gesprochen und es plötzlich begriffen. Das war keine Lüge, als ich sagte, du bist meine Frau. Das war ein Wunsch.«

Das Geständnis hing zwischen uns, aber es lag nicht schwer in der Luft oder nahm mir den Atem. Es sandte nur ein Zittern durch meine Brust. Als Roman mich an den Schultern nahm und mich umdrehte, damit ich ihn ansah, hatten sich Tränen in meinen Augen gesammelt. Als er mein Kinn sanft anhob und ich ihm in die Augen blickte, rannen sie mir über die Wangen. Ich verstand, was er meinte. Ich war nicht sicher, wann das passiert war, aber unsere Beziehung hatte sich entwickelt, hatte sich in etwas verwandelt, was mehr war, als wir beide erwartet hatten. Ich hatte versucht, dagegen anzukämpfen, aber jetzt, da uns nichts mehr im Weg stand, wusste ich nicht mehr, wie ich das jemals hatte wollen können. Das hier war für immer. Ich hatte es gespürt, als Cassie mir das von Aba erzählt hatte, und am Flughafen und im Krankenhaus. Ich spürte es jetzt.

»Heirate mich.« Das war keine Frage und auch keine Aufforderung. Es war eine Feststellung. Die Wahrheit. Die Antwort, nach der wir beide gesucht hatten, die wir beide aber aus Eigensinn nicht erkannt hatten.

Meine Lippen öffneten sich, um ihm die Antwort zu geben, die er nicht zu hören brauchte, aber er legte einen Finger auf meinen Mund.

»Ich weiß, was du sagen willst, Jessica Stone, weil ich es weiß. Ich *weiß* es«, sagte er. »Deshalb habe ich eine Bitte. Heirate mich morgen. Lass mich keinen weiteren Tag auf dich warten, mi bella. Ich weiß, dass ich nicht perfekt bin. Ich weiß, dass es eine Million logische Gründe dafür gibt zu warten, und mir sind sie alle so was von egal. Sei meine Partnerin – im Guten wie im Schlechten.«

Durch meine Tränen hindurch konnte ich kaum sprechen, aber mir gelang ein schwaches Lächeln. »Von diesem Tage an?«

»Im Guten wie im Schlechten«, versprach er mir.

»Bis dass der Tod uns scheidet?«, flüsterte ich, und mein Blick ließ seinen keine Sekunde los.

»Nicht einmal dann.« Seine Lippen legten sich auf meine, und die Welt zerschmolz und ließ nur ihn und mich zurück, das Versprechen auf unseren Zungen und die Sterne über unseren Köpfen.

Kapitel 30

Am nächsten Morgen stand ich in einem blassgelben Kleid an Abas Bett und hielt einen Strauß leuchtend roter Rosen und anderer Blumen in der Hand. Wir hatten sie vom gleichen Straßenverkäufer gekauft, der vor ein paar Monaten gedroht hatte, mich verhaften zu lassen, nachdem Cassie seinen Stand auseinandergenommen hatte. Das fühlte sich nach einem guten Omen an. In einem anderen Laden hatten wir Silberringe gefunden, die nicht allzu teuer waren. Den Krankenhausangestellten schien es nichts auszumachen, dass Roman sie angelogen hatte, zumal wir jetzt vorhatten, auf der Intensivstation zu heiraten. Um genau zu sein, war die ganze Station in Aufruhr. Krankenschwestern brachten Blumen, die von anderen Patienten geschickt wurden. Die Ärzte zogen Roman auf Spanisch auf und stießen ihm gutmütig die Ellbogen in die Seiten. Der Hausgeistliche hatte eine Eilgenehmigung besorgt. An einem Ort, der so viel Krankheit und Tod zu sehen bekam, freuten sich alle über die Gelegenheit, das Leben zu feiern.

Aba saß aufrecht im Bett, sie sah wach aus und strahlte. Sie wirkte gesünder als am Tag zuvor, auch wenn sie zu schwach war, um aufzustehen. Als der Geistliche eintraf, sprach er ein paar Minuten mit Roman. Ich sah zu, wie mein Bräutigam ernst nickte und dann den Kopf schüttelte. Roman sah zu mir, und sein Blick raubte mir den Atem. Er nickte wieder dem Geistlichen zu, der ihm daraufhin auf die Schulter klopfte. Vor dem Zimmer drängten sich die Angestellten, um sich die Zeremonie anzusehen. Um uns herum sah ich mein albernes Grinsen widergespiegelt. Alle liebten Hochzeiten.

In Romans Blick lag jedoch ein Glühen. Er stand mir gegenüber, als wir uns das Eheversprechen gaben. Der Geistliche sprach langsam, damit ich ihm folgen konnte. Natürlich hatte ich mich am Morgen aus dem Bett gestohlen und die traditionellen Eheversprechen auf Spanisch immer wieder durchgelesen, damit ich wusste, was ich da sagte. Und trotzdem wiederholte Roman sein Versprechen auf Englisch, als wollte er ganz sicher sein, dass ich begriff, worauf ich mich da einließ. Er hätte jede Menge lächerlicher Bedingungen hinzufügen können, und ich hätte trotzdem zugestimmt. Ich konnte nicht abwarten, seine Frau zu sein.

Ich hatte gedacht, es würde vielleicht seltsam sein, in einem Krankenzimmer zu heiraten, aber es gab nur Roman und die Worte, die wir austauschten, und unsere Stimmen waren fest und sicher. Das Lächeln auf meinem Gesicht wurde jedes Mal breiter, wenn er ein Versprechen gab, doch erst als er vortrat und die Hände nach mir ausstreckte, spürte ich ein Ziehen in der Kehle. Er legte meine Blumen aufs Bett, nahm meine Hände in seine und sah mich dann direkt an. Seine Stimme war leise, gerade laut genug, dass nur die im Zimmer Anwesenden es hören konnten.

»Es gab eine Zeit, in der ich mir eine eigene Familie nicht hätte vorstellen können, und dann sah ich dich … sah dich, wirklich zum ersten Mal. Vielleicht hatte ich zuvor nicht hingesehen, aber Gott sei Dank warst du im Dezember in diesem Flugzeug. Erinnere mich unbedingt daran, wenn wir nach Olympic Falls zurückkehren, dass ich Cassies Ex eine Karte schicke und ihm dafür danke, dass er so ein Idiot war.«

Darüber lachten wir beide, und ich konnte mich kurz entspannen, war ich doch den ganzen Morgen schon damit beschäftigt, die Tränen zurückzuhalten.

»Ich dachte, dass ein Leben ohne dich möglich wäre. Ich lag falsch. Als Jillian mir vor Wochen schrieb und sagte, dass du mich brauchst, wusste ich plötzlich, dass mein Leben auf immer mit deinem verbunden sein würde. Lass es uns mit dieser Hochzeit besiegeln. Ich bin nicht perfekt, Jessica, aber ich werde dich beschützen, dich lieben und dich achten. Ich fühle mich geehrt, dein Ehemann sein zu dürfen.«

Tränen rannen mir nun doch über die Wangen, und ich konnte nur noch nicken und flüstern: »Ich liebe dich.«

Ich bekam kaum etwas davon mit, wie der Geistliche den Rest der Zeremonie durchführte. Jeder Augenblick geschah instinktiv. Die Hand heben, damit er mir den Ring aufstecken konnte. Ihm einen Ring auf den Finger schieben. Und der Kuss.

Der *Kuss*.

Es war der erste Kuss meines Lebens. Wenigstens fühlte es sich so an. Als ob ich niemals wirklich geküsst hätte. Roman legte die Hand unter mein Kinn und hielt mich fest, obwohl ich mich fühlte, als würde ich gegen ihn sinken. Er war so weich und sanft und fest und fordernd, alles zugleich. In diesem Kuss steckte die ganze Bedeutung unseres Gelübdes und des Versprechens, für immer zusammenzubleiben – als besiegelten wir mit unseren Lippen den Schwur. In diesem Moment verschmolzen wir miteinander, und ich begriff die Bedeutung von *immer*.

Als wir uns voneinander lösten, atemlos, sah ich die gleiche Verwunderung, die ich empfand, in seinen Augen. Der Applaus unseres Publikums holte uns in die Realität zurück, und ich lachte und wurde rot, als sie einen weiteren Kuss forderten. Wir gehorchten mit einem raschen, befangenen Kuss. Roman legte den Arm um meine Taille und zog mich an seine Seite, und dann schüttelte er dem Geistlichen die Hand. Wie sich herausstellte, wollte uns die gesamte Truppe gratulieren, und sie traten einer nach dem anderen ins Zimmer und umarmten uns und küssten uns auf die Wangen. Ich verstand nicht einmal die Hälfte von dem, was sie sagten, aber ich wusste, was sie meinten. Als ich an meine abwesenden Freundinnen dachte, verspürte ich ein Ziehen in der Brust. Dieser Moment wäre perfekt gewesen, wenn Jillian und Cassie auch hier hätten sein können. Aber das Zimmer war auch so von Liebe und Freude erfüllt.

Als klar wurde, dass sich die Nachricht von der Zeremonie im ganzen Krankenhaus verbreitet hatte und die Glückwünsche so schnell nicht enden würden, verließ ich die Seite meines Ehemanns und setzte mich zu Aba. Sie nahm meine Hand, und ihre sonst so starken Finger wirkten zerbrechlich.

»Ich bin froh«, sagte sie zu mir. Ich sah es in ihren glänzenden Augen und dem Grinsen, bei dem sie ihre Zähne zeigte.

»Ich auch.«

»Du bist gut für ihn«, sagte sie. »Du liebst ihn, aber du lässt dir nichts gefallen. Genau die Frau, die er braucht.«

Ich lachte über ihre Feststellung. »Aber er lässt sich von mir auch nichts gefallen, Aba.«

»Gut. Es gibt auf der Welt schon genug Lügner und Betrüger. In einer Ehe haben die nichts verloren. Sei ehrlich, aber sanft. Sprich mit Liebe, selbst in der Wut.«

Ich nickte und nahm ihren Rat in mich auf. »Das werde ich, Aba.«

Es fühlte sich an, als würde ich ihr gegenüber ein eigenes Versprechen ablegen. Sie übergab ihn an mich, damit ich ihn fortan beschützen und lieben würde. Und ich nahm das ernst. So sehr ich glauben wollte, dass es ihr besser ging, und es sah wirklich danach aus, so musste sie doch wissen, dass ich Roman lieben und mich um ihn kümmern würde.

»Roman ist nicht hilflos«, fuhr sie fort, »und du bist das auch nicht, mi nieta, aber ihr müsst lernen, euch aufeinander zu verlassen. Es ist gut, stark zu sein. Es ist besser, eins zu sein.«

Ich begriff, was sie da sagte. Roman und ich waren bestenfalls beide eigensinnig, im schlimmsten Fall störrisch. Unser Ehrgeiz hatte uns beide durchs College gebracht. Wir waren beide unabhängig, aber wenn wir zusammen waren, gab es da eine Kraft, die ich vorher nicht gespürt hatte. Die Ehe würde Kompromisse bedeuten. Würde bedeuten, dass wir beide geben und nehmen mussten. Aber ebenso, dass wir endlich vollständig waren.

Aba winkte Roman zu sich. Als er herüberkam, hob sie seine Hand und legte sie in meine, ihre Finger lagen fest um unsere vereinten Hände, und sie seufzte zufrieden. Sie sprach so schnell auf Spanisch mit Roman, dass ich nicht mitkam, doch dann hörte ich das Wort *leche*.

Milch.

Tiefes Rot färbte meine Wangen, aber Roman lachte nur. Er beugte sich herab und küsste sie auf die Wange, dann sagte er: »Ich verspreche es.«

»Geht! Ich werde nirgendwo hingehen«, befahl sie uns. »Bring deine Frau ins Bett.«

Ich errötete noch mehr, und mein Blick fand einen Riss in der Wand, der meine gesamte Aufmerksamkeit erforderte. Dann hoben mich plötzlich zwei starke Arme hoch und trugen mich aus dem Zimmer. Ärzte, Krankenschwestern und Besucher jauchzten, als wir an ihnen vorbeikamen, und riefen uns weitere Glückwünsche zu. Auf dem Weg nach draußen warf ich meinen Strauß einer jungen Krankenschwester zu, die ihn triumphierend hochhielt.

Auf der Straße angekommen, stellte Roman mich endlich wieder auf die Füße, aber dann zog er mich sofort an sich und küsste mich. Ich sank gegen ihn, und meine Haut wurde heiß vor Verlangen.

»Vielleicht nehmen wir ein Taxi?«, schlug er vor, und seine Lippen lösten sich nicht von meinen.

»Mmmmmh.« Mein Gehirn hatte aufgehört, Worte zu bilden.

Seine Finger verwoben sich mit meinen, und wir liefen die Straße lachend hinauf, bis wir endlich ein Taxi fanden. Das Innere des Wagens war abgenutzt und schmutzig und der am wenigsten romantische Ort, an dem ich jemals gewesen war, aber das hätte mir nicht gleichgültiger sein können. Mein Blick war auf Roman gerichtet und seiner auf mich. Wir waren so ineinander versunken, dass der Fahrer sich räuspern musste, als wir angekommen waren. Roman warf ihm deutlich zu viel Geld zu, was ein enthusiastisches Danke und die Visitenkarte des Fahrers hervorbrachte.

»Mr. und Mrs. Markson«, rief die britische Concierge, als wir hereinkamen. Der Name haute mich um. Ich war nicht sicher gewesen, ob ich Romans Nachnamen annehmen sollte, aber so, wie sie das sagte, klang es aufregend. Vor allem, weil es mich daran erinnerte, dass ich seine Frau war.

»Ja«, sagte Roman und blieb stehen.

»Wir haben mit Freuden von Ihrer Hochzeit gehört«, sagte sie. »Wir haben uns die Freiheit genommen, eine Villa für heute Nacht für Sie bereit zu machen.«

»Aber unsere Sachen«, sagte ich. Ich machte bereits eine Liste mit all den Sachen, die ich aus meiner Tasche brauchen würde. Ich hatte Lillian versprochen, nicht schwanger zu werden. Das bedeutete, dass ich ein paar Vorräte brauchte.

»Das ist wirklich nett von Ihnen«, antwortete er. Es war offensichtlich, dass er selbst eine Liste im Kopf hatte mit Dingen, die rübergebracht werden müssten.

»Die Villa ist bereit. Wir können Ihnen zeigen, wo sie ist, wenn Sie möchten.«

»Wir kennen uns aus«, sagte Roman, und sein Mundwinkel zuckte. Die Concierge gab uns einen Schlüssel und wünschte uns alles Gute.

Sobald wir das Gebäude verlassen hatten, rannten wir Hand in Hand zu der Villa. Es war die gleiche, in der Cassie und ich während unserer Reise untergebracht gewesen waren.

»Welcher deiner Freundinnen verdanken wir dieses Upgrade?«, fragte er und schob den Schlüssel ins Schloss.

»Ich habe es niemandem erzählt«, sagte ich zögernd, und die Verwirrung schlich sich in meine Freude. »Ich dachte, du hättest dem Hotel Bescheid gegeben.«

»Darauf bin ich nicht gekommen. Ich konnte nur daran denken, einen Ring an deinen Finger zu bekommen«, gab er zu und öffnete die Tür.

»Aba?«, vermutete ich. Sie war die Einzige, die wusste, dass wir verheiratet waren. Ich hatte nicht einmal Jess oder Cassie geschrieben. So etwas verkündete man doch eher persönlich.

»Vielleicht könnten wir Nancy Drew auf den Fall ansetzen?«, schlug Roman vor. »Ich rufe sie später an. Jetzt stehe ich unter dem Befehl, dich zu Bett zu bringen.«

»Von deiner Großmutter«, sagte ich.

»Die eine weise Frau ist«, rief er mir in Erinnerung. Bevor ich antworten konnte, hob er mich erneut hoch. »Über die Schwelle, Mrs. Markson?«

Ich schlang die Arme um seinen Hals und vergrub mein Gesicht an seiner Schulter. »Ich denke, ich behalte meinen Namen.«

»Das dachte ich mir schon«, sagte er, als er mich ins Schlafzimmer trug. »Aber würde es dir etwas ausmachen, wenn ich heute Nachmittag mit Mrs. Markson schlafe?«

Ich schüttelte den Kopf und dachte bereits über die Silbentrennung nach. »Nicht im Mindesten.«

Kapitel 31

Rosenblütenblätter waren auf das Bett gestreut worden, und die Laken waren aufgeschlagen. Es sah aus, als wären wir in eine Flitterwochensuite gestolpert, und dann traf es mich, dass es genau so war. Die Erkenntnis brachte mich zum Kichern.

Roman strich mir über die Wange und legte mich auf das Bett. »Was ist so lustig?«

»Es ist alles so surreal«, sagte ich. »Wir sind *verheiratet.*«

»Bei mir ist es auch noch nicht richtig angekommen. Ich bin froh und gleichzeitig verwirrt«, sagte er.

»Das klingt wie ein anständiger Start einer Ehe. Es gibt Schlimmeres als glückselige Verwirrung.«

»Weißt du, was ein weiterer Vorzug ist?«, fragte er.

»Das hoffe ich doch«, sagte ich und griff nach seiner Gürtelschnalle.

»Ich versuche hier, eine ernsthafte Unterhaltung mit dir zu führen, und du hast nur schmutzige Gedanken im Kopf.«

»Ich dachte, du wolltest mit deiner Frau schlafen?«

»Das tue ich«, sagte er. »Aber mir fiel gerade ein, dass meine Frau einige Vorzüge an der Olympic State genießen wird.«

Ich sah ihn fragend an. »Ach ja?«

»Zum einen gibt es keine Regel, die besagt, dass man nicht mit einer Studentin *verheiratet* sein darf. Und zum anderen bekommen direkte Familienmitglieder eines Lehrkörpers einen Nachlass der Studiengebühren.«

»Zu schade, dass du kein Lehrkörper bist«, sagte ich.

»Das werde ich nächstes Jahr sein. Sie haben mir eine Juniorprofessur angeboten.«

»Und das hast du mir nicht erzählt?«, fragte ich und setzte mich im Bett auf.

»Das habe ich vor lauter Aba völlig vergessen.« Er zuckte mit den Schultern, und ich verzog das Gesicht. Wieso freute er sich nicht darüber?

»Willst du lieber hierbleiben?«, fragte ich.

»Hier gibt es keinen Job«, sagte er, »und keinen Erlass auf Studiengebühren für meine Frau.«

»Ich brauche deine Hilfe nicht, was das Geld anbelangt.«

»Du bist meine Frau«, hielt er dagegen.

»Wenn du glaubst, dass ich nicht für mich selbst sorgen …«

»Moment mal, Jess. Das habe ich nie gesagt. Tatsache ist, dass wir zusammenleben und uns die Ausgaben teilen werden. Ich erwarte nicht, dich durchzufüttern, aber ich habe vor zu helfen. Wir müssen dich durch die Medizinische Fakultät bringen«, sagte er.

Ich schob den Unterkiefer vor und blickte zu ihm auf. »Ich kann meine Rechnungen selbst bezahlen.«

»Das weiß ich«, sagte er. »Du musste es aber nicht mehr alleine machen. Kompromisse, schon vergessen? Außerdem wird mein Gehalt nicht weit reichen. Du wirst dennoch die Freude haben, einen Studentenkredit aufzunehmen.«

Ich rappelte mich auf und gab ihm einen Kuss auf die Wange. »Wie aufregend.«

»Wo gehst du hin?«, fragte er und nahm meine Hand, als ich mich von ihm abwandte.

»Ins Bad«, sagte ich. »Damit ich das Bett die nächsten fünf Stunden nicht verlassen muss.«

»Klingt vielversprechend und ambitioniert.« Er schwieg kurz und trat von einem Fuß auf den anderen. »Hast du daran gedacht ...«

Ich nahm meine Tasche und hielt sie hoch. Mein Diaphragma war darin sicher verstaut. »Der zweite Grund, aus dem ich ins Bad muss.«

Roman streckte die Hand aus und nahm mich bei der Taille, dann legte er eine Hand sanft auf meinen Bauch. »Eines Tages. Aber zuerst bringen wir dich durchs Medizinstudium, einverstanden?«

Ich schenkte ihm ein schwaches Lächeln, dankbar, weil er verstand, wie ich mich fühlte. Ich wollte eine Familie mit Roman. Aber zuerst wollte ich ihn eine Weile für mich selbst. Im Bad kümmerte ich mich zuerst um alles andere, dann durchwühlte ich meine Tasche nach dem Lipgloss. Mein Telefon blinkte, und ich sah darauf.

JILLIAN: Du wirst nicht glauben, was ich dir zu erzählen habe.

Mir wirst du auch nicht glauben, dachte ich. Wenn ich ihr jetzt schrieb, dass ich verheiratet war, würde sie es für einen Scherz halten, bis ich mit einem Ring am Finger nach Hause kam. Gestrichen. Ich würde ihr vermutlich sogar die Hochzeitsurkunde zeigen und dann den Geistlichen mitsamt der Bibel herbeischaffen müssen, damit er darauf schwor. Ich hatte gedacht, dass ich nach der Hochzeit vielleicht nervös sein würde, aber mein Magen schlug einen begeisterten Salto, und ein Schauder rann mir über den ganzen Körper.

Ich tippte aufs Telefon, um die nächste Nachricht zu lesen.

CASSIE: Hältst du dich aus Schwierigkeiten raus?

Ihre Stimme erklang beim Lesen in meinem Kopf, mit dem koketten, wissenden Tonfall. Ich blickte mich im Bad um und dachte darüber nach. Es konnte kein Zufall sein, dass Roman und ich wieder in der gleichen Villa waren, in der wir unsere erste Nacht zusammen verbracht hatten. Ich wusste nicht, wie sie das angestellt hatte oder woher sie überhaupt wusste, dass wir geheiratet hatten, aber ich war nicht überrascht. Sie hatte sich vermutlich durch halb Mexiko telefoniert, um sich nach mir zu erkundigen, inklusive des Straßenhändlers, der uns meinen Brautstrauß verkauft hatte. Ich würde sie bestechen müssen, wenn ich herausfinden wollte, wie sie es erfahren hatte, aber mein Instinkt sagte mir, dass es ihr Werk war.

Ich sandte beiden eine Nachricht, dass auch ich eine Überraschung für sie hätte.

Dann ordnete ich mir die Haare, putzte mir die Zähne und entdeckte dann überrascht, dass ich nervös war. Es war nicht so, dass es mein erstes Mal war, nur dass es mein erstes Mal als verheiratete Frau war. Mein Spiegelbild verdrehte die Augen. Ich warf einen Blick auf mein leichtes Sommerkleid und beschloss, dass es nicht sexy genug war für meinen wartenden Ehemann. Ich zog es aus, sodass nur BH und Slip übrig blieben. Ich war noch nie zu Roman gegangen in etwas, das auch nur annähernd als Dessous hätte durchgehen können. Und das hier waren auch keine Dessous. Ich zog meinen BH aus und drehte mich vor dem Spiegel um. Schon besser. Nach einem Augenblick zog ich auch den Slip aus.

Ich war auf jeden Fall noch nie nackt zu Roman gegangen. Er hatte mich ausgezogen, oder ich hatte mein Shirt anbehalten, aber ich war noch nie so zu ihm gegangen – nackt und verletzbar.

Für unsere Hochzeitsnacht schien das ein guter Anfang zu sein.

Ich holte tief Luft und öffnete die Tür. Roman hatte mir den Rücken zugewandt und goss Champagner in zwei Gläser.

»Jemand weiß es«, sagte er, ohne mich anzusehen. »Sieh mal, was im Kühlschrank war.«

»Ich vermute, dass ich weiß, wer es weiß.«

»Lass mich raten …« Er drehte sich um, und dann fiel ihm die Kinnlade runter. Er ließ die Champagnergläser stehen und kam zu mir. Ich konnte mich nicht bewegen, war von seinem durchdringenden Blick gefangen.

»Mrs. Markson.« Er legte die Arme um meine Taille und zog mich an sich.

»Du bist noch angezogen.« Meine Hände verkrallten sich in sein Hemd, und ich zog ihn zu einem Kuss zu mir herab.

»Möchtest du das beheben?«, fragte er, als sich unsere Lippen trafen. Meine Verletzlichkeit schmolz dahin, als sein Körper sich an meinen drückte. Ich schob sein Hemd hoch, und er zog es so schnell über den Kopf, dass ich die Abwesenheit seines Kusses nur kurz bemerken konnte, bevor sich unsere Zungen wieder berührten. Romans Hände glitten von meinen Hüften zu meinem Po, dann hob er mich hoch, und ich schlang die Arme um seinen Hals. Er hielt mich fest – ruhig und stark –, während er meinen Mund erkundete. Der Schmerz in meiner Brust wuchs, bis ich dachte, ich könnte sterben vor Liebe. Seine Lippen verließen meine, und er setzte mir Küsse auf den Nacken, während er sich zu meinem Ohr hocharbeitete.

»Ich bin froh, dass wir am Morgen geheiratet haben«, murmelte er. Sein Atem war warm und kitzelte meine empfindliche Haut, sandte erwartungsvolle Schauder durch meinen Körper.

»Mmmmh«, war alles, was ich noch herausbrachte, so sehr pochte das Verlangen in mir.

»Jetzt kann ich dich den ganzen Tag lang lieben.« Er trug mich zum Bett und legte mich vorsichtig darauf, als ob ich aus Glas wäre – zerbrechlich und kostbar. Ich ließ sein Gesicht nicht aus den Augen, nicht einmal, als ich den Reißverschluss hörte. Roman streifte seine Hose ab und schob mich sanft zu den Kissen am Kopfende des Bettes hinauf.

»Was schwebt dir vor?«, frage ich.

»Ich möchte meine Frau ehren. Mach es dir gemütlich«, sagte er und ließ sich auf Hände und Knie nieder und spreizte meine Beine. »Ich werde eine Weile lang hier sein.«

Mein Kopf sank zurück, als seine Zunge sich zwischen meinen Beinen zu schaffen machte. Er huldigte mir, küsste und leckte mich, bis ich beinahe so weit war. Aber er erlaubte mir nicht zu kommen. Mein Körper summte förmlich vor Lust, jeder Nerv war wach und angespannt, sehnte sich verzweifelt nach Erlösung und gleichzeitig danach, dass er seine wundervolle Tortur fortführte.

Als ich nicht mehr konnte, verschwand sein Mund plötzlich, und ich öffnete die Augen und stellte fest, dass er mit einem selbstzufriedenen Grinsen am Rand des Bettes kauerte.

»Im Eheversprechen hieß es *im Guten*«, sagte ich mit einem Stöhnen. »Ich habe nachgesehen.«

Sein Grinsen wurde breiter. »Ist das ein Hinweis?«

»Ich befolge nur die Regeln.«

»In diesem Fall.« Roman nahm mich bei den Hüften und hob mich hoch, dann drang er mit einem Stoß in mich ein. Ich keuchte auf, von dem Moment überwältigt. Mein Ehemann berührte mich. Mein Ehemann war in mir. Nichts davon machte mir Angst, es erfreute mich. Ich rieb mich an ihm, während mein Körper heftiger pulsierte.

»Ich liebe dich, Jessica Stone-Markson«, sagte er leise, und ein Schauder durchfuhr mich. Er stieß fester zu, härter, reagierte auf die Gier meines Körpers, und ich spürte eine weitere Welle über mir zusammenschlagen.

»Ich liebe dich«, sagte ich atemlos, »so lange ich lebe.«

Roman stöhnte, als meine Worte ihn über die Grenze sandten. Er drang tiefer in mich ein, und ich kam in Wellen der Lust, die durch meine Glieder fuhren und mich in Götterspeise verwandelten. Er sank auf mich herab und nahm mich in die Arme, hielt mich an seiner Brust fest, während die schwindelerregende Freude verebbte. Unsere Haut war feucht vor Schweiß, und unser Atem kam in raschen Stößen. Ich wurde mir seines Herzschlags bewusst, der gegen meine Wange pochte. Der Nebel in meinem Kopf klärte sich, und ich strich mit einem Finger an seiner Brust hinab.

»Wenn das hier bedeutet, eine ehrenwerte Frau zu sein …«

Roman hob eine Augenbraue. »Eine ehrenwerte Frau, aha?«

»Wie würdest du mich denn nennen?«

»Eine wunderschöne, freundliche, starke Frau.« Er vergrub sein Gesicht in meinem Haar. »Wobei ich dich auch gerne noch einmal zur ehrenwerten Frau machen würde, falls dir das gefallen hat.«

»Oh ja?«, sagte ich herausfordernd.

Auf Romans Gesicht breitete sich ein Grinsen aus, als er sich auf mich rollte. »Oh ja.«

Ich verlor jegliches Zeitgefühl, der Tag ging in den Abend über, bevor wir aus dem Bett stolperten, um uns mit Essen und Wasser zu stärken.

»Da ist nicht viel drin«, sagte er und schaute in den Kühlschrank. »Möchtest du ausgehen? Wir könnten auch noch mal ins Krankenhaus.«

Ich nickte und warf ihm einen Beutel mit gemischten Nüssen zu, der in dem Präsentkorb auf dem Tresen gewesen war.

»Ich dachte, meine wären mehr nach deinem Geschmack«, sagte er und wackelte mit den Augenbrauen.

Ich stöhnte und schob mich auf den Tresen hoch. »Sehr erwachsen, Mr. Markson.«

»Danke, Mrs. Markson.«

Der Name fühlte sich warm und angenehm an, und ich blinzelte die Tränen weg. Roman war jedoch nicht so leicht zu täuschen.

»Hey«, sagte er und legte einen Finger unter mein Kinn. »Ich nenne dich nicht mehr Mrs. Markson, wenn dich das ärgert.«

Ich schlug ihm gegen die Schulter und lachte, während die Tränen über meine Wangen liefen. »Freudentränen.«

»Oh«, sagte er, aber es war offensichtlich, dass er verwirrt war.

»Ich behalte trotzdem meinen Namen«, sagte ich, »aber das heißt nicht, dass ich es nicht mag, daran erinnert zu werden, dass ich deine Frau bin.«

»Du bist meine Frau«, sagte er mit Nachdruck, und ich weinte noch mehr und schlang meine Arme um seinen Hals. Unsere Lippen streiften sich sanft, während wir einander im Arm hielten und über die Macht solch kleiner Worte staunten.

Das Klingeln von Romans Telefon ließ uns auseinanderfahren, und er durchquerte die Küche. Sobald er das Display sah, wurde er blass, und ich sprang auf und lief zu ihm. Unsere Hände verwoben sich miteinander, und ich flüsterte: »Ich bin hier.«

Seine Finger packten meine fester, und er ging ran, und in diesem Moment begriff ich, was ich ihm wirklich versprochen hatte. »Ich will« zu sagen war keine Garantie auf ein »Und sie lebten glücklich bis ans Ende ihrer Tage«. Es bedeutete nicht, dass wir keine weiteren Herausforderungen zu meistern haben würden. Es bedeutete jedoch, dass wir uns ihnen gemeinsam stellen würden. Ich hatte vor der Ehe Angst gehabt, bis ich Roman getroffen hatte, aber jetzt wusste ich, Ehe war eine Partnerschaft zwischen besten Freunden. Sie war der Beginn unserer Familie, und als ich sah, wie Romans Gesicht schlaff vor Trauer wurde, spürte ich seinen Schmerz so sehr, als wäre er mein eigener. Als er das Telefon hinlegte, öffnete er den Mund, um etwas zu sagen, doch er konnte es nicht. Ich legte einen Finger auf seine Lippen und schüttelte den Kopf. Er musste es nicht aussprechen. Meine Hand blieb fest in seiner, weil wir beide wussten, dass wir gemeinsam stärker waren. Das würden wir immer sein.

Leseprobe

Only with You

»Du bist mein größtes Glück«

von Geneva Lee

Während Cassies beste Freundinnen am College ihre perfekten Prinzen getroffen haben, hat Cassie nur reihenweise Frösche geküsst. In Seattle soll alles anders werden. Cassie hat den begehrtesten Praktikumsplatz der Stadt an Land gezogen, aber der hat es in sich: Am ersten Tag trifft sie nicht nur auf ihren jungen, gut aussehenden Chef, sie muss auch feststellen, dass sie nicht die Einzige ist, die für das Praktikum mit Aussicht auf einen festen Job eingestellt wurde. Ihr Konkurrent um die Stelle ist ebenso wie sie jung, ehrgeizig, kreativ … und ausgerechnet ihr Ex-Freund.

Kapitel 1

Seattle war ein regelrechtes Minenfeld. Man kam um die Ecke. Aus einem Gebäude. Holte sich nur kurz etwas zu essen. Und … *hallo*!

Der erste Tag meines Praktikums war noch nicht vorbei, und drei meiner Exfreunde hatten mir bereits gegenübergestanden. Langsam fragte ich mich, ob die Uni ein Programm gestartet hatte, im Rahmen dessen sie jeden Junggesellen des Campus ans Stadtgebiet verlieh. Nicht, dass einer von denen es draufgehabt hätte – nach meinen Standards sowieso nicht.

Mein Tag hatte damit begonnen, dass ich in Luka reingerannt war, aka Mr. Erstes Studienjahr, als ich versuchte, den Parkplatz zu bezahlen. Der Automat nahm meine Karte nämlich nicht an, so als wäre es nicht schon übel genug, fünfundzwanzig Dollar für das Privileg ausgeben zu müssen, mein Auto in diesem Parkhaus stehen lassen zu dürfen. Der Kerl hinter mir hatte sich immer wieder geräuspert, bis ich schließlich die Beherrschung verlor und mich zu ihm umdrehte. »Brauchst du vielleicht ein Hustenbonbon, Blö ...«

Mir verschlug es die Sprache, als ich diese mir so vertrauten blauen Augen erblickte. Vor ein paar Jahren hatte ich mich lange genug in sie versenkt, um noch jeden Fleck in der Iris in Erinnerung zu haben. Hätte ich mir nur mal die Mühe gemacht, die inneren Werte zu checken ... Das war aber auch wirklich schwer gewesen, in Anbetracht dessen, dass er wirklich überdurchschnittlich heiß war. Ich war auf sein ungebändigtes Haar und den kantigen Kiefer reingefallen. Und dass er zwei Stunden pro Tag im Fitnessstudio verbrachte, tat auch nicht gerade weh. Nicht am Anfang. Allerdings hätte es mir vermutlich den Hinweis liefern können, dass er ein Narzisst erster Klasse war.

»Cassie?« Er klang so überrascht, wie ich mich fühlte, und das versetzte meinem Selbstbewusstsein den bitter nötigen Auftrieb. Vielleicht hatte er nicht damit gerechnet, jemandem über den Weg zu laufen, den er kannte, oder vielleicht – nur vielleicht – hatte ich mich auch von der Neunzehnjährigen, die er gekannt hatte, ganz ordentlich weiterentwickelt. Die Yogahose und die Uggs hatte ich gegen Jimmy Choos und Bleistiftrock eingetauscht. Ich war definitiv kein Mädchen mehr.

»Der Automat ist kaputt.« Das war die einzige Erklärung. Ich hatte fünf Minuten lang versucht, ihn davon zu überzeugen, mein Geld anzunehmen.

»Lass es mich versuchen.« Lukas Lippen verzogen sich zu dem arroganten Lächeln, das ich einmal so charmant gefunden hatte. Damals hatte es ihm bei mir freien Eintritt verschafft. Jetzt musste ich mich beherrschen, ihm nicht eine runterzuhauen. Schnallte er meinen neuen Status als knallharte Bitch nicht?

Ganz offensichtlich nicht, denn er schnappte mir die Visakarte aus der Hand. Er trat vor, wandte sich zu dem Automaten um und zog sie durch. Die Zahlung erfolgte augenblicklich.

Das Leben musste für die wirklich dummen Typen wirklich einfacher sein. Sie merkten es vermutlich nicht mal, wenn sie was echt Idiotisches machten. Mir war es leider nur zu bewusst, weshalb ich eine Reihe Flüche ausstieß, die jeden Matrosen zum Erröten gebracht hätten.

Er gab mir die Karte zurück. Mein Parkplatz war gesichert, aber meine Würde war ein Trümmerhaufen.

»Danke.« Ich schob die Karte in meine Handtasche und mied Augenkontakt. Warum hatte kein Unbekannter hinter mir stehen können? Eine Fußballmutti oder ein frühvergreister Manager? Jemand, dem nicht aufgefallen wäre, dass ich keine Ahnung hatte, wie man diesen Automaten benutzte.

»Was machst du hier?«, fragte er, tippte die Nummer seines Parkplatzes ein und bezahlte.

»Praktikum«, brachte ich hervor und spähte Richtung Ausgang. »Muss jetzt auch los, sonst komme ich zu spät.«

Er steckte den Beleg ein. Dann wandte er sich zu mir um, und sein Blick schweifte über meinen Körper und bedachte dabei meine Brust mit besonderer Aufmerksamkeit. »Wir sollten mal was unternehmen. Himmel, du hast dich kein bisschen verändert.«

Ich konnte mich nicht zurückhalten. »Ich oder meine Titten?«, fauchte ich. »Du bist wohl eher derjenige, der sich nicht verändert hat.« Ich wartete nicht ab, ob ich das selbstzufriedene Grinsen von seinem Gesicht gewischt hatte, sondern verließ das Parkhaus.

Ja, ich hatte noch den gleichen Körper – dank fünf Stunden pro Woche im Fitnessstudio. Aber mich mit meinen Brüsten gleichzustellen war genau der Grund, aus dem meine Beziehung zu Luka nicht funktioniert hatte. Seine Aufmerksamkeit reichte nicht über den Sex hinaus. Ich hatte eine echte Bindung gewollt, aber er konnte mir nur Orgasmen bieten. Das war eine Weile lang genug gewesen. Als dann jedoch der Blick, der über meinen Körper zu wandern pflegte, in andere Richtungen abgeschweift war, hatte ich ihn in die Wüste geschickt.

Ich nahm mir vor, das nächste Mal in einem anderen – weniger gut gelegenen – Parkhaus zu parken, und setzte mein Leben fort.

Das Problem mit meinem Leben war allerdings, dass es so schnell die Stimmung wechselte wie ein Roman von Dickens, inklusive der Geister irgendwelcher Exfreunde. Als ich das Café an der Ecke betrat, waren mir die braunen Augen des Baristas nur zu vertraut. Es war Mr. Nice Guy höchstpersönlich. Zu nett. Viel zu nett. Wir waren uns begegnet, nachdem ich einige miese Entscheidungen getroffen und schließlich unter Tequila-Einfluss und in Gegenwart meiner Freundinnen den Bad Boys abgeschworen hatte.

Er schrieb meinen Namen auf den Becher, bevor ich noch rückwärts wieder aus der Tür gehen konnte.

»Geht aufs Haus!«, rief er fröhlich und begann, mir ein Getränk zuzubereiten, ohne auf meine Bestellung zu warten. Danny erinnerte sich daran, wie ich meinen Kaffee trank. Weil Danny ein grundehrlicher, guter Mensch war – und ich Dreck.

»Bist du dir da sicher?«, fragte ich und wippte auf meinen Absätzen vor und zurück. Wenn er mich bezahlen ließ, hatte ich immerhin noch etwas anderes zu tun, als in sein engelhaftes Gesicht zu blicken, das mich anstrahlte. Wichtig ist hier zu erwähnen, dass Danny auf diese Der-Junge-von-nebenan-Art ultraheiß ist. Sogar in dem obligatorischen T-Shirt von Sound Coffee, das er hier tragen musste, kam sein muskulöser Oberkörper zur Geltung – den er dem Klettern, Fahrradfahren und der Arbeit als Freiwilliger im örtlichen Tierheim verdankte. Als mein Getränk fertig war, fiel ihm eine braune Haarlocke ins Gesicht. Er schob sie sich hinters Ohr. Das hatte ich bereits eine Million Mal beobachtet. Es war irgendwie beruhigend. Und genau da lag das Problem mit Danny. Er war bequem und zuverlässig. Alles, was ich geglaubt hatte zu wollen. Doch egal wie sehr ich es versucht hatte – und wir waren monatelang miteinander ausgegangen –, immer war es gewesen, als würde ich meinen Bruder küssen. Wir hatten es nicht einmal übers Fummeln hinausgeschafft. Dann hatte ich per SMS mit ihm Schluss gemacht, weil es persönlich zu sagen schlimmer gewesen wäre, als einen Welpen zu treten.

Natürlich hatte er es gut aufgenommen und der echten Fröhlichkeit nach zu urteilen, die er jetzt ausstrahlte, hatte ich keinen bleibenden Schaden angerichtet. Warum fühlte ich mich also noch so furchtbar?

»Wie geht es dir?«, fragte er, als er die Papphülle um meinen Becher schob.

»Gut.« Ich nahm das kostenlose Getränk entgegen. Immerhin war es ein großer Tag. Ein kostenloses Getränk war wie ein kleiner karmischer Glückszauber. Vielleicht war ich Danny gegenüber doch nicht so schrecklich gewesen. Vielleicht war ich kein solches Miststück. Vielleicht bekam ich die Chance, ihm zu zeigen, wie sehr ich mich verändert hatte. »Wie geht es dir?«

Vorsichtig nahm ich einen Schluck. Drei Shots Espresso, fettarme Milch und ein winziges bisschen Kakao. Es war genau so, wie ich es gern mochte.

»Prima.« Er beugte sich vor, damit wir uns über das Geschepper im Café hinweg unterhalten konnten. »Ich arbeite hier, seit mein Dad gestorben ist. Ich versuche, noch ein Jahr lang die Studiengebühr zusammenzusparen, damit meine Mom mir nicht bei einem Studentendarlehen helfen muss.«

Plötzlich schmeckte der Kaffee in meinem Mund nach Asche. »Oh mein Gott, das tut mir so leid, Danny! Das hatte ich nicht mitbekommen!«

»Ist in Ordnung.« Er tat mein Entsetzen mit einer Geste ab. »Es ist zwei Jahre her. Ich vermisse ihn, aber ich weiß, dass er auf mich aufpasst.«

Zwei Jahre? Es brauchte nicht viel geistige Rechenarbeit, um zu wissen, wo ich vor zwei Jahren gewesen war. Ich hatte gerade mit Danny Schluss gemacht, und meine besten Freundinnen und ich waren mit gefälschten Ausweisen durch die Bars gezogen. So sehr ich ihn fragen wollte, warum er es mir nicht erzählt hatte, kannte ich doch die Antwort. Warum sollte man eine Exfreundin auf dem Laufenden halten, die nicht einmal von Angesicht zu Angesicht mit einem Schluss machen konnte.

»Wir sollten uns mal treffen«, sagte ich schuldbewusst, dankte ihm noch einmal für das Getränk und ging. Ich warf es in den ersten Mülleimer, den ich sah. Dort gehörte ich auch hin. In den Müll. Jetzt musste ich mir zu einem neuen Parkhaus auch ein anderes Café suchen, außer ich könnte es ertragen, ihn wiederzusehen.

Vielleicht könnte ich Danny wiederbegegnen, wenn ich klarmachte, dass ich an nichts anderem als Freundschaft interessiert war. Dann könnten wir miteinander abhängen. Nicht, dass er nicht schon genug Freunde hatte. Er war immer der Typ gewesen, der von Kumpels umgeben war. Vermutlich, weil er der Typ war, den man für einen Umzug anrief oder wenn das Zimmer gestrichen oder der Rasen gemäht werden musste. Danny war vermutlich der netteste Kerl auf der ganzen Welt. Ich dachte immer noch darüber nach, wie ich es wiedergutmachen könnte, als ich die Lobby der NorthWest Investments zum ersten Mal betrat.

Ich hatte meine Bewerbungsgespräche am Telefon absolviert und auf dem Campus, was bedeutete, dass ich die Büros noch nicht gesehen hatte. Anhand dessen, was ich über den Laden wusste, hatte ich ein mit Arbeitskabinen vollgestopftes Studio erwartet. Die Eigentümer der Gruppe waren nicht viel älter als ich. Der CEO war nicht einmal dreißig. Trotz der Tatsache, dass sie vernachlässigte Wahrzeichen Seattles aufkauften, um sie zu restaurieren, hatte ich nicht erwartet, dass wirklich Geld hinter dem Unternehmen steckte. Alles, von den deckenhohen Fenstern zu den polierten Marmorfußböden und den glänzenden Aufzügen, widerlegte meine Erwartung. Ich hatte mich darauf gefreut, meine ersten Erfahrungen in der Öffentlichkeitsarbeit bei einem Start-up-Unternehmen zu sammeln. Jetzt stand ich hier und war höchst erfreut – und nervös. Dieses Praktikum war offensichtlich eine viel größere Sache, als ich gedacht hatte. Ich erlaubte mir einen Augenblick, um alles in mich aufzunehmen. Es war kein echter Job – noch nicht. Doch so nah war ich noch nie einem gewesen.

Ich schob meine Tasche über die Schulter und ging auf den Empfang zu, dann kam ich unelegant zum Stehen, als ein Mann mir in den Weg trat. Luka über den Weg zu laufen hatte sich wie ein böses Omen angefühlt. Die Unterhaltung mit Danny hatte mich ins Schleudern gebracht. Aber der Letzte, den ich sehen wollte, am letzten Ort, an dem ich ihn sehen wollte, wartete in der Eingangshalle von NorthWest Investments auf mich.

Trevor, der Fang, den ich erst kürzlich losgelassen hatte, hielt ergeben die Hände hoch. Er hatte eine ähnliche Geste gemacht, als ich ihn an Weihnachten mit einer anderen erwischt hatte. Für mich wäre er immer ein Mistkerl.

Mein Geist raste. Was machte er hier? War er mir gefolgt? Vielleicht war ich hier falsch. Ich sah noch einmal zur Tür und erkannte, dass ich genau da war, wo ich sein sollte. Dann setzten sich die Puzzleteile zusammen. Ich hatte mich letzten Herbst für dieses Sommerpraktikum beworben, während wir noch zusammen gewesen waren. Wut raste durch mich hindurch, als ich erkannte, was geschehen war.

Er hatte sich für das gleiche Praktikum beworben. Ich erinnerte mich nicht daran, dass es zwei Plätze gegeben hatte, was bedeutete, dass er sich absichtlich als meine Konkurrenz aufgestellt hatte – während wir noch miteinander gegangen waren. Ich hatte geglaubt, sein Fremdgehen wäre schlimm, aber offensichtlich konnte er noch tiefer sinken, und hatte das auch getan.

»Lass mich das erklären«, begann er, aber ich ging an ihm vorbei. Trevor folgte mir zum Empfang.

Ich gab mein Bestes, seine lahmen Entschuldigungen auszublenden, und meldete mich bei dem Mann hinter dem Tresen.

»Hi, George«, las ich von dem Namensschild auf dem Tisch ab. »Ich bin hier wegen des Praktikums.«

Georges Lippen zuckten, als er die Situation erfasste. Wir mussten ziemlich lächerlich aussehen: ein schleimiger Kerl, der jede noch so klischeebehaftete Entschuldigung ausstieß, die man sich denken konnte, und die Exfreundin, die versuchte, ihn zu ignorieren. Mir stieg wahrscheinlich Dampf aus den Ohren. »Wie heißt du?«

»Cassandra Hart«, sagte ich freundlich.

»Mr. North wird gleich für die Einführung der Praktikanten herkommen. Wenn du dich setzen möchtest…« Ohne Zweifel wusste er, dass ich die Zeit lieber damit verbringen würde, meinen Mit-Praktikanten auf einen Spieß zu stecken.

Ich wandte mich um und ging, so gelassen es mir möglich war, zu der Sitzecke, doch bevor ich mich setzen konnte, überfiel Trevor mich mit einem: »Wir müssen reinen Tisch machen.«

»Ernsthaft?« Ich wirbelte zu ihm herum. Ich senkte die Stimme zu einem leisen Fauchen und beschloss, genau das zu machen. »Du bist unglaublich. Du hast mir dieses Praktikum gestohlen.«

»Du bist auch hier. Ich habe wohl kaum etwas gestohlen.«

Das stimmte, aber das würde ich nicht zugeben. »Du hast das absichtlich gemacht, ich habe keine Ahnung, warum. Und Gott helfe dir, falls du so versuchst, mich zurückzugewinnen. Lass mich das ganz deutlich sagen. Du und ich? Das ist vorbei. Falls das also ein jämmerlich …«

»Ist es nicht«, unterbrach er mich.

Das irritierte mich. »Na … gut. Denn wenn du mir das hier vermasselst, werde ich dir die Eier abschneiden und sie den Möwen zum Fraß vorwerfen.«

Trevors Miene verdüsterte sich, aber bevor er etwas erwidern konnte, wurden wir von einem höflichen Räuspern unterbrochen.

»Ich denke, wir fangen dann wohl mit den Bestimmungen zu sexueller Belästigung an.«

Wir drehten uns zu der Quelle der tiefen, männlichen Stimme um. Ich straffte die Schultern ein wenig, um selbstbewusst zu wirken, aber meine Wangen waren sicher gerötet. Die Hitze verwandelte sich jedoch in ein wahres Inferno, als mein Blick auf ihn traf: Mr. Groß, Dunkelhaarig und Gutaussehend, in einem maßgeschneiderten Anzug. Die schwarzen Haare waren hinter die Ohren geschoben, und seine elektrischen, blauen Augen musterten mich. Seinem finsteren Blick nach zu urteilen – das war aber auch das Einzige, was sein hinreißendes Gesicht verunstaltete –, gefiel ihm nicht, was er sah.

Meine Knie gaben ein wenig nach, und ich machte rasch einen Schritt nach vorn, um mich zu fangen. Es dauerte kurz, meine Sprache wiederzufinden, aber dann war sie fest und klar. »Mr. North?«

Er senkte den Kopf bestätigend, und mir rutschte das Herz in die Hose. Seinem Aussehen nach zu urteilen, konnte er nur ein paar Jahre älter sein als ich. Und ich hatte gehofft, dass er vielleicht ein weiterer Praktikant wäre. Oder ein Assistent der Geschäftsführung. Oder ein wirklich kurioser, neugieriger Fremder. Egal wer, nur nicht der CEO.

»Nenn mich Gavin«, bot er mir an. »Ich gehe davon aus, dass ihr euch kennt.«

Ich nickte und sah, dass Trevor das ebenfalls tat.

»Wir sind alte Freunde.« Die Lüge kam Trevor leicht über die Lippen, und Gavins Augenbraue zuckte nach oben. Gavin North hatte allem Anschein nach einen noch besser funktionierenden Lügendetektor als ich. Trotzdem sagte er nichts dazu. Trevor machte einen Schritt nach vorn, bevor ich mich erholt hatte. »Ich bin Trevor.«

Ich hasste es, dass er sich selbst zuerst vorgestellt hatte. Also streckte ich die Hand aus, bevor er das tun konnte. »Cassie. Ich meine, Cassandra.«

Gavin sah zwischen uns hin und her, bevor er meine Hand schüttelte, als würde er eine Entscheidung treffen. Zwei übereifrige Praktikanten, die fest entschlossen waren, einander zu übertrumpfen. Er wählte mich aus und nahm meine Hand mit festem Griff. Funken flogen, sobald unsere Finger sich berührten, und ich unterdrückte ein Aufkeuchen. Er war heiß, und ich war nervös, das war eine furchtbare Kombi. Ich zog die Hand weg und hoffte, dass er nicht sah, wie sehr mich die Berührung verwirrte. Doch als unsere Blicke sich begegneten, war seiner eiskalt. Zu kalt. Entweder hasste er mich bereits, oder er hatte beschlossen, auf Abstand zu bleiben. Vielleicht war ich ja doch nicht die Auserwählte. Bedachte man die Drohung, die ich Trevor entgegengeschleudert hatte, als North dazugekommen war, konnte ich ihm das nicht vorwerfen. Die Schmetterlinge in meinem Bauch verwandelten sich in einen Schwarm wütender Hornissen.

»Wenn ihr beide fertig seid…« – er wartete keine Antwort ab –, »gestattet mir, euch zu eurem ersten Tag bei NorthWest Investments willkommen zu heißen.«

Die Kälte in seiner Stimme tat nichts, um die Übelkeit erregende Nervosität zu dämpfen. Ich zwang mich zu einem Lächeln und fragte mich, ob mein erster Tag hier auch mein letzter sein würde. Als ich an diesem Abend nach Hause kam, wünschte ich mir, dass er das gewesen wäre.

Kapitel 2

Mein aktueller fester Freund war verlässlich, aufmerksam und batteriebetrieben. Meine am längsten andauernde Beziehung hatte unterschiedliche Geschwindigkeiten und vibrierte. Mr. Zuverlässig, mein Vibrator, hatte mich noch nie enttäuscht. Und er lag mitten auf dem Fußboden, in meiner neuen Bleibe. Die Katze meiner Mitbewohnerin döste faul daneben.

»Echt mal!« Ich schnappte ihn der Katze weg, die empört nach meiner Hand schlug. »Das ist meiner, weißt du, den darfst du dir nicht einfach holen. Wie bist du überhaupt in meine Unterwäscheschublade gekommen?«

Super. Jetzt unterhielt ich mich mit der Katze. Ein weiterer Beweis dafür, dass der heutige Tag mich beinahe kleingekriegt hatte. Als sie mir in mein Zimmer folgen wollte, knallte ich die Tür zu, bevor sie hindurchlaufen konnte. Sie reagierte mit einem frustrierten Maunzen. Wenigstens antwortete die Katze. Ich zupfte ein bisschen Fell vom Vibrator und legte ihn wieder zwischen meine

Unterwäsche, dann streifte ich die Stilettos ab. Die letzten paar Jahre über den Campus zu laufen hätte mich darauf vorbereiten sollen, den ganzen Tag auf den Beinen zu sein, aber Seattle war hügelig und hatte rissige Bürgersteige. Und ich hatte rasch gelernt, dass ich trotz der vielen Aufzüge bei NWI nicht mein Leben damit zubringen konnte, auf einen zu warten, also machte ich mich mit den Treppen vertraut, als ich Akten von einem zum nächsten Büro brachte.

Ich zog mich nicht aus, sondern warf mich, wie ich war, aufs Bett. Ich war zu erschöpft von der starken Mischung aus Nervosität, Aufregung und Verärgerung, die beinahe den ganzen Tag über angedauert hatte. Mein Telefon wies ein Dutzend verpasster Nachrichten von meinen besten Freundinnen Jillian und Jess auf. In denen sie mir Glück wünschten und wissen wollten, wie es mir ging. Die Nachrichten wurden zunehmend nervöser, als ich mich nicht meldete. Ich stieß einen Seufzer aus und antwortete.

Cassie: Facetime?

Jess: Ich glaube, es ist etwa 1 Uhr morgens in Schottland. Jillian schläft bestimmt.

Ich vergaß immer, den Zeitunterschied zu checken. Sie war erst seit ein paar Wochen weg. Nicht lange genug, dass ich ihre Abwesenheit bereits richtig begriffen hatte. Sogar während der Sommerferien, wenn ich nach Hause nach Texas fuhr, waren wir nicht so weit voneinander entfernt gewesen. Doch bevor ich mein Angebot zurückziehen konnte, meldete sie sich.

Jillian: Bin wach!

Natürlich war sie wach. Sie hatte vermutlich unfassbar guten Sex mit ihrem Freund Liam gehabt. Er war der Grund, aus dem sie am anderen Ende der Welt war. Genau genommen waren meine beiden Freundinnen außerhalb des Landes, dank der Männer in ihren Leben. Jillian war in Schottland mit ihrem Freund, und Jess war in Mexiko – mit ihrem Mann. Eine weitere Veränderung, die ich noch nicht so ganz verarbeitet hatte.

Es dauerte ein paar Minuten, beide auf den Bildschirm zu bekommen. Jess lümmelte in einer Hängematte, und das Sonnenlicht ließ ihr honigblondes Haar wie einen Heiligenschein aufleuchten. Sie war brauner, als ich sie je gesehen hatte, und dank des fehlenden Make-up bemerkte ich, dass mehr Sommersprossen ihre Nase zierten als normalerweise im verregneten Washington. In Schottland war es dunkel, und Jillian hatte sich offensichtlich hinausgeschlichen, um mit uns facetimen zu können, ohne Liam oder seine Familie zu wecken. Man konnte kaum ihr dunkles Haar erkennen, das als unordentlicher Dutt auf ihrem Kopf zusammengedreht war. Ihr Mascara war leicht verschmiert, und ihre Haut glühte, und zwar nicht dank irgendwelcher Kosmetika. Ich hatte recht gehabt mit meiner Vermutung.

»Du siehst umwerfend aus!«, flötete Jillian, was sich zweifellos auf meinen sorgfältig gezogenen Lidstrich bezog und den klassischen roten Lippenstift, den ich gewählt hatte, um weniger wie die kleine Praktikantin auszusehen, die ich war. »Sehr chefig.«

»Ich glaube nicht, dass ich jemanden damit täuschen konnte«, sagte ich und verdrehte die Augen.

»Ich wette, sie hatten jede Menge Bewerber, und sie haben dich ausgewählt«, rief Jess mir in Erinnerung, während ihr Bild auf dem Bildschirm ein wenig schwankte, als würde sie von einer sanften, unsichtbaren Brise gewiegt.

»Es gibt zwei Praktikanten«, sagte ich gedehnt. Meine beiden Freundinnen spannten sich sichtlich an, aber sie warteten darauf, dass ich fortfuhr. »Das ist nicht das, was ich erwartet hatte.«

»Erzähl uns davon«, sagte Jess und bewegte den Bildschirm näher an ihr Gesicht, so als wollte sie ihr Interesse verdeutlichen.

Das war das Wunderbare an meinen besten Freundinnen. Sie wussten genau, wann sie zuhören mussten, selbst wenn die traurige Singlefrau unserer Truppe wegen ihrer Exfreunde herumheulen wollte. Ich war nicht so beschäftigt gewesen, dass mir entgangen wäre, dass sie beide seltener anriefen, um sich auszuheulen. Jetzt hatten sie jemand anderen, um sich auszuweinen, was mich, wenn ich ehrlich war, ein wenig eifersüchtig machte. Nicht, dass ich sie deshalb verlor – sondern weil ein Teil von mir das wollte, was sie hatten. Doch im Moment mussten sie mir dabei zuhören, wie ich von den kleinen Gemeinheiten in meinem Leben berichtete.

»Ja, spuck es schon aus«, ermunterte mich Jillian, als

ob sie meine Gedanken lesen könnte. Sie hatte einen unheimlichen Instinkt, genau zu wissen, was ich gerade hören musste. Sie war für mich da. Auch Jess war für mich da. Daran änderte auch ihr Beziehungsstatus nichts.

»Ich bin Luka begegnet«, fing ich an und beschloss, der Reihe nach zu erzählen. Der Tag hatte wenigstens das Zeug für eine Spitzengeschichte, wenn er schon furchtbar gewesen war.

»Warte mal, Luka aus dem ersten Semester? Der italienische Sexgott, der den ganzen Tag im Fitnessstudio zugebracht hat?«, spezifizierte Jillian.

»Es scheint, du erinnerst dich ziemlich gut an ihn«, sagte ich und schüttelte den Kopf. Vielleicht wollte ich den heutigen Tag oder die Erinnerungen, die er aufgebracht hatte, doch nicht erneut durchleben.

»Du hast einen Monat lang dein Zimmer nur für die Kurse verlassen – und ich will erst gar nicht damit anfangen, wie laut ihr zwei gewesen seid.« Jess verzog das Gesicht, als erinnerte sie sich an einen unangenehmen Geruch.

»Du musst gerade reden. Ich habe meine letzten Ferien damit zugebracht, Roman und dir beim Vögeln zuzuhören«, rief ich ihr ins Gedächtnis. Wenigstens war sie mit Roman diskret gewesen. Luka und ich waren vom Aufpasser des Studentenwohnheims im Jungswaschraum erwischt worden, und wir waren mehrere Male wegen Verletzung der Ruhezeiten ermahnt worden. Meine Beziehung zu ihm war definitiv erinnerungswürdig.

Ich erzählte ihnen von der unangenehmen zufälligen Begegnung und gab sogar meine Idiotie bei dem Automaten zu.

»Das war ein wirklich ätzender Start in deinen Tag«, sagte Jillian mitfühlend.

»Wenigstens konnte es so nur besser werden, stimmt's?«, warf Jess ein.

Was für ein frommer Wunsch. Wenn sie wüsste… »Dann bin ich an Danny geraten.«

»Danny?« Beide wiederholten den Namen gleichzeitig und mit leerer Miene.

»Der nette Kerl, der geküsst hat, als wäre er mein Bruder.«

Das half ihnen auf die Sprünge.

»Oh, der war total nett. Ich mochte den! Ich weiß nicht mal mehr genau, warum ihr eigentlich Schluss gemacht habt«, sagte Jess. Sie war ein großer Fan von netten Jungs. Sie hatte immer solche gedatet. Fast hätte sie sich sogar aus diesem Grund mit ihrem zum Gähnen langweiligen Freund verlobt.

Jillian kicherte derweil los. »Er war langweilig.«

»Aber nett«, fügte Jess wieder hinzu, als wäre sie an seiner Stelle beleidigt.

»Er war nett«, stimmte ich zu, bevor ich fortfuhr. »Und langweilig. Er hat sich daran erinnert, wie ich meinen Kaffee mag.«

Meine beiden Freundinnen zuckten sichtlich zusammen, und ihr Unbehagen wuchs, als ich von seinem Vater erzählte.

»Wow«, war alles, was Jillian herausbrachte.

»Wart's ab. Es wird noch besser«, murmelte ich. »Ratet, wer der andere Praktikant ist.«

Jess stand der Mund offen, und ihr Gesicht spiegelte die entsetzte Miene von Jillian wider. Meine Mädels kannten mich zu gut. Oder vielleicht hatten sie auch immer Trevor als den Dreckskerl erkannt, der er war, und deshalb erwartet, dass so etwas passieren würde.

»Nein!«, rief Jillian.

»Der Mistkerl«, bestätigte ich, befriedigt durch die Reaktionen, auch wenn ich wegen seines Verhaltens immer noch angefressen war.

»Ich kann nicht fassen, dass er das getan hat«, sagte Jess nach ein paar Augenblicken des Schweigens. »Wer tut so was?«

»Ich meine, er wusste, dass du dich auf die Stelle beworben hast!« Jetzt war Jillian aufgebracht.

Es war, als durchlebten die beiden ebenfalls den Albtraum des heutigen Morgens. Sie waren während jeder miesen Entscheidung und während des daraus resultierenden Herzschmerzes der letzten Jahre bei mir gewesen. Sie hatten jeden dieser Jungs kennengelernt. Es fiel ihnen nicht schwer, bei meinem Elend mitzufühlen.

»Diese Ansammlung der Jungs. Das ist wie eine nicht allzu subtile Erinnerung an jede blöde Entscheidung, die ich jemals getroffen habe«, sagte ich leise.

»Stell dir das Ganze als einen Pfad vor«, sagte Jess. »Sie sind nur eine Erinnerung daran, wie weit du gekommen bist.«

»Und wohin du gehst«, fügte Jillian hinzu.

Ich war nicht sicher, wann meine besten Freundinnen so weise geworden waren, aber ich vermutete, dass es ungefähr zu dem Zeitpunkt geschehen war, als sie ihre eigenen Männer für die Ewigkeit gefunden hatten. Wie gern wollte ich ihnen glauben.

»Ich glaube, ich habe unterwegs ein oder zwei falsche Abzweigungen genommen, und das war's jetzt«, sagte ich trocken. Ich war fertig damit, an den falschen Orten die Liebe zu suchen und mich in all diese falschen Kerle zu verlieben. Liebe, Männer – das waren miese Angewohnheiten, die ich abgeschafft hatte. Es lebe mein Vibrator.

»Nein.« Jillian schüttelte den Kopf. »Du bist einfach nur noch nicht da.«

»Wo?«, fragte ich.

»Du wirst es wissen, wenn du dort bist«, sagte sie einfach.

»Ernsthaft, wann habt ihr beiden euch in verdammte Gurus verwandelt?« Ich konnte nicht anders, ich musste sie ein wenig damit aufziehen.

»Wie war der Rest deines Tages?«, fragte Jess und umging so meinen gutmütigen Spott einfach.

»Ich habe den Kopierer kaputt gemacht, nur dass ich es gar nicht war. Ich habe einfach den falschen Knopf gedrückt, deshalb sah ich wie ein totaler Depp aus, als ich meinem neuen Chef erzählte, was ich getan habe.«

»Der gleiche Chef, der die Drohung Trevor gegenüber mit angehört hat?«, fragte Jillian.

»Mr. Groß, Dunkel und Gutaussehend.« Ich seufzte bei dieser Erinnerung. »Dann war er sauer auf mich, weil ich nicht an meinem Schreibtisch war, dabei war ich unterwegs gewesen, um vorgestellt zu werden.«

Jess verengte die Augen. »Ich hasse ihn jetzt schon.«

»Wir hassen ihn«, fiel Jillian ein.

»In der Zwischenzeit hatte Trevor seine Lippen quasi am Arsch von dem Kerl kleben. So einen Speichellecker habt ihr noch nicht gesehen!«

»Warst du eifersüchtig?«, fragte Jess.

»Ich meine, ja, er ist unfassbar heiß. Aber er bekommt diesen seltsamen Blick, wann immer er mich ansieht. Ob das sein persönliches Chef-Getue ist? Damit ich weiß, dass ich unter ihm bin? Keine Ahnung.«

»Ich meinte wegen Trevor«, sagte Jess.

»Oh.«

»Cassie dachte, du redest über den Chef«, sagte Jillian begeistert. Ich wappnete mich für die unausweichlichen Motivationsreden, die nun folgen würden.

»Es ist sechs Monate her«, sagte Jess, als hätte sie meine Trennungen im Kalender notiert.

»Ich hab dir gesagt, dass ich mit Jungs durch bin. Also mit Männern. Im Grunde genommen mit allem, was einen Penis hat.«

»Vielen Dank für diese Klarstellung.« Sarkasmus schwang in Jillians Stimme mit. »Es ist in Ordnung, wieder Lust auf einen Mann zu haben.«

»Lass es nur langsam angehen«, wies Jess mich an.

»Ich lege auf«, sagte ich warnend.

»Ich bin sicher, dass er nicht glaubt, dass du unter ihm bist«, sagte Jillian.

»Er will dich einfach nur unter sich.« Jess grinste durchtrieben.

»Sollte die Ehe nicht dafür sorgen, dass du gesetzter wirst? Du bist schamlos.«

»Wo wir gerade davon reden, mein Ehemann ruft mich zum Abendessen, ich muss los.« Das Grinsen verwandelte sich in ein breites Lächeln, das ihr gesamtes Gesicht strahlen ließ. Sogar nur an ihn zu denken hatte diese Wirkung auf sie. Ich konnte mich nicht daran erinnern, jemals selbst so gestrahlt zu haben.

Eifersüchtig. Tisch für eine Person.

»Ich sollte ein wenig schlafen. Wir fahren Morgen nach Inverness.« Jillian gähnte, und ich erkannte, dass es in ihrem Teil der Welt nach zwei Uhr morgens war.

»Grüß meine Schwester von mir«, sagte Jess, als wir uns verabschiedeten.

»Ich werde ihr sagen, dass du liebestoll bist und dich wie eine Verrückte aufführst.« Das würde ich nicht tun, aber Jess war zu lange meine keusche, brave beste Freundin gewesen, um diese verrückte 180-Grad-Wendung nicht zu feiern, die sie hingelegt hatte und die erst vor einem Monat damit geendet hatte, dass sie durchgebrannt war.

»Ich mache mir Sorgen um Jill«, sagte Jess. »Ich glaube, wir könnten sie an Schottland verlieren.«

»Ich ruf ihre Mutter an«, drohte ich nur halb im Scherz. Ich wollte ja, dass meine besten Freundinnen ihre Happy Ends fanden, ich wollte es wirklich. Aber bitte näher an zu Hause.

»Weiß deine Katze, wie man Schubladen öffnet?«, fragte ich, als Lillian Stunden später aus dem Büro kam.

Sie zuckte beim Klang meiner Stimme zusammen, aber sie erholte sich schnell und ließ ihre Handtasche und den Aktenkoffer auf den Esstisch fallen. »Nicht, dass ich wüsste.«

Lillian und ich gewöhnten uns noch an die Anwesenheit der jeweils anderen. Für mich war es etwas leichter, da ich die letzten drei Jahre im Wohnheim verbracht hatte. Sie schien immer noch jeden Abend überrascht zu sein, mich hier vorzufinden. Es war erst zwei Wochen her, dass ich für den Sommer bei Jess' älterer Schwester eingezogen war. Lillian war eine bekannte Anwältin, weshalb sie lange arbeitete. Und zwar wirklich, wirklich lange. Sie nutzte ihre Wohnung lediglich zum Duschen und Schlafen, und sie ging sogar am Wochenende ins Büro.

Das war einer der Gründe, aus dem sie zugestimmt hatte, dass ich während des Praktikums bei NorthWest Investments bei ihr wohnen konnte. Natürlich gab es Bedingungen: Keine Partys. Keine Jungs. Da ich an beidem nicht interessiert war, würde es keine Probleme geben. Seattle war eine teure Stadt, und ich wusste, dass ich nirgends etwas Billigeres finden könnte. Ich wohnte nämlich umsonst. Ich hatte bloß noch nicht herausgefunden, ob ich in meinem Zimmer bleiben sollte, oder ob sie Gesellschaft wollte.

Heute Abend lächelte sie müde, während sie den Kühlschrank durchsuchte und eine Schachtel Takeaway-Essen herausholte. Sie machte die Nudeln erst gar nicht warm, sondern nahm sich eine Gabel und setzte sich ans entgegengesetzte Ende der Couch.

»Wie war der erste Tag?«

»Ganz okay.« Ich zuckte mit den Schultern, hatte ich doch die Einzelheiten gerade Jess und Jillian brühwarm erzählt. Lillian fragte nicht nach. Wir standen einander nicht wirklich nahe. Wegen ihres wahnsinnigen Arbeitspensums hatte sie Jess in Olympic Falls nur ein paarmal besucht.

»War nicht so toll, mh?« Sie schluckte eine lange, fettige Nudel herunter.

»Das merkst du?«

»Anwälte können Menschen lesen«, erklärte sie. Ihre Katze sprang auf ihren Schoß und funkelte mich an, als ob sie mir zu verstehen geben wollte, dass das hier ihre Zeit mit Lillian war.

»Einfach nur blöder Erster-Tag-Kram.« Ich klappte das Buch zu, das ich gelesen hatte, und beschloss, mich wieder in mein Zimmer zurückzuziehen, damit sie sich in ihrer Wohnung ein wenig entspannen konnte.

»Bei meinem ersten Praktikum habe ich Kaffee über einen der Partner geschüttet. Einen kochend heißen Vanilla Latte. Er hatte Verbrennungen zweiten Grades. Hast du so was gemacht?«, fragte sie, und ihre Lippen verzogen sich zu einem Grinsen. Vielleicht stand sie jetzt, da sie so erfolgreich war, über dieser Blamage. Ich lachte ein wenig, was die Katze erschreckte, die mit einem Satz von Lillians Schoß sprang und das Zimmer verließ. Lillian streckte die Beine aus.

»Nein, so was nicht.« Noch nicht. Ich spürte, dass die Situation irgendwie verloren war. Morgen würde ich vermutlich meinen Mocha auf Gavin kippen und seinen teuren Anzug ruinieren. Dann würde er mich wirklich hassen. Allerdings nur, falls ich den Mocha vorher nicht über Trevors dämlichem Kopf ausleerte.

»Dann wird alles gut«, versprach sie.

»Ich geh ins Bett«, sagte ich zu ihr. An meiner Tür blieb ich stehen und fragte: »Wie hat dein Chef reagiert?«

»Er hat mich gefeuert«, sagte sie, »also bin ich rüber auf die andere Straßenseite und habe ein Praktikum bei der Konkurrenz gekriegt.«

»Gut gespielt.« Irgendwie überraschte es mich nicht, dass Lillian den Mumm hatte, zu einer anderen Anwaltskanzlei zu marschieren und nach einem Praktikum zu fragen. Ihre Schwester hatte sie ein Arbeitstier genannt. Es schien, dass sie immer schon so gewesen war. »Gute Nacht.«

Zur Konkurrenz von NorthWest Investments gehen? Das würde für mich keine Option darstellen. Und außerdem war ich nicht gefeuert worden. Ich musste nur beweisen, dass ich es schaffen konnte, und das würde ich, und zwar ohne dass ich mich bei meinem Chef einschleimte. Dieser Mann würde mich nicht in die Knie zwingen.

Ich gab mein Bestes, die schwache Glut zu ignorieren, die dieser Gedanke in mir entfachte. In nächster Zeit würde ich mich auf niemanden einlassen. Das leise Pochen zwischen meinen Beinen ließ jedoch erahnen, dass mein Körper über Meuterei nachdachte.

In Wahrheit vermisste ich den Sex am meisten, den man in Beziehungen hatte. Das würde ich jedoch niemals zugeben. Ich hatte hart daran gearbeitet, um dorthin zu gelangen, wo ich war: ein volles Stipendium an der Universität von Olympic Falls. Ich würde meine guten Noten beibehalten, damit ich es nicht verlor, und meinen Lebenslauf ausbauen. Der Stress, den das mit sich brachte, machte mich jeden Tag zu einem nervösen Gummiball. Sex hatte mich von Stress befreit. Das Problem war, dass Sex mit seelischem Ballast einherging, für den in meinem Leben kein Platz mehr war. Ich musste neue Wege finden, den Stress loszuwerden. Ich wandte mich meiner Kommode zu. Und stellte fest, dass die verdammte Katze in der Schublade saß.

»Wie machst du das?«, fragte ich, bevor ich sie hochnahm und sie wieder in den Flur brachte. Das Letzte, was ich jetzt brauchen konnte, war, dass irgendjemand – auch wenn es nur die Katze war – mir an die Wäsche ging.